KB153908

모리화

모리화

구양근 소설집

도화

차 례

모리화

내가 경이를 찾아 나선 날은 유난히 하늘이 파랬다.

경이가 자기 딸 미연이가 타이완으로 떠나간 후, 지리산 기슭에서 약초를 캐며 그림을 그리는 친구를 찾아 나선지 한 학기가 지났다.

감이 꽃보다 더 붉게 물든 늦가을의 어느 날 오후, 경이가 사는 지리산 노루목 입구 오매실 마을은 쨍그렁 깨질 것 같은 파란 하늘 아래 온통 붉은 감이 흐드러지게 달려있었다. 마을 앞 가까운 동산에서 간편복 차림의 두 여인이 광주리를 끼고 내려오고 있었다. 친구는 지리산으로 들어온 지 꽤 시일이 지났는지 시골티가 제법 배어 있고 경이는 이제 막 지리산으로 들어온 탓에 아직 서투른 시골 차림이다. 경이가 먼저 나를 발견하고 발걸음을 멈추고 감전된 사람마냥 우뚝 서서 움직이지를 못한다. 나도 땅바닥에 발이 붙은 듯 물끄러미 경이를 바라보고 있었다. 갑자기 서서 움직이지 않고 나를 주시하고 있는 경이를 본 친구는, 양쪽을 번갈아 보며 이 희한한 광경을 넋을 잃고 구경하고 있었다.

그날 나는 오후 3시에 강의가 다 끝났다. 여대의 오후 3시는 무척 한가하다. 집에 돌아갈까 책을 좀 더 보다가 갈까 망설이다가 우선 차나 한잔하려고 포트에 물을 올렸다.

그때 연구실 문을 노크하는 소리가 들렸다. 하도 소리가 작아서 내 방의 노크 소리인지 옆방의 소리가 울린 것인지 확신이 가지 않았다. 잠깐 더 기다리자니 또 조용히 노크 소리가 들린다. 분명히 내 방을 두드리는 소리다. "네!" 하고 일어서서 문 쪽을 바라보자, 조용히 문 열리는 소리가 나고 문 앞의 가리개를 비켜서 빠끔히 머리를 내미는 학생이 있었다.

"어! 어서 와요."

"교수님, 들어가도 돼요?"

"그럼, 되고말고. 들어와요."

"네, 그럼."

"1학년 학생이지?"

"네."

"이리 앉아요. 참 학생 이름이 뭐더라."

"저 미연이요. 진미연."

"맞아, 진미연이지. 마침 내가 차를 한잔하려고 물을 끓이고 있던 참이었는데 같이 한잔해요."

나는 우룽차 두 잔을 가져와서 탁자 위에 놓았다. 진미연陳美燕, 그래 내가 분명히 기억하고 있는 우리 과 학생이다. 항상 강의실 가운데 앞줄 쯤에 앉아 유별나게 고운 흑진주 같은 눈동자를 반짝이며 경청하던 이국적인 용모의 학생. 내 과목은 '초급중국어'였다. 나는 다른 고학년 과목보다 이 과목에 대한 애착이 아주 강하다. 청운의 뜻을 품고 갓 들어온 여학생들에게 가슴 두근거리는 꿈을 심어줄 때면 물을 끼얹은 듯 조용해지던 학생들. 나는 이 파릇파릇한 새내기들을 보고 있으면 깊은 산속의 석간수를 마신 듯 기분이 상쾌해진다.

"내 연구실은 언제나 개방되어 있어요. 1년이 다 되도록 만약 내 연구실을 한 번도 들르지 않은 학생이 있다면 학점 주기가 곤란해요. 교수와의 인과 관계를 쌓을 수 있는 것도 대학생활에서 익혀야 할 중요한 과정이에요. 혼자와도 좋고 몇 명이 같이 와도 좋아요."

말은 이렇게 했지만 정말 연구실을 들르는 학생은 드물다. 한 번 네 명의 학생이 같이 들러서 이야기를 하고 간 뒤로 처음 들른 학생이 미연이다.

나는 1학년 학생들에게 한 학기에 한 과를 외워서 강의를 마치게 한다. 때문에 1년이면 두 과를 전체 앞에서 달달 외워야 한다. 수업이 시작되면 10분 이내의 시간을 할애해 주어 일어서서 외우게 하고 수업을 시작한다. 미연이는 1학기 수업에서 맨 먼저 일어나 암송을 했던 학생이다.

나는 중문과 학생들의 흥미를 돋우기 위하여 노래를 하나 가르치기로 마음먹었다. 그러나 나는 노래를 잘못하기 때문에 1학년 중에서 MT 때 '카수'의 별명을 얻은 B학생에게 카세트테이프를 미리 주며 노래를 연습해 오라 하였다. 노래 제목은 '모리화茉莉花'였다. 취할 정도로

짙은 향기를 내뿜는 모리화 꽃을 노래한 중국 동요이다. 중국 강소지방 민요를 동요로 각색한 것인데 뭇 중국인의 사랑을 받는 노래이다. 정확한 발음과 해석은 내가 해주고 노래는 B학생이 선창하고 다른 학생이 따라 하기로 하였다. 나는 학생들에게 당부하였다.

"옆방에서는 지금 수업을 하고 있으니 낮은 소리로 불러야 해요. 알았지요?"

학생들은 모두 알았다는 표정이고 즐겁게 잘 따라 할 테니 어서 노래나 시작하자는 얼굴이다.

하오이뚜오 메이리디 모리화(한 송이 아름다운 모리화)
하오이뚜오 메이리디 모리화(한 송이 아름다운 모리화)
펀팡메이리 만즈야(가지마다 넘치는)
여우샹여우빠이 런런콰(그윽한 향기의 하얀꽃)
랑우오라이 장니자이샤(아름다운 꽃을 친구에게)
쑹께이 삐에런자(한 송이 보내련다)
모리화 모리화(모리화 모리화)

모두는 아주 즐거운 표정으로 노래를 따라 불렀다. 그런데 미연이는 웃지도 않고 고개를 한 번 갸우뚱하더니 아주 심각한 표정을 하였다. B학생을 따라서 입을 몇 번 달싹거리기도 하였으나 이내 입을 다물고 무슨 생각에 잠겼다. 나는 그때 미연이를 한참 동안 눈여겨본 기억이 난다. 좀 이상하다고 생각은 하였으나 대수롭지 않게 지나치고 말았다. 그날은 미처 교수가 수업을 파한다는 말을 하기도 전에 미연이는 가방을 챙겨 성큼성큼 밖으로 걸어 나갔다.

한번 내 연구실을 들른 미연이는 그 뒤로도 몇 번 진로 상담을 하였다. 어느 날 미연이는 자기 가정사를 이야기하였다. 자기는 지금 학교 근방에서 어머니와 단둘이 살고 있다고 했다. 어머니의 고향은 여수라고 했다. 어머니는 이름을 경瓊이라는 외자를 쓰는 화가인데 그의 단짝 친구가 서울의 D대학 미대 교수라고 했다.

경의 처녀시절, 어느 날 여수 해변에서 캔버스를 걸고 스케치를 하고 있는데 저 멀리서 상하의 모자까지 온통 하얀 빛깔의 마도로스 하나가 아지랑이 속을 걸어오고 있었다. 점점 가까이 온 청년은 경이의 캔버스 스케치를 보더니 가벼운 미소를 짓고 무어라 말을 하였다. 그런데 그 말이 무슨 말인지 알아들을 수 없었고 그의 옷차림도 자세히 보니 한국인의 마도로스 복장과는 다른 데가 있었다. 경이는 바닷가에서 자란 처녀이기 때문에 한국인 마도로스들은 많이 보아왔는데 그들의 복장과 달랐다.

그는 아름다운 나라 타이완에서 온 멋쟁이 마도로스였던 것이다. 타이완은 처음에 포르투갈 선원이 발견하고 너무나 아름다운지라 '포르모사(아름다운 섬)'라 부르던 곳이다. 타이완 외항선을 탄 웨이핑(維屏)이라는 이름을 가진 이 청년은 여수에 일주일간 머무르는 동안 혼자 바닷가를 산책 나왔다. 서투른 영어와 중국어를 섞어가며 하는 제스처가 여수는 처음인데 어디에 경치가 좋은 곳이 있느냐는 의미인 것 같았다. 다정다감으로 똘똘 뭉친 경이는 잠깐 기다리라 해놓고 캔버스를 접어 바닷가 점방에 맡기고 마도로스를 따라나섰다.

둘이는 누가 먼저랄 것도 없이 사랑에 빠졌다. 하루가 여삼추처럼 꿈같은 일주일을 보냈다. 돌아가서 편지를 하겠다는 웨이핑은 아니나 다를까 돌아간 뒤 사흘이 멀다고 편지가 왔고 경이 임신을 했다고 하자 편지를 받은 다음 날 득달같이 달려왔다. 경이 부모님의 강력한 반대에도 불구하고 둘이는 타이완행 비행기를 탔다. 부모님들의 반대는 타이완에서도 마찬가지였다. 특히 웨이핑의 어머니는 시어머니 티를 단단히 냈고 사사건건 반대하고 마음에 들어 하지 않았다. 한국이라는 나라까지 들먹이며 전에는 중국의 속국이었다니 뭐니 하며 말도 되지 않는 트집을 잡았다.

경이의 강력한 편이 되어준 사람은 웨이핑의 누이동생 핑핑(苹苹)이었다. 핑핑은 경이를 무척 좋아하고 단짝 친구가 되어 주었다. 경이 미연이를 낳고부터는 유모 아이(阿姨)도 든든한 경이의 편이 되어 주었다. 아이는 미연이를 업고 동네 이곳저곳을 돌아다니며 모리화를 불렀다. 아이가 가장 좋아한 노래가 모리화여서, 미연이는 모리화 자장가 속에서 잠이 들고 잠이 깨곤 하였다. 핑핑과 아이는 경이를 좋아했지만 나머지는 무덤덤하던지 싫어하였다. 너무나 서운한 것은 웨이핑의 아버지의 태도였다. 가장이 주견을 세우고 한마디 해주면 좋으련만 중립을 지킨다는 것인지 뭔지 도통 경이를 두둔해 주지 않았다. 하기야 가장 귀여워했던 막내아들이 말도 통하지 않은 생판 외국인 처를 데려왔으니 그럴 법도 할 일이다. 알고 보면 가장 반대하는 입장이지만 노골적으로 반대만

안 해 준 것도 감사할 일이었다.

웨이핑의 집은 타이완의 남쪽 도시 가오슝(高雄)에 있었는데, 바다가 보이고 아이허(愛河) 강이 내려다보이는 언덕에 자리 잡은 그림처럼 예쁜 하얀 이층집이었다. 집안은 뼈대 있는 가문으로 선박회사를 하고 있었고 부두에 따로 회사건물이 있었다. 웨이핑의 집은 커다란 봉황수가 있는 집으로 유명하여 동네 사람들은 '봉황수 집'이라고 불렀다. 다른 친척들도 같이 살았고 부유한 가정이다 보니 집사 격의 식객들도 같이 살고 있었다. 집안은 언제나 여러 명의 일꾼들이 드나들었고, 외양선이 입항하는 날에는 온통 잔칫집 같았다.

동네 아주머니나 모르는 사람이 경이의 흉을 볼성싶으면 핑핑은 골목이건 남의 집이건 가리지 않고 억척같이 덤벼들었다.

"당신 방금 뭐라고 했어?"

"아니, 별말 안 했는데."

"방금 우리 언니 흉 봤지 않아. 우리 언니는 예술가야. 당신들하고는 급이 달라. 한 번만 더 헛소리해 봐라."

경이는 핑핑이 한없이 고마웠다.

"고모, 고마워요. 고모가 없었더라면 나는 벌써 한국으로 갔을 거예요."

"안 돼요. 한국 가면 안 돼요. 우리하고 영원히 같이 살아야 해요."

"그런데 힘드네요."

"절대 안 돼요. 정 한국에 가려면 미연이는 여기 놔두고 가요. 내가 기를 거예요."

"고모도 시집가야지요."

경이는 울적할 때면 캔버스를 메고 아이허로 나갔다. 파사해협을 따라 아이허로 들어오는 외양선을 스케치하였다. 아이허의 양안을 돌아다니며 그린 풍경화가 몇십 장이 되었다.

아이허의 야경은 천하제일이었다. 원소절元宵節의 등불 축제는 한국에서 맛보지 못했던 별미가 있었다. 웨이핑과 손잡고 연안부두에 나와 커다란 희망의 등불을 같이 받쳐들고 심지의 초에 불을 붙이고 꽃등 벽에는 자기가 소원하는 바를 크게 써서 하늘 높이 올려보냈다. 'Love Love', '건강', '불변애不變愛' 등의 글을 달고 하늘 높이 올라갈 때면 좋아서 환호하고 발을 동동 굴렀다.

황혼이 지면 웨이핑과 같이 가오슝의 명소 시즈완(西子灣)에 올라 붉은 해가 지는 모습을 보고 즐거워하였다. 시즈완의 풍경이 어찌나 아름다운지, 사람들은 시즈완 언덕을 '사랑의 제방'이라고도 하고 '홍당무밭'이라고도 한다. 해지는 금빛 찬란한 하늘을 감상하기 위하여 모인 선남선녀들이 언덕에 앉아 사랑을 속삭이는 모습이 마치 두 개씩 짝을 지어 심어놓은 홍당무 같다고 해서 홍당무밭이라고 이름하였다.

가오슝에는 '사랑'이라는 이름을 가진 장소가 많다. 그런데 그렇게 아름답고 평화스러운 사랑의 도시와는 달리 경이의 신혼생활은 고달프기만 하였다. 웨이핑의 집에는 결혼한 두 명의 형이 같이 살고 있고 그 자식들만 예닐곱 명은 되었다. 두 언니들은 전혀 경이에 대하여 호의적이지 않았다. 비방하고 흉보고 나중에는 노골적으로 험담하기도 하였다. 요리도 못한다느니 말도 통하지 않는다느니 캔버스만 메고 다니면 제일이냐는 등 시비를 걸었다. 웨이핑이 있을 때는 덜하지만 웨이핑이 외양선을 타고 몇 달이고 집을 비울 때면 견디기 어려웠다. 그럴 때면 경이가 찾는 또 한 곳이 있었다. 불광사佛光寺의 대불이었다. 경은 거대한 불상 앞에서 부처님께 무사태평을 간절히 기원하였다.

타이완 불광사는 세계 불광사의 본산답게 웅대 무비하였다. 경은 위빠사나 수행을 하기 위하여 수행반에 등록을 하였다. 위빠사나는 부처님께서 진리를 깨달은 수행법이어서 경은 부처님처럼 무상과 무아의 지혜로 초탈한 경지에 이르고 싶었다. 그 과정에서 불광사에는 정암淨菴이라는 한국인 스님이 있다는 것을 알았다.

"한국인을 뵈니 너무나 반갑습니다."

"타이완에는 한국인 승려가 나 하나뿐인데 어찌 알고 찾아오셨습니까?"

"위빠사나 수행을 하다가 알았습니다. 시댁이 가오슝입니다."

"어허, 기연이로고."

그 뒤부터는 마음이 흐트러지려 할 때면 언제나 정암 스님을 찾아가 위로를 받았다. 미연이를 안고 가면 정암 스님은 너무나 좋아하셨고, 옥불전에 데리고 가서 미연이가 오면 주려고 미리 감춰두었던 사탕을 옥불 뒤에서 꺼내 들려주고 안고 다니며 옥불을 만져보라고도 하였다. 미연이는 천사처럼 순진하게 이리저리 뛰어다니며 근엄한 부처님을 친구로 알고 안아보기도 하고 뽀뽀도 하였다.

봄 햇살이 유난히 좋은 어느 날, 경은 미연이를 걸려서 정암 스님을 찾았다.

"꼭 돌아가야만 하겠습니까? 나무아미타불."

"네, 스님. 지금 시댁과는 모든 것을 정리하고 한국으로 돌아가는 참에 스님을 뵈러 왔습니다."

"나무아미타불! 이를 어찌하면 좋을꼬. 미연이는 나한테 두고 가도 되는데…. 그러면 나도 소일하는 재미도 있을 거고."

"아닙니다. 말씀은 고맙습니다만 이제 세 살밖에 안 된 아기이기 때문에 엄마가 꼭 곁에 있어 줘야 합니다."

웨이핑이 외양선을 타고 아직 돌아오지 않은 사이에 사달이 벌어지고 말았다. 미연이가 큰올케의 딸 이링(宜玲)과 인형을 가지고 다툼이 벌어졌다. 큰올케는 미연이를 사정없이 때리며 인형을 빼앗아 이링에게 주었다. 이를 본 아이가 "그 인형은 도련님이 외국에서 사온 거예요. 미연이 도로 돌려주세요." 하자 큰올케는 "네가 뭔데 참견이야." 하고 죽일 듯이 노려보았다. 경이가 이를 보고 있다가 "언니 너무하지 않아요?" 하자, "이것 봐라. 이제 나한테까지 대들어?" 하며 싸움이 벌어졌고, 핑핑이 경이 편을 들자 드디어 큰 집안싸움이 되고 말았다. 평소 때의 불평불만이 일시에 터지고 만 것이었다. 그런데 시어머니란 사람이 말리기는커녕 올케들 편을 들어 경이에게 손찌검까지 하였다. 경이는 자기도 모르는 사이에 그만 시어머니를 힘껏 밀쳐버렸다. 시어머니는 넘어지면서 손을 잘못 짚어 팔뚝 뼈에 금이 가고 말았다. 이 사건이 있은 연후에 경은 한국행을 결심하였고 핑핑과 아이가 울고불고 매달려도 경은 미연이 손을 잡고 집을 나서고 말았다.

미연이만 데리고 한국에 돌아온 경은 여수 친정으로 갈 면목도 없었다. 온 식구가 그처럼 반대하던 결혼을 자기가 혼자 우겨서 동거부터 시작했기 때문이다. 서울에 머무르는 사이에 웨이핑으로부터 편지가 오곤 하였으나, 몸이 멀어지면 마음도 멀어진다고 했던가 편지도 차츰 뜸해지기 시작하였다.

그러든 어느 날, 정암스님이 한국에 오는 인편을 이용

하여 웨이핑의 근황을 알려왔다. 웨이핑은 처음에는 재혼을 완강히 거절하였으나 3년이 지나면서부터는 뭇 식구들의 등쌀에 못 이겨 그도 귀가 얇아지기 시작하였단다. 경은 웨이핑이 재혼했다는 소식을 듣고 분해서 사흘 동안을 울고불고 돌아다녔으나, 이내 정신을 가다듬고 미연이만 데리고 살아가기로 결심을 하였다.

어느 날, 그날도 나는 수업이 다 끝나고 집에 돌아가려는 차비를 하고 있을 때 전화벨이 울렸다.

"여보세요. 저 진미연이 엄만데요."

"아, 네."

"제가 교수님 연구실에 한 번 놀러 가도 될까요?"

"네, 오세요. 미연이 한테 말씀 많이 들었어요."

학교 근방에 살고 있다고 하더니 아주 가까운 곳인지 15분쯤 되니까 금방 연구실 문을 두드린다. 들어서는 경은 첫눈에 예술가이고 훤칠한 미인이었다. 이목구비가 뚜렷하고 눈썹이 약간 위로 치켜 올라간 야성미를 지닌, 아직 전혀 자세가 흐트러지지 않은 젊은 여인이었다. 어쩌면 나의 망처와 그리도 닮은 데가 많은지 나는 한참 동안 멍하니 경이를 바라보고 있었다. 나의 상궤를 벗어난 시선을 의식했는지 경은 잠깐 말을 끊더니 자기 아랫도리를 내려다보았다.

경은 마치 나에게 모든 것을 털어놓지 않으면 안 되는 의무라도 있는 양 자기의 모든 과거를 털어놓았다. 그런 인연으로 미연이가 중문과를 왔구나 하는 것도 알게 되었다. 나는 경이 털어놓는 말들이 전혀 싫지 않았고, 마치 듣지 않으면 안 되는 의무라도 있는 양 "뭐요?" "그래서요?" 하는 재확인까지 해가며 경청하고 있는 자신을 발견하고 스스로 놀랐다. 나는 솔직히 말한다면 경이에게 첫눈에 반하고 있었다. 대학생 애를 둔 엄마답지 않게 처녀의 젊음을 아직도 고스란히 간직하고 있는 경은 한 떨기 목련과도 같은 향기를 내뿜고 있었다. 절대로 재혼하지 않겠다고 굳게 다짐했던 나인데 경이를 보는 순간 굳은 다짐이 한순간에 무너져 내리고 있었다. 나는 하마터면 내가 상처를 하였고 홀몸이란 것을 말할 뻔하였다. 그러나 나는 정상적인 가정의 가장임을 기정사실화 하면서 감정을 억눌렀다.

경은 어느 날 나에게 부탁이 있다고 하였다. 나는 타이완에서 유학을 하였고 중문과 교수이니 방법이 있을 것 아니냐며 웨이핑의 근황을 알 수 없겠느냐고 하였다. 나는 평소에 친하게 지내는 타이완대사관의 H참사에게 전화하여 좀 알아봐달라고 부탁하였다.

"이름을 천웨이핑(陳維屛)이라고 하는 사람인데요. 한 십오 년 전쯤에 가오슝에서 살았던 마도로스입니다. 집은 부유한 편이고요…."

"교수님, 그런 정도의 사람이라면 쉽게 찾을 수 있을 것 같습니다. 저에게 이틀간만 말미를 주십시오."

이틀 후에 H참사로부터 연락이 왔다. 웨이핑은 이전에 살던 곳에 아직 그대로 살고 있고, 부두의 회사건물만 옮겼는데 이전보다 더 몫 좋은 곳에 훨씬 크게 신축을 했다고 했다. 웨이핑은 선박회사의 사장이 되어 있으며 이전보다 월등히 사업도 번창하여 이름만 대도 다 아는 명사가 되어 있다고 했다. 지금 당장 전화로 연결시켜줄 수 있는데 그리하겠느냐고 했다. 나는 감사하다며 연락은 이쪽에서 알아서 취하겠노라고 했다.

미연이는 자기 친부의 전화번호 주소까지 다 알게 되었는데 어찌 찾아가지 않을 수 있느냐며 여름방학을 이용하여 홀링 타이완으로 날아갔다.

미연이는 가오슝의 주소를 보고 그 마을로 들어서고 있었다. 골목을 따라서 좁은 시냇물이 흐르고 한쪽에 신우대나무 무더기가 나왔다. 시냇물은 파란 이끼가 끼어 있으나 수정처럼 맑은 물이 기세 좋게 흐르고 있었다. 미연이는 꿈인지 생시인지 아이의 등에 업혀 개울을 따라가던 기억이 어렴풋이 났다. 엄마가 미연이를 찾아 나서고 미연이는 골목 입구의 다른 집 양지쪽에서 울고 있다가 엄마를 보고 반가워 더 슬프게 울었던 기억도 꿈인지 생신지 스치고 지나갔다. 사촌형제 자매들과 뛰어놀던 정자나무 아래 풀밭이 어렴풋이 기억났다. 더 걸어 들어가다가 미연이는 소스라쳐 발걸음을 멈추었다. 갑자기 온 마을이 환해질 정도로 활짝 핀 당산나무만한 봉황수 꽃이 미연이를 맞이했기 때문이다. 그렇다, 이 봉황화는 분명히 미연이가 보고 손뼉을 치고 좋아했던 꽃이다. 타이완은 유별나게 꽃을 피우는 나무가 많다. 그 중 봉황수는 거대한 고목나무에 하늘 가득히 흐드러지게 황금빛 꽃을 피우는 나무이다. 봉황화는 미연이를 보며 춤을 추자는 듯 미풍에 가벼운 스텝을 밟고 있었다. 미연이는 자기도 모르는 사이에 한줄기 눈물이 흘러내렸다. 그런데 웬일인가. 어디서 조용히 노랫소리가 들린다.

하오이뚜오 메이리디 모리화
하오이뚜오 메이리디 모리화
펀팡……

미연이는 발걸음을 빨리하여 대문을 박차고 들어갔다. 마당의 평상에서 한 부인이 빨래를 개키고 있다. 그 여인은 손을 멈추고 자기 앞에 장승처럼 서 있는 어떤 낯선 처녀를 유심히 바라본다. 두 사람은 거의 동시에,

"아이(阿姨)?"

"미연이?"

"아이 맞지요?"

"너, 미연이구나. 이렇게 컸구나. 타이뻬이에서 네가 한 전화 받고 모두 기다리고 있어."

둘이는 손을 잡고 훌떡훌떡 뛰었다. 그때 마당에서 나는 말소리를 듣고 맨 먼저 뛰어나온 것이 핑핑이었다.

"너 미연이구나. 나 핑핑 고모야."

"핑핑 고모!"

이때 집안에서 식구들이 우르르 문을 열고 나왔다. 모두가 마당으로 달려 나오는데 뒤에서 우뚝 서 있는 중년 남자가 있었다. 미연은 첫눈에 아버지 웨이핑이란는 걸 알아보았다. 웨이핑도 첫눈에 미연이를 알아보았다. 모두의 반가운 해후가 끝난 뒤, 웨이핑이 천천히 마당으로 걸어 나왔다. 미연이는 걸어가 말없이 눈물이 글썽한 아버지의 품에 안겼다.

미연이는 한여름을 가오숑에서 지냈다. 어려서 인형을 가지고 싸웠다는 이링은 미연이에게 몇 번이나 사과하였다.

"이링, 괜찮아. 나는 기억도 안 나는데 뭐."

"맞아, 나도 전혀 기억이 없어. 우리 사이좋게 지내는 거지?"

"그럼."

큰아버지의 아들이라는 야오둥(耀東)은 미연이보다 두 살 위이기 때문에 미연이가 많이 기억난다며 유별나게 잘 해주었다. 미연은 하마터면 야오둥에게 사랑을 느낄 뻔하다가, 아니야 우린 남매지 하고 멋쩍어하기도 했다. 미연이는 핑핑 고모와 야오둥과 셋이서 어머니가 갔음직

한 곳, 아이를 업고 갔음직 한 곳은 모조리 다 가보았다.

웨이핑은 미연이를 차에 태우고 가오슝대학을 한 바퀴 돌았다.

"미연아, 너만 좋다면 가오슝대학으로 와도 좋다. 마침 친구가 여기 학장을 하고 있어."

"글쎄요. 생각해 볼게요."

부녀간의 대화를 듣고 있던 펑펑 고모와 야오둥은 얼씨구나 훈수를 둔다.

"미연아, 이리 유학 와."

"미연아, 가오슝에서 우리 같이 살자."

"응, 그것도 괜찮을 것 같은데, 엄마가…."

"엄마도 이해하실 거야. 잘 말씀드려봐."

야오둥이 제일 적극적으로 미연이가 타이완에 오기를 원했다. "난 네가 반드시 올 거로 알고 있을 거야." 하며 손을 덥석 잡는다. 미연은 움칠하다가 생전 처음 만난 오빠에게 손을 맡기고 흐뭇해하고 있었다.

타이완에 살 때 어머니가 항상 외로움을 달랬다는 불광산에는 굳이 혼자 가기로 하였다. 버스에서 내려서 불광사로 들어서자, 마침 불광사 부속 불광대학의 축제가 있는 날이었다. 절이고 대학이고 온통 축제분위기로 휩싸여 있었다. 한 비구니에게 정암 스님을 묻자 지금 옥불당에 계실 것이라고 하였다. 미연이는 어머니로부터 말만 듣던 옥불당으로 향하였다. 옥불당을 들여다보니 한 노승이 백팔 배를 드리고 있는지 끝없이 불참佛參을 하고 있었다. 미연이는 합장 반배하고 한구석에 서 있었다. 정암 스님은 백팔 배가 끝났는지 마지막으로 고두배를 하고 돌아섰다. 나가려던 정암 스님은 한 처녀가 자기를 보고 서 있는 것을 발견하고 발걸음을 멈춘다. 미연은 정암 스님께로 천천히 걸어갔다.

"정암스님 아니십니까?"

"아니, 한국어를 하시다니 한국 사람입니까?"

"네, 스님. 혹시 십오 년 전쯤에 이곳에서 위빠사나를 하던 경이란 이름을 가진 한국 여자를 기억하십니까?"

"아니? 그럼 넌 연, 연…."

"맞아요. 미연이예요."

"나무아미타불. 네가 그 미연이란 말이냐?"

오랜 전생에서부터 알고 지내던 사람을 만난 듯 둘이는 손을 잡고 흔들었다. 정암 스님은 미연이를 데리고 그 큰 절의 이곳저곳을 다니며 설명하고, 다른 승려에게도 소개하고 같이 식사도 했다. 미연이는 스님이 마련해준 불광사의 거처에서 하룻밤을 지냈다.

"스님 제가 인생 상담을 하나 드려도 되겠습니까?"

"무엇이냐. 어서 말해 보렴."

"아버님이 가오슝으로 유학 와서 살면 어떠냐고 하십니다."

"나무아미타불. 어머니는?"

"글쎄 말입니다. 어머니는 타이완은 영원히 안 오십니다. 그리고 이곳 사정을 보아도 어머니가 올 형편이 아니고요."

"물론 그러겠지. 그런데 미연아."

"네, 스님."

"인생은 어차피 공수래공수거니라. 누구나 자기의 길을 가다가 종국엔 혼자 멸도하게 되어 있어. 엄마가 언제까지 너만 보고 살 수 없다는 것을 너도 알지 않니? 너는 너의 길을 가고 엄마는 엄마의 길을 가야 할 거야."

"어떻게 엄마를 떼어두고 저 혼자요?"

"엄마는 지금이라도 재혼을 해야 해. 오히려 너 때문

에 이렇게 혼자 사셨어. 홀로된 부모에게 가장 큰 효도가 무엇인 줄 아느냐? 재혼을 시켜 드리는 것이야. 네가 엄마 곁에 있으면 엄마는 오히려 쉽게 자기 갈 길을 갈 수가 없어. 네가 오히려 큰 장애물일 수 있어."

"어떻게 스님께서 그런 말씀을…."

"너무 고깝게 생각하지 마라. 잘 생각해 보면 해답이 나올 것이다."

미연이는 십오 년쯤의 세월이야 필름이 이어지면 아무 것도 아니란 것을 느꼈다. 모든 것이 엊그제의 일처럼 이어지고 있는 것이 신기했다.

미연이가 타이완에서 돌아온 후 경은 또 나를 찾아왔다. 이번에는 선물을 하나 들고 왔다. 상당히 큰 20호짜리 유화였다. 경이 가오슝에서 그린 것인데, 그림을 거의 다 버리고 왔지만 그중에 애착이 가는 것 몇 점은 챙겨왔다고 했다. 아이허의 등대를 배경으로 파사해협을 들어오는 파도 치는 외양선을 생동감 넘치게 스케치한 것인데 공중에서 물새 한 마리가 곤두박질치고 있는 것이 범상한 그림이 아니었다. 자기가 가장 소중히 여기는 그림이라고 했다. 나는 경이가 대단한 수준의 화가라는 것을 알게 되었다.

경은 미연이가 요새 말수가 적어지고 다른 사람이 된 것 같다고 불안해했다. 나는 미연이 생일날 경과 미연이를 초청하여 호텔 식당에서 식사를 한 끼 대접하였다. 내가 보기에도 두 사람은 완전히 다른 사람이 된 양 훨씬 성숙해 있었다. 두 모녀가 서로 생각하는 시간을 갖는 듯하였다.

어느덧 세월이 지나 미연이가 졸업을 하게 되었다. 그날은 혹시 미연이가 찾아오지 않을까, 아니면 다른 학생이라도 찾아왔다가 연구실이 잠겨있으면 실망하고 돌아갈까 봐 혼자 연구실을 지키고 있었다. 그런데 가벼운 노크 소리가 났다. 문을 열고 들어선 학생은 역시 미연이었다. 졸업가운을 입고 백옥같이 하얀 스카프를 두르고 학사모를 끼고 나타난 미연이는 이제 완연한 성인이었다. 나는 무슨 말을 했는지도 모르게 횡설수설 축하의 말을 건네고 미연이는 떠나갔다. 미연이가 방을 나간 후 나는 허탈한 마음을 달래며 창밖을 내다보고 있었다. 왁자지껄하던 운동장의 소음도 잦아들 즈음에 전화벨 소리가 울렸다.

"교수님, 저 미연이예요."

"응, 아직 안 돌아갔나?"

"네, 여기 교문 앞 공중전화예요. 교수님, 오늘은 꼭 교수님께 말씀드리려 했는데 못 하고 나왔어요. 지금이라도 그 말을 할래요."

"뭔데."

"저는 교수님을 만나기 위하여 S여대에 들어왔나 봐요. 저는 항상 교수님을 아버님으로 생각하고 있었어요."

이 두 마디 말이었다. 또 무슨 말을 하려다가 생략한 듯 약간의 침묵이 흐르다가 그럼 이만 끊겠습니다, 하며 수화기를 놓았다. 미연이는 벌써 강한 사람이 되어 있다는 인상을 받았다.

얼마 후, 경이가 전화를 하고 연구실에 들렀다. 그날은 많은 이야기를 나누었다. 경은 내가 경이에게서 느낀 것처럼 나에게서 푸근함을 느낀 모양이었다. 이야기하며 밤을 새우자고 해도 전혀 거절할 태도가 아니었다. 그날은 어둠이 많이 내린 후에야 등 뒤의 야간 불빛을 받으며 학교 운동장을 가로질러 교문 쪽으로 걸어 나갔다. 나는 경이의 손을 지그시 잡았다. 경이는 기다렸다는 듯이 오히려 손에 더 힘을 주더니 용감하게 내 팔짱을 낀다. 경이는 상당히 몸을 내 쪽으로 기대어 걷고 있었다.

미연이는 학원 강사로 일을 하다가 드디어 타이완 아버지한테로 가서 가오슝대학 석사반에 들어갔다고 했다. 경은 지리산 기슭에 세상을 초탈하고 사는 화가 친구가 있는데 그 동네에 자기 집도 하나 마련해 놓으라고 부탁을 했단다. 지금 시골은 집을 버리고 도회지로 나간 사람이 수두룩한데 그런 집은 살 사람이 없어서 허물어지던지 폐가가 되어 간다고 했다. 몇 푼 안 지불했는데도 썩 아담한 집이 하나 마련되었다고 연락이 왔단다. 그 친구와 같이 약초도 캐고 그림도 그리면서 세상을 살아가겠노라고 했다.

언약궤

내가 여의도 강변을 맴돈 지도 어언 일 년이 되어간다.

뜻하지 않은 회사의 감원조치에 하필이면 내가 포함될 줄이야. 젊디젊은 나이에 이것이 무슨 꼴이란 말인가. 처음에는 이를 승복할 수 없어 많은 갈등도 겪었지만 이제는 상당히 마음이 안정되었다.

내가 여의도 강변을 헤매게 된 동기는 종욱이 때문이다. 종욱이는 같은 영월에서 상경한 친구인데, 우연히 서울에서 만나 함께 답십리에서 자취를 하며 학원에도 다니고 취직시험에도 응했었다. 종욱이는 토박이 영월읍 출신이고, 나는 같은 영월이라고는 하지만 영월읍으로 편입되기 전의 남면 팔괴리 출신으로 종욱이에 비하면 당최 촌뜨기인 셈이다. 우리는 그렇게 생활하다가 또 우연히 같은 회사에 입사하게 되었다. 그런데 이번 회사의 감원조치에 종욱이는 멀쩡한데 나만 걸려들게 된 것이다. 하기야 종욱이는 나보다 훨씬 약삭빠른 데가 있다. 답십리에서 같이 자취를 하면서도 완전히 나한테 기생하다시피 하면서 좋은 것은 언제나 자기가 차지하곤 했었다. 거기에 비하면 나는 천성적인 숙맥 티를 못 벗어나고 있었다.

종욱이는 그간 서울의 중류 가정의 참한 아가씨와 결혼하여 1남 1여를 가진 어엿한 가장이 되었다. 종욱이의 아내 혜숙이도 실은 같이 사귀긴 하였으나 원래는 내 파트너였다. 종욱이 파트너는 혜숙이의 친구로 따로 있었는데, 내가 없을 때 우리 자취방을 놀러 온 혜숙이를 뒷산에 산딸기 따먹으러 가자고 꼬드겨서 깊은 관계로 진척시켜버리고 말았던 것이다. 나는 그렇게 해서 자의 반 타의 반 두 사람의 결혼을 축하해 주었던 것이다.

나는 아직 결혼도 못 하고 분당에서 소형 아파트를 전세 얻어 살며 겨우 소나타 한 대를 굴리는 것으로 체면유지를 하고 있다. 내가 실직하고 하릴없이 빈둥대고 있자 종욱이는 자기가 다니는 교회나 한번 나오라고 하였다. 그 교회가 여의도에 있었다. 종욱이가 여의도 S교회를 다니게 된 것은 처가의 영향이었다. 지금은 종욱이는 해외 파견 차례가 되어 가족을 데리고 호주에 갔고 나만 일요일이면 차를 몰고 나와서 S교회의 C목사 설교를 듣고 위안을 삼고 있는 것이다. 전 주의 설교는 '천국은 침노하는 자의 것'이란 제목이었다.

"이 세상에는 항상 인간을 괴롭히는 마귀와 그 종자들이 있습니다. 이 대적자들은 하나님께서 인간에게 주신 은혜와 복도 쉬지 않고 방해하고 있습니다. 때문에 한평생 영적전쟁을 벌여야 하나니 주님께서는 우리에게 주어진 천국을 침노하여 빼앗아야 소유할 수 있다고 했습니다. 하나님의 나라는 마음씨 고운 호인들의 것이 아니요 필사적으로 투쟁하는 자의 것입니다. 침노하여 빼앗으십시오, 그래야 천국이 당신 것이 됩니다."

교인들이란 참으로 편리한 사고방식을 가지고 있구나. 이런 논리로 무장하면 잘 살 수밖에 없고 이길 수밖에 없겠구나 하고 생각했다. S교회의 일, 이 층의 2만 성도들은 두 손을 높이 들고 통성기도를 드리며 각자의 기도내용을 외쳐대고 있었다. 나는 착한 일 하고 순종만 잘하면 천당 가는 줄 알았더니 C목사의 설교는 그것이 아니었다. 쳐들어가서 뺏으라는 것이었다. 내가 왜 이런 논리를 모르고 있었던가. 종욱이는 그것을 일찍부터 알았기 때문에 살아남고 승승장구하고 있었구나 하는 것을 생각하니 진즉 그런 논리를 몰랐던 것이 후회되었다. 시간이 늦어 본당에 들어가지 못한 수많은 신자들은 이 은혜의 말씀에 동참하기 위하여 영상실에서 TV로 예배를 보며 할렐루야, 아멘을 함께 외쳐대고 있었다. 그런 예배가 하루에 7번이나 계속되었다. C목사의 설교는 그 중 황금시간대인 11시 예배였다. S교회는 한 달에 새 신자만 2천여 명씩 늘어나고 있다. 세계에서 가장 큰 교회가 될 수밖에 없는 이유를 많이 가지고 있었다. C목사의 설교는 두 대의 선명한 대형 TV와 수십 대의 중형, 소형 TV가 본당의 중간중간과 영상실을 비추고 있었고, 동시에 영상매체로 전국 각지에 생중계되고 있었다.

나는 진짜 기독교 신자는 되고 싶지 않으나 나에게 유리한 말은 차곡차곡 가슴에 간직해 두고 싶어서 둔치의 잔디밭을 서서히 돌아다니며 혼자 오늘의 설교를 곱씹어

본다. 나온 김에 거의 하루를 여의도 둔치에서 보내면서 예수니 하나님이니 하는 말만 빼고 나머지를 내 것으로 소화하고 있었던 것이다.

추운 겨울이 지나고 봄이 오자, 여의도 둔치도 봄기운이 돋아나 활기를 되찾는다. 윤중로 벚꽃이 만발하여 사람의 가슴을 마음껏 흔들어 놓더니, 이어서 들판이 온통 푸른빛으로 변하고 듬성듬성 심어진 진달래는 거침없이 자기의 정체를 드러내고 있다.

나는 분당—수서간 고속화 도로를 달려 올림픽대로를 지나 여의도의 국회 둔치주차장에 차를 세운다. 일요일은 일반인의 무료주차가 가능하기 때문이다. 주차장에서 강변 쪽으로 걸어 나와 서강대교까지 약 2km의 길은 내가 가장 좋아하는 길이다.

주차장에서 강 쪽의 넓은 둔치로 나오면 자전거 길에 사이클을 하는 사람, 단축 마라톤을 하는 사람들이 줄을 잇고, 바로 이어진 잔디가 듬성듬성한 인도에는 나를 조롱하듯 데이트 객의 모습이 한가롭고, 가족나들이 나온 사람들도 아이들의 손을 잡고 마냥 즐거운 하루를 보낸다. 잔디밭에는 야외 텐트를 치고 혹은 깔개를 깔고 도시

락도 먹고, 아이들 노는 모습을 사랑 가득한 얼굴로 지켜보는 부부도 있다. 지정된 장소에서 롤러블레이드를 타는 사람, 동네 축구를 하는 사람들이 한 무더기씩 자리를 차지하고 있다.

둔치에서 강 쪽으로 언덕을 내려서면 수면과 시야의 높이가 더 가까워지는데 뒤에는 당산철교가 보이고, 철교 너머로 올림픽 공원이 희미하고, 마포 쪽 네 개의 초고층 빌딩이 손에 잡힐 듯 솟아 있다. 앞의 서강대교까지는 아늑한 샛길이 이어진다. 서강대교의 강북 쪽 가까이에 밤섬이 바라다보이고, 밤섬 너머 저 멀리는 인왕산이 가물거린다.

샛길 양쪽은 우거진 갈대가 바람결에 물결치고 근거리의 강까지는 갈대와 버들개지가 겹쳐있다. 처음 내가 버들개지를 헤치고 물가까지 가게 된 것은 소피를 볼 장소를 찾기 위해서였다. 철썩철썩 하얀 잔물결이 밀려오는 물가의 널찍한 돌들을 밟으며 한참 장소를 물색하고 있었다. 그런데 버들개지의 두께가 엷어서 샛길을 걷는 사람이 볼 것 같은 생각에 나는 버들개지가 더 무성한 면을 고르기 위해 깊숙이 들어갔다. 어느덧 봄이 다 가고 있는지 버들개지의 꽃솜이 혼령 씌인 눈발처럼 어지러이 흩날리고 있었다. 그런데 저 앞에서 작은 돌멩이 하나가 강에 퐁당 떨어졌다. 나는 샛길 쪽으로 눈을 돌렸다. 누가 돌을 던지나 하고 버들개지 너머를 보았으나 마침 지나가는 사람은 아무도 없었다. 나는 물에 발이 빠지지 않게 좀 더 안으로 걸어가고 있는데 또 하나의 작은 돌이 강으로 떨어졌다. 그제야 나는 저쪽에 한 중년 남자가 앉아 있는 것을 발견하였다. 그는 강가 조그만 암석 하나를 차지하고 홀로 앉아 하릴없이 가끔씩 돌을 던지고 있는 것이었다. 나는 그와 뜻하지 않게 얼굴을 마주치게 되자 가벼운 눈인사를 하였다. 그는 인사를 받는지 마는지 한 몸짓이었으나 적대적인 얼굴은 아니었던 거로 기억한다. 생김새도 말쑥한 교양인으로 보였고, 불량기는 전혀 없는 나보다 십 년 이십 년쯤은 위로 보이는 중년의 남자였다.

처음에는 우연히 얼굴이 마주쳤으나 그다음 주부터는 약간의 관심이 쏠려 그쪽 버들개지 밑을 들여다보게 되었다. 삼 주째 얼굴을 마주치게 되자 이제 무슨 말이라도 한마디 하지 않으면 안 될 처지가 되고 말았다.

"날씨가 참 좋습니다."

"네~."

"매주 일요일마다 나오십니까?"

"아, 네."

"항상 강을 바라보고 계시던데, 초면에 실례입니다만 무슨 이유라도 있으십니까?"

"저 다리 위에서 집사람이 투신자살했답니다."

그가 가리키는 곳은 저 멀리 밤섬이 가까운 서강대교 위였다. 나는 괜한 것을 물었나 했으나 그가 말하기 어려운 것을 쉽게 턱 던져주는 데는 의외가 아닐 수 없었다. 그도 나의 인상을 그다지 나쁘지 않게 보았다는 증거이기도 하였다. 혹 그는 자기를 알아주는 사람이 있었으면 하는 눈치였는지도 모른다. 우리는 우연히 마음이 통하고 있었던 것이다. 그는 송영민이란 이름을 가진 사람이었는데 얼마 전까지만 해도 대기업의 고급 간부였다고 한다.

송영민이 광주에서 대학을 다니고 있을 때, 서울에서 지방대학으로 유학 온 여학생이 한 명 있었다. 보통은 지방에서 서울로 유학을 가는데 그녀는 역으로 서울에서 지방대로 온 것이다. 서울은 경쟁률이 치열하여 아무 대학이라도 들어가기만 하면 서울대라는 말이 나오던 시대였다. 그때는 서울의 마땅한 대학에 못 들어가서 지방대로 간 학생이 상당수 있었다. 그들은 일요일 저녁에 지방의 하숙집으로 내려왔다가 주말에 다시 서울 집으로 올라가는 일정이 계속되었다.

미애가 지방대 학생이 되자 인기가 대단하였다. 여러 명 친구가 모인 자리에서 소개를 받았지만 송영민은 첫눈에 반할 지경이었다. 키가 그다지 크지는 않지만 적당한 체구에 적당히 그을린 초콜릿 피부, 오뚝한 코와 검은 눈동자는 이국적인 인상까지 주었다. 활달한 성격에 미모까지 갖춘 미애의 주위에는 남학생들이 구름처럼 모이고 있었다. 전라도 사투리만 듣다가 유려한 서울말을 들으니 나라의 중심지에서 왔다는 권위까지 더해졌다. 서울 말씨의 그 낭랑한 목소리는 가히 꾀꼬리에 비겨도 좋을 만큼 아름답게 들렸다. 그러나 미애와의 만남은 항상 여러 명이 함께 있을 때에만 이루어졌다.

송영민이 미애의 행동반경을 알아내서 말을 건 것은

캠퍼스 내의 장미화원 옆이었다. 마침 상쾌한 원피스 차림으로 멋진 새 하이힐을 신고 장미화원을 돌아 가벼운 몸놀림으로 걸어오고 있는 미애에게 영민은 우연인 것처럼 말을 걸었다.

"안녕하세요. 수업 다 끝났어요?"

"네, 송영민 씨. 이렇게 단둘이 만난 것은 처음이네요."

"지방대로 오니까 좋아요?"

"네, 저도 원고향은 이 지방이에요."

"아 참! 아버님 고향이 영산포라고 했지요?"

"저는 아직 영산포에는 가본 적도 없지만 부모님으로부터 말씀은 많이 들었어요. 그래서 집 풍경이며 골목들이 마치 보았던 것처럼 어렴풋이 연상이 되기도 해요."

"알고 보면 동향이네요. 저는 영산포에서 고등학교까지 나오고 대학을 광주로 왔지요. 여러 가지로 통하는 데가 많을 것 같네요."

"송영민 씨는 모범학생이라고 소문이 자자하던데요 뭐."

"그 친구들이 쓸데없는 말을 한 거지요. 저도 잘 놀고 술도 마실 줄 압니다."

"남자가 당연히 그래야지요. 송영민 씨는 상당히 매력적인 남자에요."

그들은 오래전부터 알고 지내던 사이처럼 아주 친해지고 있었다. 당일로 저녁식사를 황금동 뒷골목의 조촐한 식당에 가서 하고 차까지 마시고 헤어졌다.

그들은 차츰 만나는 횟수가 잦아졌다. 활달한 성격의 미애는 의도적으로 접근하는 영민에게 거리낌 없이 대해주었다. 단둘이 황혼녘 무등산 억새밭에서 서산에 지는 붉은 태양을 지켜보기도 하였다. 미애가 하숙하는 집에 가서 미애의 룸메이트가 없는 사이에 커피포트에서 내려준 따끈한 원두커피에 부꾸미를 얻어먹기도 하였다. 횟수가 잦아지던 어느 날 미애의 하숙방에서 짙은 사랑의 몸짓까지 나누는 사이가 되었다.

그러던 어느 날, 군대에서 휴가를 나온 영민의 형 영호가 영민이를 찾아왔다. 나중에 안 일이지만 영호는 서울에서 학교를 다녔기 때문에 미애의 오빠 차만기와 가끔 여럿이 어울리는 자리에서 만나는 술친구였다. 그러나 영호와 차만기는 약간 서먹서먹한 사이였다. 영호는 차만기 집안과 자기 집안과의 옛날 역사를 대충 알고 있었기 때문이다.

"너, 차미애란 여학생과 친하다는 소문을 들었는데 사실이냐?"

"어떻게 형 귀에까지 들어가게 되었지요?"

"내 말 잘 들어라. 그 여학생과는 사귀지 않았으면 좋겠다."

"네~?"

"너한테는 안 됐다만, 그쪽 집안과 우리 집안은 안 좋은 사이였다. 나도 아버님께서 다른 사람과 말하는 것을 어렴풋이 들었을 뿐이다 만, 이야기는 벌써 우리 할아버지 대인 일제시대까지 거슬러 올라간다. 너도 알다시피 아버님은 마음이 넓으신 분이셔서 좋지 않은 것은 일체 후세에 물려주려 하지 않는 분 아니니. 그래서 우리에게는 전혀 말씀을 안 하셨다."

"그러면 됐지요. 지나간 과거가 우리와 무슨 상관이 있습니까? 그것은 윗대에서 있었던 일이고 우리는 우리지요. 그리고 형한테만 말씀드리는데 저는 미애를 사랑하고 있습니다. 미애도 저를 좋아하고 있구요."

미애의 할아버지 차용상은 영산포에서 유명한 물상객

주었다. 객주는 여각보다는 작은 규모이긴 하지만 일제의 비호 없이는 유지가 어려운 것이어서 자연 친일파가 될 수밖에 없었다. 숙박업도 하면서 위탁판매를 하여 구전을 받았고 상품의 흥정 매매에는 거간을 내세웠다. 물건을 담보로 자금을 융통해 주기도 하고 어음을 발행하기도 하였다. 그때 제일 무서운 고리대로 갑리甲利라는 것이 있었다. '갑'은 원래 순수 우리말로서 갑절이란 뜻이다. 월리 10할을 말한 것으로 1개월이 지나면 원금과 이자가 같이 되는 것으로 연리 120할이라는 살인적인 이자였다. 물론 이런 고리대는 조선정부에서 엄금하고 있었고 일제마저도 금하고 있었지만 입에 풀칠이 급한 농민은 토지를 성문매매하는 형식으로 돈을 빌렸다가 기한 내에 갚지 못하면 자연히 퇴도지退賭地가 되고 마는 것이었다. 가뭄이 삼 년이나 이어지고 곡식 항아리에 식량이 바닥난 지 오래되자 영민이 할아버지는 토지문서를 들고 차용상이에게 가서 담보로 돈을 빌렸었다. 이제 가뭄이 풀리고 돈을 마련할 수가 있어서 차용상에게 논을 돌려받으려 하자 그간의 이자를 모두 내라는 것이었다.

"뭐라고? 야, 이 도둑놈아. 있는 사람은 없는 사람을 도울 줄 알아야지, 없는 사람 것을 착취하려 들어?"

"너는 그때 계약서도 안 읽어봤단 말이냐? 봐라, 여기 성문매매 계약서가 있지 않느냐?"

영민의 할아버지는 주재소를 찾아가서 사정을 얘기하였으나 계약서가 있는 한에는 방법이 없다고 하였다. 주재소장 다나카는 벌써 차용상으로부터 상납을 받고 있는 사이였다. 울화가 치밀어 오른 영민의 할아버지는 밤중에 차용상을 죽인다고 낫을 들고 쳐들어간 일까지 있었으나 오히려 살인미수로 잡혀들어 가는 신세가 되고 말았다. 일단 다나카 소장의 배려(?)로 가벼운 소란죄로 취급되어 훈방되기는 하였으나, 하여튼 그때부터 송영민네는 소작인으로 전락하고 만 것이다.

한편 차용상은 돈은 벌었지만 그 지방에서 차츰 인심을 잃었고 또 일제에 의해서 객주제도가 폐지되면서 어느 날 갑자기 서울로 슬그머니 이사를 가버리고 말았다. 그리고는 영산포에 일체 발걸음을 끊었다. 어찌 됐든 해방 이후에 비록 상황은 바뀌지만 그래도 그 집안은 잘되고 이 집안은 못되는 상황이 계속되었다. 세월이 흐르자 송영민의 아버지는 이런 좋지 않은 유산을 자식들에게 물려주고 싶지 않아 일체 거론을 안 하는 편이었다. 그래서 송영민은 까마득히 모르고 영호도 아버님이 슬쩍 흘리는 말이나 남과 이야기할 때 우연히 주워들은 몇 마디뿐이었는데, 이번에 자기 동생이 차만기의 여동생과 사귄다는 소문을 듣고 더 자세한 것들을 알아보았다는 것이다.

그러나 송영민의 태도는 단호한 데가 있었다. 미애가 배가 불러오자 학창시절인데도 결혼을 하여야겠다고 강력히 주장하였다. 송영민의 아버지는 떠올리고 싶지 않은 과거 때문에 자식이 얽매이는 것이 싫어서 괜찮다는 승낙의 말씀을 하셨고, 영호도 동생이 저처럼 강력한대 허락하는 것 이외 방법이 없다고 생각하기에 이르렀다.

미애는 배가 너무 불러오자 학교는 중동무이 하고 결혼식을 올렸다. 송영민은 할아버지 대에서 사이가 안 좋았다는 것을 생각하면 가끔 미애가 미워지기도 하였으나 그런대로 학창시절의 결혼생활은 유지되고 있었다.

그런데 송영민과 미애는 자란 환경이 너무나 달랐고 성격도 너무나 차이가 났다. 송영민은 신중하고 주도면밀한 성격인 데 반하여 미애는 부유한 가정에서 태어난

탓인지 활달하고 깊이 생각하지 않고 말을 하는 버릇이 있었고 좀 덜렁거리는 데가 있었다. 아무리 그렇다손 치더라도 자기가 서울에서 아직 대학생도 되기 전에 사귀었던 남자 친구 이수남과의 이야기를 그토록 아무렇지도 않게 이야기할 수 있단 말인가? 남의 눈에 띄지 않게 하기 위하여 한길 양쪽으로 나누어 걸어가며 은밀한 장소로 이동하였다는 이야기며, 이수남이가 자기에게 한 웃기는 말들을 재미있는 장면을 연상하듯 들려주었다. 더 결정적인 말은, 이수남이 집안에서 경영하는 '바'의 영업이 끝난 후에 몰래 문을 따고 들어가서 놀았는데 재수 없게 거기서 그만 걸려버렸노라고 하면서 그 남자의 아이를 가졌던 사실까지도 웃으며 들려주고 있지 않은가.

송영민은 미애의 말을 유도해 내기 위하여 같이 웃으며 아무렇지도 않은 것처럼 박자를 맞추어 주고 있었으나 그 장면에까지 이르자 이제 한계를 느끼고 말았다. 영민은 갑자기 벌떡 일어나 미애의 멱살을 잡고 바닥에 힘껏 짓누르며 외마디 소리를 질렀다.

"네 이년! 나를 똑똑히 봐라. 내가 누구냐?"

그제야 미애는 자기가 안 할 말을 했나 생각하고 약간

당황할 정도였다. 미애는 그래도 기본적인 생각은 뭘 그런 걸 가지고 야단이냐는 식이었다. 영민이로서는 감히 상상도 할 수 없는 일이었다. 그 뒤로 영민의 괴로움 때문에 집안은 삭풍이 몰아치는 겨울을 맞이하였고 둘 사이는 극한 상태로 치닫고 있었다. 이제는 미애가 오히려 '그러면 내가 어떻게 했으면 좋겠느냐?'고 따지며 영민이 속 좁은 남자라는 식으로 원망을 하였다. 영민은 이수남이란 자를 죽이고 오라고 했다. 그러기 전에는 다시는 집에 들어오지 말라고 했다.

영민이 아무리 말은 그렇게 했지만, 미애가 집을 나간 지 보름이 되자 미애의 행방이 궁금해지기 시작했다. 그리고 자기의 행동에 후회가 되었다. 어차피 지나간 이야기가 아닌가. 나 혼자만 아는 일이니 나 혼자만 삭이면 끝나는 일 아닌가. 영민이 혼자 허허 들판을 미친 사람마냥 헤매다가 내린 결론이었다. 영민이 수소문하여 친구 집에서 지내고 있던 미애를 다시 찾아 나와서는 부둥켜안고 엉엉 울기까지 하였다.

그런데 아직 학창시절의 결혼생활이 끝나기도 전에 그보다 더한 불행의 날이 오고야 말았다.

영민의 형인 영호가 밤중에 뒤통수에 돌을 맞고 피를 흘리며 종로 2가 어느 골목에 쓰러져 있는 것을 행인이 발견하고 경찰에 신고한 것이다. 급히 병원으로 옮겼으나 영호는 이미 불귀의 객이 되고 말았다. 그 사인을 둘러싸고 말이 많았고 경찰에서도 나름대로 진상조사에 노력한 듯하였으나 별 진전이 없었다.

평소에 영호는 서울 친구들과 많이 어울렸다. 영호가 제대 말년에 휴가를 나왔다가 친구들과 무교동에서 2차, 3차까지 술자리가 이어졌는데 각자 헤어질 사람은 헤어지고 일부는 남아서 술을 마시고 옥신각신도 하였으나 영호가 쓰러진 줄 아무도 모르고 귀가했다는 것이다. 그런데 그 술자리에 마침 군대에 갔던 차만기도 휴가를 나와서 자리를 같이했던 것이다. 군대에서 억눌린 스트레스를 풀어준다고 다른 친구들이 주동이 되어서 자리를 옮겨가며 실컷 취하게 술을 마시고 있었다.

송영민이 차만기의 부대까지 찾아가 면회를 하였을 때 차만기의 모습이 아무래도 꺼림칙하였다. 자기를 똑바로 보지 못하고 자꾸 눈을 밑으로 까는 것 같은 태도가, 들은 말과 연관되면서 자기 나름대로 어떤 심증이 굳어가고 있었다.

송영민은 형의 의문사를 캐기 위해 형의 다른 친구들도 만나기 시작하였다. 말이 일치하는 부분도 많았고 다른 점도 있었지만 형과 학교 친구라는 한 분의 말이 자꾸만 머리를 점령하여 견딜 수가 없다. 그날 저녁, 갈 사람은 가고 몇 명 남은 친구들이 술을 마시다가 또 흩어지기 시작하였는데 형 같은 사람이 누구와 같이 어둠 속으로 사라진 것을 보았다는 것이다. 같이 간 사람이 딱히 차만기라고는 말할 수 없지만 어쩐지 차만기인 것만 같아서 의문이 풀리지를 않았다. 영민은 한 장면을 혼자 연상하며 부르르 몸을 떨었다.

“그 사람이 군복을 입었습니까?”

“밤이니 그것은 구별할 수 없지.”

“모자를 썼습니까?”

“그것도 모르겠어. 모자를 쓴 것도 같고….”

“잘 좀 기억해 보세요. 같이 간 사람만 알아내면 모든 단서가 잡힐 것 같은데요.”

그들은 경찰 조사에서 모두 같이 가지 않았다고 발뺌을 했다. 장례를 치르던 전날 밤, 그때의 친구들도 참석한 자리에서 형의 친구가 부르는 노래는 모두의 가슴을 쥐어짰다. '친구, 내 친구, 어이 이별할까나…' 나중에는 모두 눈물바다가 되었다. 송영민은 차만기를 곁눈으로 유심히 살펴보았다. 역시 가장 슬퍼하고 가장 괴로워하는 듯하였다. 그러나 아무런 물증이 없다는 이유로 사건은 그대로 미궁에 빠지고 말았다.

영민이 학교를 졸업하고 서울의 H그룹 사원이 되면서부터는 미애와의 갈등이 더 심해지고 있었다. 그러든 어느 날 영민의 친구 정일이에게서 전화가 걸려왔다.

"영민아, 너 나하고 약속을 하나 해줘야 할 일이 있다. 그렇게 해주면 너에게 할 말이 있는데 약속해줄 수 있니?"

"무슨 말을 하려고 서론이 그렇게 복잡하냐?"

"약속을 해주는 거지? 지금부터 내가 하는 말은 너 혼자만 알고 누구한테도 말 안 하기다. 너 혼자 무덤까지 가져간다고 약속하는 거지?"

"그 녀석 되게 사설이 기네. 그래 내 약속하마. 어서 얘기나 하렴."

"네가 약속을 했으니 일구이언하지 않겠지? 실은 오늘

내가 네 와이프를 보았는데 말이야. 어떤 남자하고 팔짱을 끼고 서서 택시를 기다리고 있었어. 우연히 나와 시선이 마주치자 아주머니는 얼른 팔짱을 풀었고, 그 남자는 무척 당황하는 표정이었다. 그 남자는 딱 우리 또래야. 그런데 둘이 상당히 가까운 사이란 것을 첫눈에 알 수 있었다. 내가 친구로서 그것을 목격하고 말을 안 하자니 그렇고, 말을 하자니 그렇고 해서 며칠간 망설이다가 말하기로 결심을 하고 전화를 한 거야. 이것이 친구로서의 최소한의 예의라고 생각했다. 나 혼자만 알고 묵살하자니 너에 대한 의리가 아니었어."

이 말을 듣는 순간 번개처럼 이수남이의 모습이 눈앞을 스치고 지나간다. 미애와 이수남, 그럼 아이까지 낳은 지금도 관계가 계속되고 있었단 말인가. 여기까지 생각하다가 영민은 '의아!' 외마디 소리를 질렀다. 며칠이 지나면서 영민은 생각했다. 이것도 접어야 한다고. 이것도 나만 알고 있는 사실이니 나만 모른 체하면 되는 문제가 아닌가 하고. 그리고 둘이 팔짱을 끼고 있었다는 것이지 부정을 했다는 증거가 있는 것도 아니지 않는가 하고.

세월은 흘러 송영민과 미애 사이에서는 1남 2녀가 자

라고 있었고, 큰애는 벌써 대학을 졸업하고 취업 준비를 하고 있으며 하나는 대학생, 하나는 고등학생의 나이였다. 송영민은 학창시절에 대학을 수석 졸업한 모범생답게 H그룹의 상무이사가 되어 사회의 신뢰도가 더해지고 관록이 몸에 배어 있었다. 그러나 미애와의 부부 사이는 줄곧 별로 좋지 않았다. 형님의 죽음과 미애의 과거사 등이 자꾸만 겹쳐지는 데는 괴로운 일이 아닐 수 없었다. 짜증스럽게 대하는 남편을 미애라고 일방적으로 좋아할 리가 없었다. 그런데 미애에 대한 감정이 극도로 나빠지기 시작한 것은 조상의 산소를 가려 하지 않는 것이었다. 영산포 선산을 자식들은 데리고 간 적이 있으나 미애는 그때마다 무슨 핑계를 대고 빠졌다. 미애는 결혼을 해서도 '자기 집'은 친정을 말하는 것이고 부모도 친정 부모가 부모이지 영민의 부모는 별로 관계가 없는 사람으로 여겼다. 영민은 미애에게 말하곤 했다.

"송씨 집안으로 시집왔으면 송씨 집안의 귀신이 될 각오를 해야지 당신은 시집을 온 거예요, 안 온 거예요? 어쩌면 당신은 시집와서도 친정 부모만 부모로 여기고 시집 부모는 부모로도 생각하지 않지? 시집을 왔으면 '올인'을 해야지 한 발만 담가놓고 아직도 전체가 다른 데 있느니 어찌 이럴 수가 있지?"

이번에도 한식날이 다가왔다. 이번만은 아내와 자식들을 데리고 고향에 가서 모처럼 금의환향의 기분을 살리고 싶었다. 마침 송영민이 영산포를 내려온다는 소식을 듣고 그 지방 출신의 H그룹 사원들이 이사님 환향 파티를 준비했다고 연락이 왔다. 또한 영민의 출신 대학 총장이 광주에서 교무위원들과 함께 만찬을 준비했다고 연락이 왔다. 영민에게 부부동반을 해달라 하고 그 지방 출신 H그룹 사원을 몇 명 대동해 달라는 주문도 있었다. 광주의 동창들에게도 연락하여 우리 부부가 한턱 쏘겠다고 했다. 주동자 격인 친구에게서 연락이 왔다. 근 열댓 명은 모일 것 같다는 소식이다. 또 영민은 이번에 영산포에 내려간 김에 부인과 자식들에게 애향심을 불어넣기 위하여 고향 지역을 관광하기로 작정하고 미리 무등산 파크호텔의 특실에 예약까지 해놓았다. 영산포 선창가 홍어거리에 가서 식구들에게 홍탁도 맛보이고 싶었고, 보리잎을 넣은 홍어애 국물도 맛보게 하고 싶었다. 남도의 해산물 총집산지였던 영산포에만 있는 강항江港의 등대도 구경시키고, 담양 소쇄원, 화순 천불천탑 운주사며 광주호 변두리의 70여 개 정자 중 중요한 곳을 순회하기로 마음먹었다. 지금까지 회사 일에 전 생애를 걸었던 지난날을 생각하며 이번만은 처음으로 정식 휴가를 얻어 며칠 쉬기로 작정한 것이다.

그런데 이번에도 미애는 고등학교 동문회 모임이 있어서 못 간다고 한다. 이번만은 송영민이도 기어코 데리고 가겠다고 결심하였다. 미애는 자기가 총무를 맡고 있는데 어떻게 가느냐고 하였다. 그러면 언제는 그런 이유가 없었던가, 안 돼, 이번만은 기어코 가야 해, 송영민은 큰소리를 치기 시작하였다. 전에도 조상 건만 나오면 미애는 신경질적으로 대했던 것이 연상되었기 때문이다. 아마 송영민의 할아버지가 낫을 들고 자기 친정 할아버지를 죽이겠다고 쳐들어간 것이 연상되는 모양이었다. 그러나 송영민도 이번만은 양보하지 않겠다는 것이 확고했고 벌써 예비싸움이 몇 번 벌어졌다. 드디어 내일 출발해야 하는 전날 밤, 송연민은 아내를 방으로 불렀다.

"내일 아침 출발인데 같이 가는 거지?"

"안 간다고 말했잖아요. 같은 말을 몇 번이나 반복해

야 해요?"

"이번에 안 가면 절대 가만두지 않을 거야, 갈 거야 말 거야."

"못가! 내가 네 소유물이야. 맘대로 데려가고 싶으면 데려가고, 데려가고 싶지 않으면 말고."

"가~!"

"못가~!"

"아아~!"

영민은 자기도 모르는 사이에 미친 듯이 소리를 지르고 침대에 누워서 사지를 하늘에 뻗고 바동댔다. 미애는 미쳤군 미쳤어 하며 노려보고 있었다. 영민은 그때 하필 미애와 이수남과의 관계가 오버랩 되더니 형의 죽음까지 번개처럼 스치고 지나간다. 순간 자기도 모르게 벌떡 일어나 미애를 잡아 침대에 쓰러뜨리고 반주먹으로 뺨을 미친 듯이 갈겼다. 그리고는 일어나자 이번에는 미애가 미친 듯이 영민에게 왈칵 덤벼들었다. 영민은 다시 미애를 침대에 쓰러뜨리고 또 실성한 사람처럼, 아니 정말 실성하여 뺨을 미친 듯이 후려갈겼다. 미애는 벌떡 일어나 부엌으로 달려갔다. 영민은 그때에야 정신이 번쩍 들었다. 식칼을 가져오면 어찌한단 말인가. 제발 그것만은. 그런데 마침 미애의 손에는 아무것도 들려 있지 않았다. 그리고는 외마디 소리를 질렀다.

"너하고는 이제 끝장이야!"

그리고는 한참 후에 영민은 느낌이 이상하여 뒤를 돌아보자, 미애가 방망이로 영민이의 머리를 후려치고 있었다. 엉겁결에 손으로 막아서 다행이지 그것을 맞았더라면 즉사할 뻔하였다. 마침 방망이 든 손이 높이 쳐들렸을 때 막았으니 망정이지 힘을 받고 내려올 때라면 손목도 성하지 못할 뻔하였다. 그 방망이는 영민이가 서울로 거처를 옮길 때 이제는 고인이 되신 어머님의 손때가 묻은 유산 몇 개를 챙겼는데 그 안에 다듬잇돌과 방망이도 포함되어 있었던 것이다.

이 모든 일은 자식들이 없었을 때 벌어진 일이다. 미애는 그날 저녁으로 집을 나가버렸다. 영민은 자식들에게는 엄마가 일이 있어 못가니 우리끼리 가자고 예정대로 다음 날 영산포로 출발하였다. 고향에 내려와서 미애에게 몇 차례 문자를 보냈지만 아무런 회답이 없었다. 전화를 해도 받지 않았다.

휴가가 끝나고 서울로 돌아왔으나 역시 소식이 두절되었다. 그리고는 일주일 후에 강화도에서 어부의 그물에 걸려 시체를 찾게 된 것이다. 영민은 그 소식을 듣고 역시 집을 나갔고, 금오도까지 가서 어느 허스름한 어촌 여인숙에 거처를 정하였다. 매일 비렁길을 거닐며 바다 너머 먼 세상을 조망하였다. 이제 이 세상과 일단 연을 끊고 싶었다. 자기의 인생을 옥죄던 핸드폰은 바다에 던져 버렸다. 속이 후련했다.

나흘이 지나서 영민은 큰아들에게 전화를 걸었다. 아들의 다급한 목소리가 들려온다.

"아버지! 거기 어디예요?"

"너무 걱정 말아라. 머리를 식히고 들어갈 테니 신고하거나 하는 짓은 하지 말아라."

"거기 어디예요? 지금 동생들하고 같이 신고하자고 막 경찰서로 떠나려던 참이었어요. 제가 일단 찾아갈게요. 저하고 먼저 이야기하세요."

"여기는 서울에서 멀리 떨어진 곳이다. 아비는 절대 죽지는 않는다."

"아버지! 아버지!…."

"어머니는 어디에 안치하였느냐?"

"용인 공원묘원이예요. 아버지…."

"알았다. 가끔 연락하마."

전화를 끊고 파란 하늘에 두둥실 떠내려가는 흰 구름을 쳐다보았다. 알싸한 바람이 볼을 스치고 지나가고 저 멀리 긴 기러기 떼가 브이자 형을 그리고 가물거리다가 하늘 한구석에 묻힌다. 회사에는 사직한다는 내용을 사장님께 간곡히 말하여 구두 허락을 받았다.

나는 송영민 씨와 강변을 걸으면서 같이 교회를 가보지 않겠느냐고 제안했다. 그는 평생 한 번도 교회는 가보지 않았노라고 하면서도, 마치 나의 제안을 기다렸다는 듯이 그러자고 순순히 응한다. 오늘은 본당 가득히 더 광기 넘치게 찬송가를 부르고 있었다.

내게 강 같은 평화
내게 강 같은 평화가 넘치네.
내게 샘솟는 기쁨
내게 샘솟는 기쁨이 넘치네.…

신자들은 모두 박수를 치면서 찬양하였고 어떤 사람은 두 손을 번쩍 들고 목청껏 소리 높여 노래 불렀다. 아무도 옆 사람의 행동에 관여하지도 않고 오직 자기의 소신대로 노래하고 통성기도하고 있었다. 송영민은 경이의 눈으로 이방인들의 몸짓을 감상하고 있었다.

오늘의 설교 제목은 '언약궤를 짊어지고 요단강을 건너라'였다.

"언약궤는 모세가 시내산에서 하나님으로부터 받은 돌판을 담은 궤입니다. 여호수아는 하나님의 말씀을 따라 언약궤를 맨 제사장들에게 '요단강가에 이르거든 담대하게 요단강에 들어서라. 그러면 강물이 갈라지고 이스라엘 백성들이 마른 땅으로 건너가게 될 것이다'고 말했습니다. 여호수아의 말대로 행하여, 제사장들의 발이 물가에 잠기자 곧 위에서부터 흘러내리던 물이 갑자기 그치고 제사장들은 요단강 가운데 마른 땅 위에 굳게 섰습니다. 그 요단강을 다 건널 때까지 물은 흐르지 않았고 이스라엘 백성은 젖과 꿀이 흐르는 약속의 땅 가나안으로 남김없이 다 들어갈 수 있었습니다."

예배가 끝나고 본당에서 신도들을 토해내자 봇물처럼

쓸려 나온 인파는 다시 피곤한 심령을 안고 어딘가로 뿔뿔이 흩어지고 있었다. 나는 송영민 씨와 말없이 교회를 나와서 렉싱턴 호텔 로비를 통과하여 뒤쪽으로 나왔다. 내가 항상 가던 남중빌딩 이층 '교동 전선생'이란 식당으로 들어갔다. 그곳은 식사가 나오기 전에 먹음직스런 따끈한 전이 한 접시 그득히 나온다. 깻잎에 싼 만두소 전, 생선 전, 두부 전, 소시지 전, 버섯 전. 나는 송영민 씨에게 묻지도 않고 더덕 막걸리 한 주전자를 시키고, 골뱅이 무침을 안주로 시켰다. 식사를 하면서는 별말이 없었다. 이제 서로 자기가 나아가야 할 바를 모색하고 있었다. 식사가 끝나고 밑층 '파리크라상' 커피숍으로 들어갔다.

"송 선생님, 참 좋은 선배님을 알게 돼서 영광입니다. 이제부터 어떻게 살아가실 작정입니까?"

"아직 생각 중에 있습니다. 저도 좋은 아우님을 한 분 알게 돼서 기쁩니다."

"송 선생님, 저는 그간 입시공부를 다시 했습니다. 다행히 로스쿨에 합격했습니다. 나이가 사십이 다 돼서 이제 스무 살짜리들과 같이 공부하기가 멋쩍지만 인생을 다시 시작한다는 것이 여간 즐겁지 않습니다."

"그거참 잘 됐군요. 축하해요. 어떤 일이 있어도 꼭 목표를 달성하세요."

"송 선생님! 제가 외람된 말씀을 하나 드려도 되겠습니까?"

"무슨 말씀이라도 좋습니다. 말씀하세요."

"꼭 집으로 돌아가 주십시오."

"글쎄요. 서울에 올라와서 이렇게 공공장소에까지 나왔으니 누가 보지 않았으리라는 보장도 없고요…."

그 말이 돌아가겠다는 말인지 돌아가지 않겠다는 말인지 확실치는 않았다. 나는 이제 다시는 여의도 둔치에 나오지 않을 것이고 S교회도 가지 않을 것이다. 송영민 씨도 S교회를 다시 갈 일은 없을 것이고 여의도 강변도 다시 나올 것 같지 않았다. 나는 작별인사를 하고 주차장으로 발걸음을 옮겼고, 그는 멀리 밤섬 쪽으로 시선을 던지며 뒷모습 추레하게 걸어가고 있었다. 한 가닥 가수알바람이 그의 스프링코트 옷자락을 흩날리고 지나갔다.

찔레꽃 필 무렵

아침 일찍 출근하려고 현관문을 열자 이웃집 담장 너머 어디선가 찔레향이 아련하게 풍겨온다. 도심에서 약간 벗어난 곳에 산 덕분에 제법 시골다운 정취를 느낀다. 나는 잠시 먼 하늘을 응시한 채 가슴 한구석에 미미한 통증이 지나가는 듯한 느낌을 감지한다. 개미 쳇바퀴 돌 듯 오늘도 최면에 걸린 사람마냥 머리는 직장처로 줄달음친다. 김 기사는 내가 나타나자 즉시 차 문을 열고 나와서 아침인사를 하고 어서 승차하기를 기다린다. 나는 습관처럼 차에 몸을 맡기고 세종로 회사로 달렸다.

평소보다 일찍 회사를 들어서는 나를 보고 경비는 정중한 거수경례를 붙인다. 어제저녁의 행사가 늦게까지 이어지는 바람에 피로가 아직 덜 풀린 듯하다. 미스 최도 일찌감치 출근해서 벽면의 옷걸이에 핸드백을 걸고는 책상 서랍을 정리하는 중이었다.

"안녕하세요. 부사장님, 일찍 출근하시네요."

"응, 미스 최도 빨리 나왔군. 어제 뭐 좋은 일이라도 있었나, 예뻐 보이는데."

미스 최가 배시시 웃는다. 미스 최는 오늘자 당사 신문과 타사 신문 서너 개를 내 책상 위에 일매지게 올려놓고, 항상 하던 대로 커피를 준비하러 간이주방 쪽으로 발걸음을 옮긴다. 나는 내가 쓴 칼럼에 오자 탈자가 없는지 확인하고 나서, 다른 기사의 큰 글씨들을 대충 훑어보고 있었다. 그때 방문을 노크하는 소리가 들렸다. 미스 최와 몇 마디 두런두런 나누는 소리가 들리더니 이광열 기자가 들어선다. 이 기자는 내가 대학 시절부터 아끼던 후배 사원으로, 내 방을 무시로 드나드는 사이이다. 지금은 우리 신문사에서 가장 모범적인 원로 기자에게 주는 대기자의 직함을 받고 있다.

"웬일이야, 이른 아침부터."

"네! 조간신문을 보다가 울화통이 터져서 왔습니다."

“내 칼럼을 보고 울화통이 터졌을 리는 없고, 무엇을 보고 울화통이 터졌을까?”

“설마 부사장님께서 그처럼 엄청난 기사를 모른다고 시치미를 떼시는 건 아니겠죠?”

“뭔데?”

“대만 마잉주 총통의 ‘구동존이求同存異’ 말입니다.”

“응, 그게 어째서?”

“그렇게 되면 중국의 실질적인 통일을 의미하는 것 아닙니까? 독일이 통일되고 중국이 통일되고, 이제 지구상에서 분단국은 우리만 남게 되고요. 구동존이, 의견이 같은 것은 거론하고 의견이 다른 것은 방치한다. 그다음을 보십시오. 선경후정, 경제를 먼저 논하고 정치는 후에 논한다. 선이후난, 먼저 쉬운 것부터 하고 어려운 것은 나중에 한다.”

“응, 그런데?”

“이렇게 쉬운 것을 우리는 왜 못하는 것입니까? 우리는 반대 아닙니까? 제일 먼저 어려운 것, 안 될 것만 말하고 있으니 이것은 통일하지 말자는 것 아닙니까? 핵을 포기하라, 미군을 철수하라, 이런 말 백 년, 천 년을 해보세요. 해결이 나나요?"

"오늘 이 기자가 왜 이렇게 흥분을 하지?"

"울화통이 터져서 그렇습니다. 선배님도 많이 변했습니다. 같이 반독재투쟁을 하던 선배님이 아니란 말씀입니다. 오늘 선배님의 칼럼을 보니 이제 성현군자가 다 되셨더군요. 아예 국가지사는 건드리지도 않으실 참이더군요."

"아침부터 골치 아픈 이야기 좀 그만하고 다른 말로 화제를 바꾸면 안 되나?"

"그것 보세요. 내가 잘 봤군요. 이제 통일 같은 것은 선배님 관심 밖이란 말씀이지요?"

"누가 그런다고 했나?"

"아님, 최소한 저와 박자는 맞춰주셔야지요? 선배님도 책임이 있습니다. 첫째 선배님도 한국인이란 것이구요. 둘째 신문사 부사장 대우라는 대접을 받을 때까지 진정한 통일론을 위하여 정의의 펜대 한 번 휘둘러 본 적이 있으십니까?"

"오늘 왜 이래? 고등학생처럼. 이제 우리는 일선에서 물러나야 할 나이가 지났는데도 자리를 지키고 있는 처지 아닌가. 그런 문제는 다음 세대에 맡기자고. 신문사 간부는 젊어지는 추센데, 우리는 너무 오래 머물렀어."

"물러나기 전에 그래도 한마디는 하고 떠나야지요. 어떤 속없는 녀석들은 우리의 통일을 논하면서 4대 강국 보장 운운하고 있는데, 어느 누가 우리의 통일을 보장해 준단 말입니까. 우리가 이북과 연합해서 물불 없이 나아가고 미국, 중국이 마지못해 따라오게 만들어야지요. 4대 강국이란 우리가 통일될까 봐 안절부절못하는 나라들 아닙니까?"

"오늘 왜 이러는 거야."

"세계 모든 전략연구소의 연구결과, 이북이 핵을 포기할 확률은 1%도 없다는 결과가 나온 지 오랩니다. 그러니 핵을 포기하라는 공염불을 외워대는 것은 절대 통일하지 말자, 통일하면 죽여 버린다 하는 말 아닙니까?"

"이 기자! 그럼 내가 하나 묻겠는데, 이 기자도 충분히 그런 말을 할 위치에 있으면서 왜 입을 꾹 다물고 있나?"

"네, 말씀 한번 잘하셨습니다. 그래서 실은 선배님을 원망하면서 동시에 나 자신이 미워서 찾아온 것입니다."

이광열 기자가 대학 1학년 때 캠퍼스에서 전경에 쫓기고 있었다. 학생 데모대는 전경의 몽둥이세례를 받으며 혼비백산하여 썰물처럼 건물 안으로 쫓겨 들어갔다. 그날따라 전경들이 교실 안까지 뒤지기 시작하였다. 학생들을 잡아낸 전경들은 마치 개를 잡아끌 듯 질질 복도를 끌고 갔고, 반항하면 사정없이 몽둥이로 후려쳐서 실신시켜 팔다리를 들고 짐짝처럼 차에 실었다. 이광열이 들어간 교실에도 학생들이 여러 명 있었으나 전경이 오는 소리를 듣고 재빠르게 모두 창문을 열고 도망쳤다. 이광열도 도망가려 하였으나 급히 달려오는 전경의 발자국소리에 압도되어 그만 교탁 뒤로 일단 몸을 숨겼다. 전경은 교실 문을 박차고 들어왔고, 교실에서 숨을 곳이란 교탁 뒤밖에 없다는 것을 알고 자세히 보니 학생의 옷자락이 살짝 스치고 있었다. 전경은 소리 질렀다.

"인마 나와. 교탁 뒤에 숨어있는 것 다 안단 말이야. 빨리 나오지 못해?"

전경의 목소리는 사뭇 위협적이었고 이광열은 위축될 대로 위축되어 이제 죽었구나 하고 포기하려던 참이었다. 그때 "탁!" 하는 소리와 함께 전경이 나무통처럼 쓰러졌고, 뒤에서 의자로 전경을 내려친 사람이 바로 나였다.

"야, 빨리 따라와!"

나는 이광열의 손을 잡고 창문을 뛰어넘었고 다시 다른 건물로 뛰어 들어가 어느 교수의 연구실로 들이닥쳤다. 연구실의 교수는 타과 교수인데도 온화하게 대해 주며 상담 온 학생을 가장하라며 안심시켜 주었고, 다행히 연구실은 수색을 오지 않았다. 그때 우리 몇몇 상급생 중에서 나이가 좀 든 열성 인원은 결사대 같은 것을 조직하여 학생들이 끌려가는 것을 하나라도 막아보려고 숨어다니며 기회를 노리고 있었다. 그때 누군지도 모른 이광열을 내가 구해서 도망친 것이었다. 그 뒤로 나와 이광열은 항상 데모의 최선봉에 섰고 이광열은 내 말이라면 무조건 따르는 후배가 되었다.

이광열은 자기가 철이 들락 말락 하던 시절에 아버지가 빨치산의 죽창에 찔려죽은 모습을 보았다는 이야기를 나에게 해 주었다. 너무 어렸기 때문에 환영인가 했으나 철이 들어서 자세히 알고 보니 그것이 환영이 아니고 모두 실제였다는 것을 알았다는 것이다. 그래서인지 이광열의 사회울분증은 농도가 아주 짙었고, 그러면서도 생각은 치우치지 않고 빨치산을 증오하는 것도 없었다. 전체 국가가 바뀌어야 한다는 아주 성숙한 사고를 가지고 있었다.

아침부터 목의 울대를 올리며 톤을 높이는 이광열을 보고, 나는 입을 다물었다. 더 이상 말을 해봤자 벽에 부딪칠 것은 뻔한 일이고 이런 도레미 타령을 반세기가 넘게 해오고 있기 때문이다. 이광열이만 해도 아직은 정열이 남아 있나 보다. 미스 최가 눈치를 채고 우리의 대화를 끊으려는 듯 커피를 내려서 두 잔을 탁자 위에 조용히 놓는다. 그때 갑자기 전화벨 소리가 요란하게 울리고, 미스 최가 잰걸음으로 돌아가서 전화를 받는다. 아직 근무시간도 되기 전인데 무슨 전화일까.

"네, 네, 부사장님이요? 시골이라고요? 쇠내골이요? 네, 네, 잠깐만 기다리세요."

나는 쇠내골이라는 말을 듣는 순간 갑자기 온몸이 감전된 사람처럼 찌르르 저려왔다. 아침 일찍 쇠내골에서 전화가 걸려 왔다면 분명 좋은 소식은 아닐 텐데.

"아! 네, 전화 바꿨습니다. 네, 뭐요? 동철이 형님이 돌아가셨다고요? 언제요? 어제라고요? 자살인 것 같다고요? 네, 지금 바로 내려가겠습니다."

나는 전화를 끊자 갑자기 온몸에 힘이 빠지면서 퍽석 주저앉고 말았다. 이 기자도 미스 최도 내 통화내용을 듣고 다시는 어떤 말도 끼어들려 하지 않았다. 모처럼 아버님 제사에 참석을 하지 않았는데 이런 일이 일어나다니? 나는 아버님 제사 때는 부득이한 일이 아니면 항상 쇠내골을 내려갔지만 올해는 설립자 20주기를 내가 주관해야 하고 급히 밀린 칼럼을 써야할 일이 있어서 올해만 못 간다고 통지를 했었다.

그때가 언제인가. 6·25 때 이야기 아닌가. 반세기가 지난 지금은 이제 다 끝난 일인 줄 알았더니 지금껏 진행형이었단 말인가? 동철이 형은 그때 아버지가 온몸에 총상을 입고 돌아가신 모습을 목격하고는 실성하고 말았다. 좀 나아지는가 싶다가는 다시 도지고, 다시 도지고를 반복하더니, 죽으려면 진즉이나 돌아가시지 이제 와서 그것도 자살을 한단 말인가. 나는 여덟 살에서 시작하여 3년이나 전쟁이 펼쳐지던 소년 시절의 충격파가 파노라마처럼 머리를 스치고 지나갔다.

내 나이 여덟 살, 국민학교 2학년 때이다.

우리 집은 아버지와 나, 그리고 나보다 세 살 위인 누나, 누나보다 두 살 위인 형, 이렇게 네 식구가 살아가고 있다. 어머니에 대해서는 처음부터 모르고 자랐다. 내가 태어나서 열 달 만에 돌아가셨다고 했다. 한 30호쯤 되는 우리 산골 마을에는 가까운 친척으로 당숙 네가 살고 계시는데, 사실은 마을 전체가 모두 같은 성바지가 사는 친척 관계였다.

누나가 밭에서 고구마나 토란을 캐고 푸성귀를 뜯어와서 못난이 밥(아버지 말씀)을 해주면 우리 식구는 모두 감지덕지하며 먹었다. 가끔 윗골목의 사평댁이 찾아와서 누나를 야단치면서 손수 청소도 하고 반찬도 이것저것 만들어 주시는 날이 있는데, 그때는 반찬 수가 배는 되고 맛도 훨씬 좋아서 어느 다른 집에서 식사를 하는 기분이 들었다. 나는 매일 사평댁이 우리 집엘 와 주었으면 했지만 가끔씩만 들러주셨다. 사평댁은 내가 태어나기 전부터 우리 동네에서 어머니와 가장 친하게 지내시던 분이었다고 한다. 그런데 사평댁이 우리 집에 찾아오는 것을 당숙이 달갑잖게 여긴다는 소문이다. 어디서 과수댁이 함부로 홀아비 집을 드나드느냐고. 나는 그런 당숙이 미웠다. 그러나 당숙한테는 아버지도 깍듯이 예를 지킨다.

아버지는 일제시대에 초등교육에 해당하는 보통학교를 나왔고 사평댁은 보통학교가 바뀐 심상소학교를 나왔다. 하여튼 우리 동네에서 가장 많이 배운 사람들이었다. 나 때는 심상소학교가 국민학교라고 이름이 바뀌었다. 내가 국민학교를 들어갈 때는 학교가 기와집이 두 채나 되었고, 국기 게양대가 높이 솟아 있었는데, 그 학교가 불이 났다나 뭐라나 했다. 어느 날부터 학교를 가지 말고 집에서 놀라고 했다. 하루 이틀은 좋았으나 매일 노는 것이 재미없었다.

그런데 어느 날부터 이상한 풍경이 벌어졌다. 저녁밥을 먹은 뒤, 동네 청년들이 모두 당산나무 아래 모여서 노래를 합창하는 것이 아닌가. 생전 처음 들어보는 노래였는데 아주 씩씩하고 소리가 컸다.

아침은 빛나라 이 강산

은금에 자원도 가득한…

무슨 뜻인지는 전혀 알 수 없었지만, 우리 마을 쇠내골에서 노래를 부르면 화답이라도 하듯이 밑 마을 뒷내리에서도 노래를 불렀고, 윗마을 따순골에서도 노래를 불렀다. 마치 누가 더 크고 씩씩하게 부르나 시합이라도 하는 것 같았다. 노래는 전부 합해도 대여섯 곡 정도에 지나지 않았으나 같은 노래를 한없이 반복하고 있었다. 나는 놀란 토끼 모양 어둠 속에서 마을 형들의 모습을 응시했고, 매일 저녁에 같은 노래를 수십 번씩 듣기 때문에 자연적으로 노랫말을 외울 수 있었다.

태백산맥에 눈 나린다
총을 메어라 출진이다…

장백산 줄기줄기 피어린 자욱
압록강 굽이굽이 피어린 자욱
만주벌 눈바람아 이야기하라…
아아 그 이름도 빛나는 김일성 장군

한천면 좁은 산골짜기의 노랫소리는 산줄기를 타고 메

아리쳐서 멀리멀리 퍼져 나갔고, 뒷내리의 밑 마을 칭기동이나 한계리에서도 노래를 부르는지 은은하게 노랫소리가 들려왔다. 나는 어려서 거기에 끼워주지 않았지만 동철이 형은 누군지는 모르는 사람이 “너도 오너라.” 하면서 일행 속에 앉혀서 같이 노래를 부르게 했다.

나의 제일 불만은 학교를 갈 수 없다는 것이었다. 한번은 아버지에게 왜 학교를 가지 말고 집에서 놀라고 하느냐고 물었다. 아버지는 우리 삼남매를 불러 모으셨다.

“동철이, 덕례, 동호 너희들 모두 이리 오너라. 지금부터 아버지가 하는 말을 잘 들어라. 지금 북한하고 남한하고 전쟁이 벌어졌다. 학교도 불에 탔기 때문에 덕례, 동호는 학교에 갈 수 없다. 동철이의 광주 중학교는 불이 났는지 안 났는지는 모르나 역시 교통이 두절되어 갈 수 없다. 언제 다시 학교에 가게 될지 아직 아무도 모른다. 이제부터는 말 한마디에 죽고 사는 세상이 되었으니 너희들은 누가 무엇을 물으면 무조건 모른다고만 하여라. 어느 날 아버지가 안 보이더라도 너무 걱정하지 말고 기다려라. 그리고 누가 아버지는 어디 갔냐고 물으면 그저 몰라요, 라고만 하여라. 알았느냐?”

"아버지 어디 가세요?"

"아버지가 집에 있는 것은 아주 위험하단다. 어느 쪽에서라도 일을 당할 수 있어. 아버지가 없을 때는 당숙네에 가서 모든 것을 상의하고, 그리고 회대기 고모님 댁에 말을 해 두었으니 고모님 말씀을 잘 듣도록 하여라."

아버지는 알 듯 모를 듯한 말씀을 하신 후, 아니나 다를까 어느 날인가 집을 나가시더니 한동안 돌아오지 않았다.

그처럼 억세게 부르던 노랫소리도 어느 날부터 뚝 그치고 평상의 날이 된 듯하였다. 그런데 가끔 산사람들이 밤이면 마을에 몰래 식량을 구하러 내려왔다. 산사람들을 빨치산이라고도 했는데, 그들이 식량을 구하러 내려온 시간은 고정되어 있다. 동네의 저녁식사가 끝나고 한두 시간쯤 후였다. 빨치산이 오는 순서는 따쿵 총을 세 방 쏘기로 정해져 있는지, 먼저 멀리서 따쿵 총소리가 한 방 울린다. '따쿵!' 이 소리는 다음을 예고하며 미리 시간적 여유를 주는 듯했다. 우리는 총소리만 들어도 그것이 국군 총소리인지 빨치산 총소리인지를 금방 안다. 국군 총소리는 '펑!' 하는 소리가 나지만 빨치산 총소리는 따쿵 하고 무섭게 메아리친다. 한참 후에 더 가까이에서 또 한 방 따쿵 총소리가 들린다. 마지막으로 들리는 '따쿵!' 하는 총소리는 너무나 크게 가까이에서 들린다. 마을에 아주 가까이 왔다는 알림이었다.

한참의 적막이 흐른 후, 동네 개가 억척같이 짖기 시작하고 우리 집 누렁이도 지지 않을 양 따라 목청을 돋아 짖기 시작한다. 그러다가 누가 마당을 들어서는 발자국 소리가 들리는 듯하면 누렁이가 '멍멍 응~, 멍멍!' 좀 다른 소리로 짖어댄다. 누렁이의 짖는 소리는 맹렬하게 도둑을 쫓는 소리가 아니고 무엇인가를 아는 듯한 소리이다. 적당히 짖다가 그쳐줘야 한다는 듯 옆으로 비켜나고 있는 것을 감지할 수 있다. 이어서 문고리가 흔들리면서 "여보세요, 밤손님입니다. 문 좀 열어주세요." 하는 낮은 목소리가 들린다. 내가 한참 만에 문을 열자 어둠 속에 산사람이 서너 명 서 있었다. 그들은 우리를 보고 상당히 의아해하는 눈초리이다.

"느그들만 사냐?"

"예."

"너 제일 큰애, 너는 몇 살이냐?"

"열세 살이요."

"학생이냐?"

"예, 중학교 1학년인데요."

"이상한 집도 다 있네. 아이들만 살다니. 우리는 인민군이다. 양식 있으면 좀 주라."

빨치산은 스스로 인민군이라고도 하고 밤손님이라고도 했다. 누나가 바가지에 쌀을 좀 담아서 가져다주면 적든 많든 더 달란 말은 없었다. 그리고 시간이 급한지, 왜 어린이들만 사느냐고 더 물을 시간도 없는 듯 서둘러 나갔다. 그런데 그날 같이 온 서너 명의 산사람 중, 마당에서 있는 한 명은 이십 대 중반의 건장한 청년이었지만 양식을 달라고 말하고 있는 둬 명은 동철이 형보다 불과 서너 살 위인 소년들이었다. 한 명은 키도 작아서 총이 바닥에 끌릴 정도였다.

그 뒤로도 빨치산이 내려오는 일은 심심찮게 계속되었다.

나는 아홉 살이 되었다.

어느 화창한 이른 봄날, 앞산에서 갑자기 수백 개, 수

천 개, 아니 수만 개의 손전등 같은 불빛이 비추고 있었다. 동네 사람들은 갑작스러운 사태변화에 입을 벌리고 말도 못 하고 바라보고 있는데 앞산뿐만 아니라 뒷산에서도 같은 불빛이 비추며 우리 마을을 향하여 물결처럼 서서히 밀려 내려오고 있었다.

군인들이었다. 국군이 공비토벌을 나왔다고 했다. 군인들이 마을로 들어와서야 나는 그 많은 반짝이는 빛이 철모에서 반사되는 햇빛이었다는 것을 알았다. 생전 처음 보는 군인들이지만 무척 친절하고 인상이 좋았다. 젊은 군인 하나는 모여드는 우리 어린이들에게 자기가 가지고 있는 총도 만져 보라하고 실탄을 이렇게 넣는다고 직접 빼고 넣기도 해 보였다. 우리는 신기해서 까르르 웃기도 하고 만져보기도 했다. 그런데 총 끝에 꽂힌 대검이란 것은 이가 많이 빠진 것이었다. 역시 대검도 이렇게 꽂는다고 시범을 보여 주었다. 어떤 상관인 듯한 군인 하나는 어디서 났는지 홍시가 든 상자를 가지고 와서 우리들에게 나누어 주었다. 아주 큰 홍시로 우리 동네에는 없는 달고 맛있는 홍시였다.

그런데 나는 깜짝 놀라 하늘을 보았다. 갑자기 밑 마

을 뒷내리에서 새카만 검은 연기가 하늘 높이 솟아오르고 있었다. 그렇게 큰 연기가 높이 오른 것을 생전에 본 적이 없다. 그런데 우환 중에, 이번에는 더 가까운 윗마을 따순골 전체가 불타고 있는데 벌건 불길까지 보이고 검은 연기가 하늘 끝까지 솟아오르고 있었다. 조금 후에 우리 쇠내골도 불을 지른다는 소식이 퍼지면서 온 동네 사람이 갑자기 미꾸라지에 소금을 뿌려놓은 듯 퍼덕이기 시작했다. 형과 누나도 울며불며 집안 집기들을 마을 앞 넓은 빈 삼밭에 옮기기 시작했다. 당숙은 그 와중에도 우리 집에 와서 짐 나르는 것을 감독하였고, 사평댁도 확인하러 잠깐 들렀다. 당숙과 사평댁은 사이가 별로 안 좋은데 그날만은 서로 협조하는 듯 가장 무거운 보리가마니와 이불보따리를 일단 하나씩 날라 주고 자기 집 짐을 나르러 뛰어갔다. 나더러도 무엇이라도 빨리 나르라고 해서 집안의 작은 물건들을 달음박질쳐서 옮겼다. 그때 열두 살밖에 안 된 누나가 커다란 장독을 이고 나가는 데는 놀라지 않을 수 없었다. 동네 사람들의 살림이 삼밭에 다 채워지자 남은 물건은 밑의 빈 논에 부려놓기 시작했다. 그런데 그처럼 분초를 다투며 급히 뛰던 사람들이 갑자기 걸음이 느려지고 서로의 얼굴을 보기 시작했다. 우리 동네는 불을 안 지른다는 소문이 퍼진 것이다.

우리 동네의 가장 어르신인 장평 아제가 대대장을 만나서 우리 동네는 빨갱이가 한 명도 없다고 빌고 빌어서 방화를 면한 것이었다나 뭐라나 했다. 남몰래 돈을 집어줬다는 소문도 있었다. 장평 아제는 우리 동네에서 제일 나이 많은 어르신이고 유일하게 수염을 길렀다. 가장 부자인 데다 한문도 가장 많이 알고 항상 하얀 모시 한복을 입고 부채를 들고 다닌다. 우리는 장평 아제만 보면 모두 멈춰 서서 인사를 했다.

"알령하신 기라우?"

"진지 잡수셨능 기라우?"

하고 머리를 깊숙이 숙여서 절을 한다. 다른 사람들은 걸어가면서 인사를 해도 되지만 장평 아제만은 멈추어 서서 인사를 해야 한다는 것을 누가 가르쳤는지, 아니면 자연적으로 터득하게 되었는지는 모르겠다.

하여튼 그렇게 해서 우리 동네는 방화를 면하게 됐고, 그 대신 모두 소개를 나가야 했는데, 빨치산이 발을 붙이지 못하게 집안에는 잡곡 한 톨도 남겨두어서는 안 된다는 것이었다. 회대기 고모님 댁으로 소개를 나가야 한다고 했다. 고모님은 형, 누나 되신 분들을 대동하고 우리 집에까지 와서 산고동 재를 넘어 짐을 한 번 날라 주셨고, 나머지는 동철이 형과 덕례 누나 그리고 내가 몇 번이나 나누어 산고동 재를 왕복하였다. 산고동 재는 쇠내골에서 따순골로 한참 올라가다가 왼편으로 오르는 산인데 야트막하지만 제법 경사가 있는 산이다.

산 상봉쯤의 깨진 바위틈을 비집고 파보면 산고동이라고 하는 팥알보다 작은 정육면체의 쇠도 아니고 돌도 아닌 것이 나오는데 뼈를 다친 사람이 갈아서 먹으면 좋다고 했다. 나도 언젠가 손목뼈를 다쳐서, 산고동 재까지 가서 나뭇가지로 바위틈을 후벼 파서 몇 개를 찾아내 으깨서 갈아 먹어본 적이 있다. 언젠가 아버지께 산고동이 무엇이냐고 물었더니, 아버지는 어려운 한자까지 써 가시면서 설명해 주셨다.

"산고동은 원래는 산골동山骨銅인데 사람들이 아무렇게나 산고동이라 부르고 있단다. 산골이란 바위 속에 박혀 있는 자연산 구리를 말하는 것인데 아주 귀한 약제로 쓰인단다."

산고동 재를 넘어서 회대기까지 내려가는 것도 한참 걸어야 되는 거리이기 때문에 쇠내골에서 회대기까지는 이십 리 길은 족히 되었다. 나는 그저 아무것도 안 들고 따라다니기만 하면 된다고 해서 한 번은 괭이 하나만 들고 따라갔고, 마지막은 부삽과 불당그래만 들고 따라갔다. 동철이 형은 지게로 나르고 덕례 누나는 머리에 이고 날랐다.

회대기는 능주면에 딸린 동네인데 우리 한천면 산중에 비하면 도회지나 마찬가지였다. 산이 없는 들판에는 빨치산이 발을 붙이지 못한다고 했다. 우리가 회대기에서 매일 하는 일은 자치기, 숨바꼭질, 진도리, 그리고 산에 가서 칡 캐기, 진달래 따 먹기 등이었다. 진달래는 먹을 수 있는 참꽃이 있고 먹을 수 없는 개꽃(철쭉)이 있었다. 우리는 온 산을 뒤지며 참꽃을 따먹어 입술이 푸르딩딩 해서 돌아다녔고 속은 상당히 쓰렸다. 진도리는, 사각형 선을 땅에 복선으로 그어놓고 서로 밀치며 안으로 파고들어가서 가장 구석진 곳의 진에 발을 디뎌 놓으면 이기는 것이다. 진도리(陣取り)가 일본어였다는 사실은 완전히 성인이 되고 나서야 알았다.

어느 날은 동네 개들을 데리고 나와서 산에 고라니 사냥을 갔다. 나도 따라서 아주 멀리까지 산을 탔는데, 어느 큰 바위가 있는 상봉쯤에서 커다란 고라니들이 우리를 보고 우왕좌왕 발을 구르더니 갑자기 흩어져 뛰기 시작하였다. 우리가 데리고 간 개는 일제히 고라니를 쫓기 시작했고, 우리는 모두 함께 "물어라, 슛!" "와, 와!"를 외쳐대며 개를 응원했으나 개는 고라니의 속도를 따라잡지 못했다. 내리막길에서는 거리를 좁히더니 다시 올라챌 때는 점점 멀어져서 형편없이 떨어져 버리고 말았다. 동네 형들의 말에 의하면 똥개는 산짐승을 잡지 못한다고 했다. 사냥개라면 그럴 때는 무조건 쫓아가지 않고 쫓는 척 흉내만 내다가 능선 위로 올라가서 기다린단다. 그래서 밑에서 위로 올라오는 고라니를 내리달리며 덮친다고 했다. 그리고 진짜 사냥개는 짖어대며 쫓는다고 했다. 그래야 고라니가 겁에 질려 빨리 못 뛴다고 했다. 어쩐지 동네 개 여러 마리를 데리고 나갔지만 작은 고라니 한 마리도 잡지 못했다.

우리는 신나게 놀다가 어스름이 질 무렵에야 동네에 돌아왔는데, 그날 동네는 야단이 났다. 산에 간 아이들의 어머니들이 모두 나와서 발을 동동거리며 기다렸고, 그 안에는 고모님과 형, 누나도 끼어 있었다. 모두 죽을 자리라도 갔다가 살아온 것처럼 맞이하며 야단법석이 벌어졌다. 어떻게 운 좋게 산사람을 만나지 않았느냐는 것이다. 산사람을 만났으면 우리는 모두 죽었다고 했다. 빨치산은 사람을 보면 후환을 없애기 위해서 그 사람을 죽인다고 했다. 고모님께서는 내 손을 질질 끌고 구석으로 가시더니 "너 다시 한번만 더 그래 봐라." 하며 머리통을 한 대 쥐어박고는 울음을 터트렸다.

회대기 고모님 댁에서 일 년 가까이 살다가 우리는 다시 쇠내골로 돌아왔다. 다른 곳으로 소개 나갔던 사람들도 하나둘 모여들기 시작했고 뒷내리와 따순골도 새로 집을 짓고 마을을 이루어 가고 있는 듯했다. 우리 집의 소소한 일은 형이 모든 것을 알아서 했고 큰일이 생기면 아버지 대신 당숙이 처리해 주었다.

빨치산은 보급 사정이 나쁜지 자주 식량을 구하러 내려왔다. 그러던 어느 날 저녁 또 빨치산이 마을을 내려왔는데 글쎄, 밖에서 낮은 목소리로 "동호야, 동호야!" 하고 나를 부르는 소리가 나지 않겠는가. 아버지 목소리인 것 같아서 얼른 문을 열어보니 정말 아버지가 서 있었다. 우리는 일제히 "아버지! 아버지!" 하고 부르자 아버지는 손가락을 입에 대고 "쉿!" 하는 신호를 보냈다. 우리는 누가 시키지도 않았지만 아버지가 빨치산이고, 소리를 크게 내서 옆집이 알게 해서는 안 된다는 것을 금방 깨달았다. 아버지는 누가 볼세라 황급히 방으로 들어와서는 산사람들이 마을에서 식량 조달을 하는 사이에 우리와 잠시 이야기를 나누었다. 내가 물었다.

"아버지도, 빨치산이세요?"

"으음, 그렇다. 이 사실은 우리 식구들만 알고 누가 알아서도 안 된다. 알았느냐? 너희들은 아버지에 대해서는 무조건 모른다고만 하여라. 아버지는 행방불명이다. 알았지?"

"빨치산은 사람들이 나쁘다고 하던데요."

"그렇지 않다. 지금은 누가 옳고 그르다는 것을 딱히 구별하기는 아주 어렵지만, 분명한 것은 노랭이들 세상이 되어서는 안 된다는 것이다."

노랭이란 군인을 말하는 것이었다. 아버지는 알 수 없는 어려운 말들을 한참이나 했고 우리는 듣고만 있었다.

"덕례야. 너는 항상 고운 마음씨를 가지고 있으니 예쁘게 자라 착한 소녀가 돼야 한다. 국민학교는 졸업해야 할 텐데 좀 걱정이구나."

"아버지 저는 무서워 죽겠어요. 아버지가 집에 와서 같이 살면 안 돼요?" 덕례 누나가 말하자, 아버지는 "지금은 그럴 수 없다. 우리가 다 잘살 수 있는 세상을 만들어야 한다"고 말했다.

아버지는 동철이 형이 제일 걱정인 모양이었다. 형은 제법 아버지의 말 상대가 되었다.

"아버지, 저는 중학교는 졸업했으면 하는데, 다니던 학교에 더 다닐 수 없어요?"

"지금은 안 된다. 아마 너는 지금까지 다녔던 것으로 만족해야 할 것만 같다. 그래도 중학교에 발을 들여 보았으니 다행이다. 보아라, 여기 우리가 발행하는 잡지가 있다."

"『백아산 승리의 길』 13호로군요? 조선인민유격대 전라남도 백아산지구 사령부…"

"그렇다. 우리의 기관지이다. 이 책을 놓고 갔으면 하고 가져왔으나 역시 내가 다시 가져가겠다. 남들이 보면 말썽이 날 수 있으니까. 이 책에는 우리가 왜 싸우지 않으면 안 되는지를 자세히 적고 있다."

"아버지 백아산에 계세요?"

"그것도 알려고 하지 말아라. 빨치산은 지리산, 불갑산, 백아산 등지에 수천 명씩 집결되어 있고 항상 이동을 하고 있다."

"백아산은 우리 화순에 있는 산 아니에요?"

"그렇다. 그러나 아버지는 거기에 있지도 않고 수시로 이동하고 있다. 자세한 것은 절대 알려 하지 말아라. 혹 우연히 무엇을 알았다 해도 남한테는 모른다고만 하여라."

"왜 빨치산이 되셨는데요?"

"어차피 둘 중 하나를 택해야만 하는데, 공산주의는 무산대중이 부르주아 계층을 타도하고 땅을 균등하게 나누자는 것이다. 공산주의 세상이 되면 모두 다 같이 잘사는 세상이 된단다."

"다 같이 잘사는 세상을 만들려다가 다 같이 못사는 세상이 될 수도 있지 않아요?"

"뭐라고? 허허 그놈."

"무산계급도 나중에는 부르주아가 되고 싶은 건 아닐까요?"

잠시 침묵을 하시던 아버지는,

"놀랍구나. 동철이가 그런 생각까지 하다니. 동철이가 참으로 많이 컸구나."

"…."

"이 이야기는 다음에 또 하기로 하자꾸나. 동철이의 말을 듣고 보니 처음으로 이 아비의 선택이 틀릴 수도 있다는 생각을 해보게 되는구나."

아버지의 말은 다 알아들을 수는 없지만, 아버지는 짧은 시간 동안에 우리에게 더 많은 것을 이야기해 주지 못해 안타까워하는 표정이 역력했다. 그 뒤로 또 한 번 빨치산의 식량 조달 때 같이 와서 잠시 집에 들러 이런저런 이야기를 한참 하고 갔다. 그때는 동철이 형에게 상당히 어려운 말도 했다. 동철이 형이나 우리가 못 알아먹어도 만약을 위하여 미리 말해 두어야겠다는 마음인 것 같았다.

"작년 초봄에 뒷내리, 따순골을 불 지를 때 우리 쇠내골은 장평 아제 덕분에 화를 면했지만, 그때 무등산 뒤쪽으로부터 화순의 북면, 이서면, 한천면 등지에서 50여 개 마을이 불탔단다. 그것이 청야작전인지 뭔지 하는 것인데 새로 공비토벌대란 명목으로 창설된 ××사단 최×× 준장이란 자가 장개석 군대에서 배운 못된 짓을 우리에게 써먹은 것이었지 뭐냐."

아버지의 말은 계속되었다.

"지금 이런 사태는 모두 미국 때문에 일어난 것이다. 미국은 국군을 도와준답시고 우리 내전에 참여하였는데, 그것까지 이해한다고 해두자. 만약 진정으로 도와줄 의향이 있었다면 밑에서부터 공산군을 밀고 올라갔어야지 인천에서 나라의 허리를 잘라버렸구나. 그래서 도망가지 못한 북한군과 지방 좌익세력이 합세하여 분풀이하고 또 국군이 보복전을 벌이고 하는 통에 이런 아비규환의 동족상잔이 벌어지고 있단다."

"미국은 부자나라라지 않아요?"

"그건 그렇다만…."

"미국의 도움을 받아서 우리도 잘살게 되면 되지 않아요?"

"그건…. 너는 그런 말은 어디서 들었느냐?"

"동네 형들이 하는 말을 들었어요."

"놀랍다. 너는 벌써 어린아이가 아니구나."

아버지는 저번에도 그랬지만 이번에도 형의 의견에 의외라는 표정이었다.

그런데 아버지가 우리에게 들르지 않은 날에도 사평댁과는 관계가 있다는 것을 알았다. 아버지가 다녀가시고 한참이 지난 어느 날 저녁, 그날은 밤손님이 오지도 않은 날이었다. 나는 경식이 집에서 오랫동안 놀다가 늦게 집으로 돌아오고 있었다. 고샅에서 보니 사평댁의 방에 가물가물 희미한 불이 켜져 있어서 나도 모르는 사이에 방문 앞까지 가 보았다. 방에서 도란도란 이야기하는 소리가 들리는데, 분명히 사평댁과 아버지의 목소리가 아닌가?

"동철이 엄마한테 미안하구만요. 친구 남편과 이래도 되는지."

"아니요, 사평댁! 동철이 어멈이 안다 해도 이해할 거요. 이제 수절하는 시대가 아닙니다."

"그럴까요? 동철이 아버지와 저 사이를 동네 사람들도 이제는 거의 다 아는 눈치더구먼요."

"좋은 세상이 오면 우리 살림을 합칩시다."

"그래도 될까요? 우리 길자도 덕례를 친언니처럼 따르드구만요. 지금은 지 이모 댁에 갔지만서도요."

"그럼요. 사평댁도 혼자 살기에는 너무 젊고, 나도 마찬가지입니다. 애들도 서로 좋아한 성싶으니 다행이고요. 우리 아이들도 사평댁을 꽤 따르는 것 같고."

"부끄럽네요. 이 손 좀…. 호호."

이내 호롱불이 꺼졌다. 나는 나쁜 일을 하다가 들킨 아이처럼 살살 뒷걸음쳐 나와서 도망치듯 집으로 돌아왔다. 이 말은 누구한테도 해서는 안 된다는 것을 나는 잘 알고 있었다. 그러나 형과 누나에게는 살짝 일러 주었다.

어느 날은 뜬금없이 사평댁이 고샅에서 내 곁으로 살그머니 오더니 낮은 목소리로 "어제저녁에 느그 아버지 다녀가셨다. 아버지는 항상 가까이 계시니 너무 걱정들 하지 말거라." 하고 지나갔다. 이 말도 형과 누나한테는 슬쩍 일러주었다. 아버지가 다녀갈 때는 당숙한테도 일체 비밀로 하라고 했다. 그러나 당숙은 벌써 다 알고 있는 눈치였다. 왜냐하면 아버지에 대해서 한 번도 직접 물은 적이 없기 때문이다. 당숙이 아버지에 대하여 궁금하지 않을 리가 없다.

실은 당숙은 우리보다 몇 배나 아버지와 사평댁의 관계에 대하여 잘 알고 있었다. 어느 날 뒷산 깊숙이 나무를 하러 간 당숙은 해 질 무렵에 하산을 서둘러야겠다고 땔나무를 새끼줄로 단단히 묶었다. 지혜 없이 너무 깊숙이 들어왔다고 후회하였지만 빨리 하산하면 된다고 생각하였다. 그런데 그때 약간 떨어진 우거진 숲속에서 어떤 손수건 같은 것이 펄럭이고 있었다. 뭘 잘못 보았겠지 하고 지게를 지려 하는데 역시 손수건이 펄럭거리면서 이제는 사람의 형태가 나타났다. 당숙은 겁에 질려 발걸음도 떼지 못하고 있는데 더 가까이 오는 사람을 보고 저의기 마음을 놓았다. 바로 아버지였다.

"형님, 죄송합니다. 잠깐 저 있는 곳에 가셔서 얘기 좀 하시다가 가시지요."

"네가 여기 있었냐? 나는 네가 무등산이나 백아산에 있는 줄 알았다."

"항상 여기 있는 것은 아니고 일이 있을 때만 여기 있습니다요."

당숙은 아버지가 가자는 숲속을 따라가 보고 더 기겁을 하고 놀랐다. 거기에는 사평댁이 있었던 것이다.

"죄송하구만요. 제가 이렇게 주책없는 짓을 하고 있는 것이 부끄럽구만요."

"아니, 사평댁이 여길 어떻게…."

"동철이 아버지는 어린 자식들이 못 잊혀 부대에 있다가도 이리로 달려오곤 한답니다. 저도 소식도 전하고 동철이 아버지도 만나고 싶어서…."

"크게 탓할 일은 아닙니다. 나도 눈치는 채고 있었습니다만 이런 줄은 몰랐습니다."

"형님, 죄송합니다. 형님께는 미리서 말씀을 드렸어야 하는데 그만 때를 놓치고 말았습니다. 그러다 여기서 형님이 나무하러 오신 모습을 보고 잘됐다 싶어서 이제라도 이실직고하려고 형님을 불렀구만이라우."

"아니다. 너희들이 어린애도 아니고 서로 가까이 지낸다고 누가 탓할 사람이 있겄냐. 단 시상(세상)이 하도 뒤숭숭하여 무슨 일이 일어날지 불안허구나."

"좋은 시상이 되면 사평댁과 살림을 합치려고 허는디 형님 생각은 어떠신기라우?"

"좋다마다. 어서 좋은 시상이 되야서 살림을 합치려무나."

"형님이 그렇게 말씀해 주시니 고맙구만이라우. 그래도 잘 아시겠지만 저를 만났다는 낌새는 누가 눈치채도 안됩니다 잉."

"여부가 있냐. 너하고 나하고만 알자꾸나."

그런 사실을 다 알고 있는 연유에서일 것이다. 당숙은 아예 아버지에 대해서는 이렇다 저렇다 일체 입에 담지를 않았던 것이다.

나는 열 살이 되었다.

어느 날, 장평 아제가 당산에 앉아서 마을 어른들에게 하신 말씀이 오랫동안 잊히지 않는다.

"자식들 가르치지 마! 자식들 가르쳐 놓으면 몽땅 공산당 되는 기여."

마치 아버지를 두고 하는 말 같았다. 그런데 어느 때부터는 한천면 지서에서 각 마을에 전경을 파견하였고, 쇠내골에도 세 명이나 전경이 상주하게 되었다. 삼철이 집 사랑방을 임시 사무소로 쓰면서 우리 마을을 지키고 있었다. 전경이 상주하면서부터 아버지는 오지 않았다.

그러나 빨치산들의 공격은 점점 더 대담해져서 지서까

지 공격하였다. 하는 수 없이 한천면 지서를 앞마을 칭기동의 옆 산 고지로 옮기지 않으면 안 되었다. 칭기동 고지도 사흘이 멀다 하고 공격을 해대서 고지 주위는 뺑 둘러서 대나무로 울타리를 쳤다. 그래도 공격이 잦아지자, 죽책 주위에 참호를 팠고, 그 구덩이는 비가 오면 자동적으로 물이 괴어 해자를 이루기 때문에 그들의 진격을 어렵게 만들었다. 간밤의 싸움에서 경찰도 빨치산도 제법 많이 죽었다는 소문이 심심찮게 들려왔다.

마을을 털러 오는 빨치산의 보급투쟁은 이제 전경이 있어도 계속되었다. 마을로 들어오는 순서는 전경이 있을 때나 없을 때나 마찬가지였다. 세 방의 따쿵 총소리 중 마지막 총소리가 울리면, 마을을 지키고 있던 전경들이 우리 집을 낀 긴 골목을 지나서 뒷산으로 타다닥 튀어올라가는 발자국소리가 어지럽게 울려 퍼진다. 그리고는 담배 한두 대 참이면 동네의 개가 일제히 짖어대기 시작하고, 이어서 우리 방문 앞에서 “밤손님입니다!” 하는 소리가 들린다. 그런데 그때 나는 생각했다. 전경들이 뒷산으로 도망가지 말고, 캄캄한 밤이니까 동네 골목이나 어느 집 헛간에 숨어 있다가 총을 쏘면 충분히 빨치산을 맞출 수 있을 것 같았다. 그러나 다행히 그렇게 한 적은 한 번도 없었다. 그리고는 뒷산에서 고래고래 소리를 질러대고 공포만 쏘아댔다.

"야, 이놈들아! 이 나쁜 놈들, 빨갱이들아! 펑, 펑!"

"펑, 펑! 야, 이놈들아 빨리 나가라. 농민들 양식을 뺏어가는 천하에 못된 놈들아."

"네놈들이 무슨 백성을 위한다고? 에끼 이 호로자식들!"

"펑, 펑, 펑, 펑~!"

전경들이 목이 쉬어 들리지 않을 정도로 소리를 질러대도 빨치산들은 뒷산에 대해서는 신경도 안 쓰는 듯했다. 그쪽에 대고는 소리 한 번 대꾸하지도 않고 공포 한 발도 쏘지 않았다. 오히려 전경들은 자기들이 있는 곳을 알려주고 있기 때문에 빨치산은 더 안심일 것 같았다. 그런데 마을을 터는 시간은 약간 더 빨라진 듯했다. 왜냐하면 뒷내리와 따순골을 지키고 있던 두세 명의 전경이 지원을 나왔는지 멀리서 펑, 펑 하는 총소리가 들리고, 또 멀리서 들릴락 말락 고함치는 소리도 들렸다. 그들은 그렇게 하지 않으면 안 되는 듯했다.

이와 같은, 판에 박은 듯이 똑같은 일들이 쇠내골에서

는 계속해서 일어나고 있었다. 아무도 그 질서를 깨려 들지 않았다. 그리고 다음 날에는 어제저녁의 일화가 만발했다. 방천 도랑을 몇십 명 빨치산이 일렬로 뛰어 건너가는데 어찌나 훈련을 잘 받았던지 발자국 소리도 들리지 않았다, 발이 땅에 닿지 않고 날아가는 것 같았다, 양식을 주니까 다음에 꼭 갚겠다고 눈물을 흘리는 빨치산이 있었다, 외양간의 소를 끌어가려고 고삐를 끄르는 것을 손을 잡고 사정사정했더니 놓고 갔다는 등등이다. 그리고 논두렁 밑이나 방죽 아래 가끔 빨치산의 모자가 떨어져 있었는데 땀에 밴 낡은 모자에 망이 얼기설기 쳐진 것이었다. 거기에 풀을 꽂고 위장하기 위한 것이라고 했다.

그런 가운데 나는 가끔 즐거운 날도 있었다. 어른들이 종종 가는 능주 장에 따라가는 것은 최고로 재미있는 일이었다. 나는 장터의 옹기전, 비단전, 종이전, 해물전 할 것 없이 모조리 훑고 지나다니며 물건도 보고 흥정하는 모습도 바라보면서 구경하고 다녔다. 재미있는 곳이 소전이었다. 그 많은 소가 어디서 다 나왔는지 소전에는 부사리, 암소, 송아지가 가득 찼다. 제일 멋있는 사람은 거간꾼이다. 거간꾼은 그 많은 소 사이를 종횡무진하면서 소의 입을 짝 벌려서 보여주기도 하고 값을 흥정해 주기도 했다. 흥정이 이루어졌는지 돈을 한 뭉치 손에 쥐고 침을 퉤! 퉤! 발으며 팔랑개비 넘기듯이 세어 넘기기도 했다. 당숙이나 당숙모가 사준 뽀얀 고깃국물에 만 국수를 한 사발 얻어먹기도 하는데, 세상에 그렇게 맛있는 음식은 쇠내골에서는 구경한 적이 없다. 어른들이 장에서 일을 마치고 돌아올 때는 산고동 재를 넘어서 졸랑졸랑 뒤따라왔다.

그날은 당숙이 소를 팔러 능주 장에 가는 날이었다. 나랑 덕례 누나가 따라가기로 했다. 누나는 아버지가 사준 검정 고무신이 낡고 작아졌다면서 새 고무신을 사 달라 해서, 새 신 한 켤레를 얻어 신고는 폴짝폴짝 뛰며 좋아했다. 돌아오는 길은 아마 우리가 가장 늦게 귀가하는 일행이 된 것 같다. 당숙과 나와 누나, 그리고 우리 동네에서 가장 욕을 잘하는 함앙굴 아짐이 동행했다. 함앙굴 아짐은 입씨름을 할 때는 입을 옹다물고 욕을 하고 소리도 아주 크지만 평소 때는 아주 좋고 다정한 아주머니다. 늦가을의 따스한 석양빛은 산고동 재의 묘등 잔디를 따스하게 비추고 있었다. 우리는 거기서 쉬어가기로 했다. 산

위에서 보는 붉은 석양은 훨씬 아름답고, 멀리까지 겹쳐진 산등성이들은 엷은 물안개에 쌓여 한 폭의 그림과 같았다.

그런데 묘등 밑의 숲속에서 갑자기 두 명의 병사가 불쑥 나타났다. 함앙굴 아짐은 "우매!" 하면서 질겁하였고, 당숙은 못 볼 것을 보았다는 듯이 시선을 다른 데로 돌렸다. 나와 누나는 신기하기도 하고 놀랍기도 하여 그들의 얼굴을 번갈아 보고 있었다. 첫눈에 빨치산이란 것을 알 수 있었다. 그들은 숲속에 숨어서 한참 동안 양쪽에 인적이 끊긴 것을 확인하고 나타났을 것이다. 그런데 나는 아주 안심을 했다. 그 빨치산의 얼굴은 아무런 적의가 없고 약간 겁에 질린 듯 눈동자를 심하게 굴리면서도 애써 친절하게 보이려 노력하고 있었다. 아직 완전한 청년은 아니었지만 야무진 데가 있었다. 어깨에는 둘이 다 따쿵 총을 메고 있었는데 복장이나 수통은 병사가 쓰는 것과 달랐다. 한 사람은 군복을 그런대로 입었는데 심히 낡아서 기운 자국이 있었고, 한 사람은 바지는 군복인데 윗도리는 회색 점퍼였다. 수통도 한 사람은 병사용인데 한 사람은 파란 플라스틱이었다. 총은 마을을 지키고 있는 전경들의 엠완과는 다른 타원형 노리쇠 손잡이가 예쁜 긴 따쿵총이었다. 두 병사는 반쯤 앉은 자세로 사주를 경계하다가 말했다.

"저, 말 좀 묻겠습니다. 용암산을 가려면 어떻게 갑니까?"

당숙은 엉거주춤 쪼그리고 앉아서 어색한 몸동작을 하더니 겨우 빨치산을 보며 말했다.

"저 산입니다."

"저 오른쪽에서 가장 높은 봉우리 말입니까?"

"네 그렇습니다."

"감사합니다. 저희들을 보았다는 말은 누구한테도 해서는 안 됩니다. 알았지요?"

"물론이지요."

나는 당숙과 산사람과의 대화를 듣고 있다가 하마터면 당숙에게 '이 나쁜 사람!' 하고 소리를 꽥 지를 뻔하였다. 그러나 그 말을 힘주어 꿀컥 삼켜버리고 말았다. 아버지께서 입조심, 입조심을 수도 없이 당부하신 말씀이 생각났기 때문이다. 당숙이 가리키는 곳은 용암산이 아니고 무등산 오른쪽의 작은 산봉우리 중 하나를 가리키고 있지 않은가? 우리가 앉아 있는 산고동 재에서 보면 바로 정면에, 보기에도 재미있어 보이는 뾰족뾰족한 용암산이 내려다보이고 뒤에는 커다란 무등산이 등져 보이는 곳이었다. 그런데 당숙의 손가락은 용암산의 반대쪽 무등산 자락을 가리키고 있었던 것이다. 두 명의 빨치산은 우리를 철석같이 믿는 것 같았다. 그들은 갈 곳을 정하자 처음에 나타났던 숲속으로 번개처럼 사라졌다. 두 명의 병사는 용암산이 집결지인지 아니면 몸을 숨기려 가는지는 모르겠으나, 아무튼 용암산을 가지 않으면 안 되는 절박한 상황임에 틀림없었다.

항상 들리는 총소리였지만 그날 저녁은 유난히 총소리가 잦았다. 그런데 여느 때와는 달리 그 총소리 안에 가끔 따쿵 총소리도 섞여 있었다. 총소리가 점점 가까워 오더니 상당히 가까운 뒷산에서 콩 튀듯 한참을 지져대고 뚝 그쳤다. 나는 벌떡 일어나 두 손을 모았다. '제발 그분들만은….' 나도 모르게 무릎을 꿇고 하늘에 빌고 있었다.

이런 와중에도 한계리에 학교가 섰다는 소문이 들렸다. 누나와 형은 집에 있고 나만 한계리 학교에 나가보라

하였다. 누나는 국민학교 5학년까지 다녔으면 한글을 충분히 해독할 수 있고, 형은 광주에서 중학 1학년까지 다녔으니 우리 집에서 가장 많이 배운 사람이라 아쉽지만 그것으로 만족하겠다는 것이다. 하지만 나는 더 배워야 한다는 게 누나와 형의 의견이었다. 쇠내골에서는 경식이와 나 둘이만 학교를 다녔다. 다른 아이들은 아예 그런 생각도 안 한 듯했다. 그런데 경식이는 제 엄마가 나와 같이 다니라고 묶어 놓아서 마지못해 가는 것이고 도통 가고 싶은 생각이 없는 아이였다. 뒷내리쯤 내려오다가는 보에 물이 고여 얼음이 얼어 있으면 얼음지치기를 하면서 오지 않았다.

"경식아, 빨리 와야. 학교 늦는단 마다."

"늬나 잘 가거라."

"경식아! 경식아!"

목이 터지게 부르다가 결국 혼자 한계리까지 가곤 했다. 그러니 결과적으로는 쇠내골에서 학교를 다니는 아이는 나 혼자인 셈이었다.

그런데 학교라고 찾아간 곳은 지극히 실망스러운 곳이었다. 한계리의 어느 재각 마루에 어린이들을 앉혀놓고 그 마을 유지라는 할아버지들이 한 명씩 나와서 이야기를 들려주는 것이 고작이었다. 집사 일을 맡아본 사람은 전에 칭기동에서 경찰보조원을 했던 조덕춘이라는 아저씨인데 그 아저씨는 중학교를 졸업한 사람이라고 했다. 재각 마루에 각 학년별로 앉으라 했다. 나는 4학년 줄에 앉으라 했고, 4학년 줄은 여섯 명이나 되었다. 그래도 전교생이 삼사십 명은 되었다. 학년을 나누었다고 해서 따로 공부를 하는 것도 아니고 책이 있는 것도 아니었다. 마루 벽에 간이 칠판이 하나 걸려 있고 백묵이 한 자루 놓여 있을 뿐이었다. 줄다리기나 달음박질할 때 편을 가르는 데만 학년이 필요했다. 그런데 가끔 신나는 날이 있는데, 그것은 고물자가 나오는 날이다. 고물자는 옥수숫가루가 나오는 때도 있고, 밀가루가 나오는 때도 있었으며, 때로는 광목이나 소독 냄새가 지독한 헌옷이 나올 때도 있었다. 듣자니 미국 사람들이 입고 먹다가 남은 것을 우리에게 준다고 했다. 고물자도 원래는 구호물자라고 한다고 조덕춘 아저씨가 유식한 말을 가르쳐 주었다.

그래도 한계리에서는 문명의 이기로 트럭을 볼 수 있었다. 한계리 앞 비포장도로에 하루에 서너 대씩 트럭이

먼지를 뽀얗게 일으키며 석탄을 실으러 탄광골짜기로 들어갔다가 다시 석탄을 싣고 나오는 것이었다.

나는 열한 살이 되었다.

빨치산은 상당히 세가 약해지는 듯했다. 그래도 식량을 구하러 마을을 내려오기는 했는데 동철이 형은 이제는 경찰 보조원이 되어 있었다. 차출이 되었는지 자원을 했는지는 알 수 없으나, 쇠내골에서 동철이 형보다 한두 살 위인 종욱이란 형과 함께 경찰 심부름을 해주고 있었다. 어느 날 빨치산이 마을에 들어와 식량을 구하고 있는 중에 뒷산으로 뛰어오른 전경과 경찰보조원 소년들이 또 목이 터져라 소리를 지르고 공포를 쏘아대고 있었다. 그 중에 동철이 형의 목소리도 끼어 있었고 종욱이 형의 목소리도 끼어 있었다. 다음 날 나는 형에게 물었다.

"형! 왜 경찰보조원이 됐어?"

"그래야 아버지를 지켜드릴 수 있을 것 아니냐?"

"어떻게?"

"어느 놈이 아버지만 해코지하려고 해봐라. 내가 그 새끼 죽여 버릴 거야."

하며 주먹을 불끈 쥐었다. 그때야 나는 형이 경찰보조원이 된 이유를 알게 되었다. 형은 덕례 누나나 나보다도 훨씬 아버지를 따르고 존경하였다. 형의 아버지를 사모하는 정은 나나 덕례 누나는 도저히 따라가지 못할 면이 있었다.

그러던 중, 한계리 임시 학교는 문을 닫고 칭기동에 새로 학교를 지었다고 했다. 칭기동 교사로 이사하는 날은 조덕춘 아저씨도 깨끗한 한복을 입고 나왔다. 우리는 모두 조덕춘 아저씨가 가지고 가라는 이사 물건들을 가지고 신을 벗고 내를 건너서 칭기동 교사로 갔다. 학교는 긴 초가집 한 채를 지어 놓았는데 칸을 두 개로 나누어서, 하나는 1, 2, 3학년 교실, 또 하나는 4, 5, 6학년 교실이라고 했다. 바닥은 아직 흙바닥 그대로였고 조잡한 긴 책상과 긴 의자가 몇 줄씩 배치되어 있었다. 광주에서 새로 선생님이 왔다고 두 분의 선생님이 우리를 기다리고 있었다. 두 선생님이 각각 인사말을 하고 낙성식 기념이라면서 우리가 가지고 내를 건너왔던 상자 중 두 개를 열라고 했다. 그 안에는 보기에도 먹음직스러운 엿가락이 가득 들어 있었다. 전교생이 일제히 나누어준 엿을 받아

들고 먹기 시작했다. 삼사십 명이 엿을 먹는 소리는 장관이었다. 파시락 깨지는 소리, 짭짭 씹는 소리, 꿀컥 삼키는 소리, 우리는 서로의 얼굴을 보며 즐거워 싱글벙글 이었다.

나는 4, 5, 6학년 교실로 입실하라고 했고, 이제 5학년 줄에 앉으라 했다. 4, 5, 6학년을 담당하는 박석규 선생님은 발을 약간 옹가 딛는 버릇이 있었다. 서울말 비슷한 교양 있는 말씨를 처음 들어보았다. 사범고등학교를 정식으로 졸업한 선생님이라고 했다. 조금 있다가 안경 쓴 교장 선생님이 부임해서 한천국민학교는 선생님이 세 분이나 되었다. 나는 처음으로 구구단을 외우고 곱하기 나누기가 있다는 것도 알게 되었다. 5학년이 된 아이들이 구구단도 못 외고 있는 것을 보고 박석규 선생님은 어느 날 우리들에게 등을 보이며 어깨를 들썩거리고 울었다. 그 뒤로 선생님은 매를 들기 시작했다. 우리는 커다란 매로 등짝을 맞아 핏자국이 맺혔고 또 회초리로 맞은 종아리는 심하게 부풀러 올랐다. 선생님은 캄캄한 밤이 되도록 집에 보내주지 않고 공부를 시켰다. 그러나 아무도 선생님을 원망하는 사람은 없었다. 학생들은 누가 시키지도 않았는데 집에 돌아가서 식구들 누구에게도 맞았다는 것을 말하지 않았다. 5학년이 수업을 할 때는 4, 6학년이 자습을 하고 4학년이 수업을 할 때는 5, 6학년이 자습을 하는 형식이었다. 저학년 반도 마찬가지라고 했다.

학생 수도 상당히 늘어났다. 특히 저학년 수가 많이 늘어나서 전교생이 거의 백 명은 되었다. 그날도 아침조회가 있었다. 마침 초여름이라 운동장 가의 논에는 이른 모내기를 하여 바람에 여린 잎사귀들이 파르르 떨리며 작은 물결을 이루고 있었다. 교장 선생님이 운동장의 단상에서 훈시를 하고 두 선생님이 양옆에 서서 우리를 보고 있었다. 그런데 학생들의 시선이 일제히 한쪽으로 쏠리고 있었다. 교장 선생님은 이상한 학생들의 낌새에 잠시 훈시를 멈추고 뒤를 돌아보았다.

전경 세 사람이 두 명의 빨치산을 잡아 오고 있었다. 착검 된 전경의 엠완 소총이 바로 빨치산의 등을 겨누며 걸어오고 있었다. 앞에 걷고 있는 두 명의 빨치산 중, 한 명은 상관인 듯 나이가 들어 보였고 한 명은 부하인 듯싶었다. 부하인 듯한 어린 병사는 겁에 질려 걸음도 제대로 걷지 못했다. 그런데 상관인 듯싶은 사람은 덩치도 더 크고 도리우치를 썼는데 늠름하기가 태산과 같았다. 우리 앞을 지날 때는 얼굴에 엷은 미소까지 띠면서 가벼운 목례를 했다. 그런데 그 순간 나는 "앗!" 하는 소리가 그만 입 밖으로 나와 버리고 말았다. 전교생이 모두 나를 보았고 선생님들도 나를 보았다. 자세히 보니 그 빨치산 상관이란 사람은 바로 아버지가 아닌가.

"아버지!"

하고 내가 학생들 앞으로 튀어나오며 큰소리를 지르는 사이, 쇠내골 쪽에서 동철이 형과 사평댁이 헐레벌떡 달려오며 소리를 질렀다.

"아버지!"

"동철이 아버지!"

주위가 어수선해지자, 한 전경은 하늘에 대고 공포를 두세 발 쏘았고, 한 전경은 반항도 하지 않은 아버지의 목덜미를 개머리판으로 찍었다. 아버지는 억! 하시더니 무릎을 꿇고 앉았다. 꿇어앉은 아버지를 또 다른 전경이 개머리판으로 어깻죽지를 내리친다. 동철이 형과 사평댁, 그리고 나와 전교생이 지켜보는 가운데 아버지는 부하와 함께 비틀거리며 지서로 끌려갔다. 지서는 벌써 칭기동 고지에서 한계리 평지로 옮긴 후였다.

탄광 골짜기에서 산사람 두 명이 잡혔다는 소식을 들은 쇠내골 아저씨 하나가 먼발치로 아버지를 확인하고 급히 동네에 돌아와 형에게 알려 준 것이었다. 그 쇠내골 광부 아저씨는 심야에 시작하는 병반 일을 마치고 갑반과 교대를 하고 새벽에 돌아오는 길이었다.

아버지가 지서로 끌려가자, 지서 주위는 누구도 얼씬 못하게 경계가 삼엄하였다. 나와 사평댁은 주위를 한동안 서성이다 할 수 없이 쇠내골로 돌아서는데 동철이 형은 죽책이 둘려 쳐진 지서 주위를 안절부절못하며 끊임없이 맴돌았다. 아무리 가라 해도 가지 않는 형을 전경은 주먹을 날리고 발길질을 했다. 동철이 형은 그때에야 방법이 없어 겨우 발걸음을 돌렸다.

그날 저녁은 빨치산 최대의 지서 보복습격이 있었다. 찔레꽃이 어스름 달빛에 유별나게 하얗게 비추고 있는 밤에 가는 물줄기를 타고 지서로 접근하는 1개 중대 병력의 빨치산이 한천 지서를 포위하고 있었다. 한천 지서에서도 습격을 예상하고 충분한 병력과 화력으로 철통처럼 지키고 있었다. 지서는 평지이지만 둘레에 굵은 대나무로 견고한 울타리를 쌓고, 빙 둘러 사방에는 깊은 구덩이를 파서 물을 충분히 받아놓고 있었다. 칭기동 산 위의 지서보다 훨씬 견고한 지서였다. 대나무 울타리 주위에는 온통 찔레꽃이 만발하여 일부러 심은 듯 자연의 화원을 이루고 있었다. 전투는 한 시간쯤이나 계속되었으나 좀처럼 승부가 나지 않았고, 빨치산은 밧줄을 던져 타고 지서 안으로 진입하려 몇 번을 시도하다가 번번이 실패하고 희생자가 늘어나자 일단 퇴각하였다.

빨치산의 퇴각이 완전한 퇴각이 아니라는 것을 잘 안 서장은 방비를 더 철저히 하고 이웃 능주면에 지원요청을 하였다. 빨치산의 2차 공격은 더 많은 인원이 동원되었다. 그러나 이번에는 능주 방면에서 지원 나온 전경들의 아우성 소리와 총소리를 듣고 빨치산은 당황하기 시작하였다. 그러나 어떤 일이 있어도 동지를 구해야 한다는 소명감으로 이번에는 소이탄을 쏘고 횃불을 던져 지서 건물에 불을 지르고 밧줄을 이용하여 타고 접근하여 대나무 벽을 뚫고 들어가서 지서 정문을 활짝 열어 제쳤다. 이제 빨치산이 물결처럼 지서로 몰려들 참인데, 그때 마침 능주에서 지원 나온 전경이 이미 지서 가까이 당도

하여 발포함으로 빨치산은 지서로 들어가지 못하고 능주 전경과 전투가 붙었다. 그때를 놓치지 않고 한천 지서의 전경들이 밖으로 몰려나왔다. 한천 지서의 전경과 능주 지서의 전경이 합동으로 빨치산과 치열한 전투가 벌어지고 백병전까지 벌어졌다. 두 번째 전투도 한 시간가량의 피비린내 나는 전투였다. 냇가고 언덕이고 찔레꽃 더미가 있는 곳에는 예외 없이 시체가 널브러져 있었다. 나중에 들으니 아버지는 백아산 게릴라 사상총책이었다고 했다. 그래서 백아산 빨치산 거의 전원이 동원되어 아버지를 구출하려 사력을 다한 것이었다.

그날 저녁 빨치산은 사망자가 46명이나 되었고 경찰도 15명이나 사상자가 나왔다고 했다. 우리는 어제저녁의 지서 습격소식을 듣고 새벽같이 지서를 찾아갔으나 면회가 안 되는 것은 물론 더 접근하면 쏘겠다고 엄포를 놓았다. 그동안에 한계리 마을 사람들을 동원하여 시체들을 수습하여 지서 안으로 옮기고 있었다. 당숙과 나와 사평댁 그리고 덕례 누나는 접근도 못 하는데 동철이 형은 그래도 기어이 지서 문 앞까지 가서 서성대고 있었다. 경찰들로부터 주먹으로 얻어맞고 발로 채이고도 도망 다니며 기어코 안으로 들어가려고만 하였다. 우리는 멀리서 동철이 형을 지켜보고만 있었고, 동철이 형은 찔레꽃 만발한 지서 울타리를 울며불며 한없이 맴돌고 있었다. 한계리 주민들도 전경들도 막무가내 소년 하나를 막지 못하고 있었다. 그러다 자기들끼리 수군대며 어제 포로로 잡혀 온 그 빨치산 두목의 아들이란 것을 알고 측은히 바라보고 있었다.

동철이 형은 또다시 막무가내로 정문 보초를 밀치고 들어가려 하자, 이번에는 보초가 때리지 않고 잠깐 앞에서 있으라고 한성 싶었다. 안으로 들어간 보초가 한참 있다가 서장과 함께 나왔다.

"너희 아버지는 죽었다. 너 혼자만 들어와서 시체를 확인하여라."

서장의 지시를 받고 들어간 형은 아버지의 시신을 보는 순간 부들부들 떨며 억! 하고 그 자리에 주저앉고 말았다. 수많은 총상으로 흉물스럽게 변한 아버지는 형체도 알아보기 어려웠기 때문이다. 형은 그때 벌써 절반쯤 정신이 나간 듯했다.

우리는 형이 아버지 시신을 확인하고 나왔다는 말을

들었고 시신은 내일 인수해 가라는 말을 듣고, 다른 방법이 없어 쇠내골로 발길을 옮기고 있었다. 뒷내리에 이르니 모내기를 하던 농부들이 우리를 걱정스런 눈으로 바라보고 있고, 그들의 못논에는 바람에 떨어진 논둑의 하얀 찔레꽃이 발밑에서 맴돌이치며 떠다니고 있었다. 형은 쇠내골로 돌아오는 길에 벌써 알아들을 수 없는 헛소리를 몇 마디 중얼거렸다. 초여름의 연초록 이파리가 산야를 뒤덮고 풀내음을 머금은 바람이 코끝을 스쳐 가는데, 바람 따라 날아 온 초료새 한 마리가 목청을 돋우고 우리 위를 솟구쳐 날아갔다. 먼 산에서는 뻐꾸기가 무엇을 아는 듯 뻑국~! 뻑국! 뻑뻑국, 뻑국~~! 하며 그칠 줄 모르고 울어대고 있었다.

나는 올봄에 갓 사학과 전임이 된 큰아들을 데리고 신문사 차로 쇠내골에 도착했다. 차 안에서 아들과 많은 이야기를 하였다.

"아버지, 한국전쟁은 언제나 끝난답니까?"

"나도 모르겠다. 지금은 휴전 중이니 아직도 전쟁 중인 셈이지."

"우리는 종국에는 미국과 일전을 하기 전에는 결론이 나오지 않을 것입니다. 일제 식민지 미제 식민지를 합하면 벌써 백 년이 되고 있지 않습니까."

"넌 그렇게 생각하니? 그러나 과연 미국과 일전을 불사하겠다는 지도자가 나올까?"

"나와야지요. 아니면 우리는 아마 지구상에서 소멸할지도 모릅니다. 신라가 당의 세력을 끌어들여 백제, 고구려를 치다가 삼국이 다 망해버리고 말았지 않습니까. 뒤에 우리 국토의 9할을 잃고 겨우 청천강 이남을 차지했지 만서도요."

"너는 사학과 교수이니 역사를 내다보는 안목이 정확하겠구나."

"동학혁명 때도 그랬습니다. 동학군과 관군이 힘을 합하여 일본군을 몰아내자고 했지만, 무지한 정부는 오히려 일군과 힘을 합하여 동학군을 토벌하고 말았습니다. 그때 우리나라는 사형선고를 받은 것이고 한일합방까지 직행하여 나라가 망해버렸지요."

"아버지도 그렇게 생각하고 있었다만 지금은 많이 무뎌져 버리고 말았다."

"그러셔서는 안됩니다. 아버지는 지금도 영향력이 있는 분입니다. 무엇인가 하지 않으면 안 됩니다. 지금도 똑같습니다. 만약 미국과 힘을 합하여 우리 민족을 친다면 우리나라는 이제 끝입니다. 내가 하느님이라도 그런 민족에게는 복을 주지 않지요. 외부 불량배를 끌어들여 내 부모형제를 죽인다면 하늘도 그런 사람에게 복을 줄리 없지요."

형님댁은 흰 차일이 처져 있고 마당에는 동네 손님이 제법 분망했다. 형수씨가 울먹이며 맨 먼저 달려 나왔고 이어서 상복 입은 조카들이 나와서 인사치레를 한다. 당숙네, 덕례 누나 가족, 회대기 고모네 사촌 형제들 할 것 없이 다 모여 있었다. 돼지도 한 마리 잡고 막걸리도 이드거니 차비하였다. 동네 남자들이 꽃상여를 만들기 위하여 분주히 문종이를 오려내고 굵은 새끼를 꼬느라 왁자지껄했다.

"형수씨, 뭐라고 드릴 말씀이 없습니다."

"이렇게 조카까지 데리고 내려와 줘서 고마워요. 너도 이번에 큰아버지가 어떻게 돌아가셨는지 똑똑히 알고 가거라. 내사 무식한 아낙네이지만 그 지긋지긋한 6·25가 아직도 끝나지 않았구나.”

형수씨는 나에게 한마디 하고는 아들에게 당부라도 하듯이 말을 하고, 다시 나에게 말을 한다.

“하기사 사실 만큼은 사셨으니 큰 여한은 없구만이라우. 자식들도 다 여윘고요. 그런디 돌아가실 거면 젊었을 때나 돌아가시든가. 참, 다 늙은 마당에 무슨 꼴이래요?”

“뭣땀시 어쩌다가?…”

“우리도 모릉께. 회대기 고모님이 저와 중매를 설 때, 전에는 머리가 좀 이상한 적도 있지만 그때는 아무렇지도 않다고 혀서 결혼했지 않았능기라우? 나와 결혼 전에는 심할 때는 서까래로 틀을 짜서 발목에 쇠걸이를 채워둔 적도 있었다면서라우?”

“네, 그것은 지가 잘 알고 있구만이라우. 그 뒤로 정신이 돌아와서 거의 완전히 딴사람처럼 생활을 했었지요잉.”

“그런디 저와 결혼한 후에도 가끔은 도졌어라우. 정신나간 사람처럼 멍하기도 하고 헛소리도 가끔 하고요. 그런데 나중에야 알았지라우. 그 실성기가 도진 때는 꼭 초여름이었어라우. 아버님이 지서에서 돌아가신 것이 초여름이었지요 잉?"

"맞어라우. 딱 지금 이때지요 잉."

"그려요, 초여름만 되면 발작기가 도지고 그 냄새만 맡으면 코를 벌름거리며 헛소리를 시작혀요. 올해도 봄이 가고 있어서 주의를 했는디 동구 밖 냇가의 배바우 언덕에 그놈의 찔레꽃이 어찌나 흐드러지게 피었던지…"

"그래서요?"

"누가 보니까 꽃향기를 한나절 내내 맡고 다니더랍디다. 그러더니 한 손에는 찔레꽃을 한 가지 꺾어 들고, 한 손에는 삘기를 뽑아 들고 노쫑굴로 올라가는 것을 본 사람이 있어요 예."

"그런데요?"

"그제 저녁이 아버님 기일이지 않는기라우? 저녁이 되어도 돌아오지 않아서 우리끼리 제사를 지냈지라우. 그런데 새벽이 되어도 돌아오지 않지 뭐에요. 온 동네를 다 뒤져도 어느 집에도 안 계셨서라우. 그러더니 한낮이 되어서야 동네 사람이 뒷산 넙적바우 밑에서 그이를 찾아냈지라우."

"자살이어 라우, 실족이어라우?"

"놈(남)들은 자살이라고도 하는디 자살은 아니것지라우. 뭐 사소한 속 썩인 일 같은 거야 있지만 자살을 할 만큼 큰일은 하나도 없어라우. 농사 짓고 사는 사람이 무슨 그런 일이 있것시요? 발이 미끄러져서 절벽으로 떨어졌다는 말이 맞것지라우."

말을 하다 말고 형수씨는 설움이 복받치는지 "아이고!" 하더니 그 자리에 털썩 주저앉아 하늘을 쳐다본다.

상여가 다 되고 상여꾼이 정해졌는지 상여 어르는 소리가 시작된다. 상여를 모두 함께 들었다 놨다 하며 상여꾼들이 몸을 풀고 있었다. 상여 위의 종이꽃송이가 어지럽게 나풀거리며 춤을 춘다.

아, 어~ 호오. 아, 어~ 호오.
정명 팔십 다 못살고 북망산천 가는 구나
아, 어~ 호오. 아, 어~ 호오
청산가네 청산가네 이 청산 가는 길이
아, 어~ 호오. 아, 어~ 호오
…

오늘의 선소리는 호동양반이 해 주기로 했다. 내가 어려서부터 보아오던 호동양반은 바로 동철이 형의 소꿉동무인 종욱이 형이다. 호동양반은 쇠내골에서 가장 어르신이 되어 있었다. 쇠내골을 지키는 기둥이 되는 남자가 호동양반과 형님인 셈이었다. 친동생 같은 깨복장이 친구를 보내는 호동양반의 마음도 여러 가지로 착잡한 모양이다. 장지는 아버지가 생시에 사놓으셨던 노쫑굴 등 잔묘 자리로 정했다. 산이 좀 높고 가팔라서 상여꾼이 무척 애를 먹었지만, 아버지가 생전에 사 두었던 명당자리여서 굳이 어머니와 아버지를 나란히 모셨었다. 어머니 아버지 묘 바로 밑에 형을 모시기로 했다. 상여가 출발할 때는 호동양반은 아예 상여 앞마구리 목도채 위로 올라탔다. 방울을 흔들며 상엿소리를 시작한다.

간다간다 나는 간다 북망산으로 나는 간다

어~~허노~~, 어~~허노~오~~, 어나리 넘~차 어~~허~노오~~

이제가면 언제 오나 오실 날만 일러 주오

어~~허노~~, 어~~허노~오~~, 어나리 넘~차 어~~

허~노오~~

어쩔끄나 어쩔끄나 불쌍해서 어쩔끄나

…

호동양반의 앞소리는 점점 간드러지는 애조를 띠고 이를 받는 뒷소리는 더욱더 처연해진다. 이때 내 핸드폰에 진동이 울렸다. 전화를 받아보니 이광열 기자다.

"선배님 죄송합니다. 제가 선배님께 너무나 실례를 많이 범했습니다. 얼마나 상심이 크십니까. 올라오면 물론 크게 사죄드리겠습니다만 미리서 한 말씀 드려야 할 것 같아서 전화했습니다."

"괜찮아요. 이 기자의 말은 하나도 틀린 게 없어. 나도 이 기자한테 너무 함부로 대한 것 같군. 우리는 모두 민족의 죄인들이야."

"선배님, 그럼 일 잘 치루시고 조심해서 올라오십시오."

나는 잠시 전화를 끊고 상여 곁으로 가서 일가친척들과 얼굴을 마주했다.

형님은 그렇게 갔다. 그러나 반세기가 지난 지금까지

이 나라는 아직 아무것도 변한 것이 없다. 물질적인 풍요 덕분인지 나는 배만 불룩이 더 나왔을 뿐이다.

장례가 끝나자 나는 형수씨, 조카들, 일가친척, 동네 사람들과 일일이 작별인사를 했다. 파파 할머니가 된 사평댁은 굽은 허리도 펴지 못한 채 바싹 마른 손으로 내 손을 꼭 잡고는 놓아주려 하지 않는다. 나는 울컥하고 눈물이 치밀어 오르며 하마터면 '어머니!' 하는 말이 입 밖으로 터져 나올 뻔하였다. 얼마나 불러보고 싶었던 그 한마디였던가? 이제 늙은이가 다 된 길자도 사평댁 옆에 서 있다가 "오빠!" 하며 왈칵 나를 껴안는다. 나는 길자의 등을 가볍게 두들겨 주었다.

나는 아들과 함께 차에 올랐다. 차가 달리는 동안에 앞좌석의 아들 녀석은 이번에는 무엇을 생각하는지 시종일관 입을 굳게 다문 채 심각한 표정이다.

"김 기사! 좀 더 밟아요."

내 차는 캄캄한 어둠 속에서 경부고속도로 상행선을 질주하고 있었다. 잔뜩 찌푸린 하늘에서 희번쩍 몇 차례 번개가 뻗치더니 콰당탕 천둥 치는 소리와 함께 한줄금 목비가 쏟아진다.

만복이

바람이 스산한 늦가을 날씨였다. 마지막 남은 잎새가 바람에 휘날려 황금빛 산야에 멀리 흘러가고 한길에도 잎새들이 하릴없이 나뒹굴고 있었다. 날씨는 맑은 대낮인데 산비탈에서 장끼 한 마리가 목청을 돋워 산천을 울리더니 이내 숲속으로 숨어든다.

광주에서 화순 너릿재 가는 한길을 따라 남루한 처녀아이 하나가 혼자 두리번거리며 걸어가고 있다. 한길 양쪽의 야트막한 산의 훈기를 받으며 걸어가는 품이 좀 불안한 듯한 태도였으나 그렇다고 무슨 큰일이 있는 것 같지는 않다. 걸음은 화순 쪽으로 옮기면서 가끔씩 광주 쪽을 뒤돌아보곤 한다. 버스를 타고 가며 스쳐보는 사람들은 좀 이상하다 생각했지만 대개는 그대로 지나쳤다. 이 처녀는 스무 살이 넘었음직 한데 자세히 보니 거지는 아닌 성싶다. 옷도 비록 시골 처녀들이 입는 치마를 입고, 위는 단추 달린 촌스런 블라우스를 입었지만 제법 깨끗하고 신발도 아주 많이 헐지는 않았다. 단 얼굴을 보면 단박에 정상적인 사람이 아니란 것을 알 수 있다. 참외처럼 위아래가 좁은 형태에 얼굴은 화장기를 한 번도 받아본 적이 없는지 부르튼 듯 거칠고 눈을 치켜뜨면 마치 휘번덕거리는 것 같은 표정이다.

광주에서 볼일을 보고 화순으로 돌아오던 시촌댁은, 차는 이미 지나쳤지만 방금 지나친 광경을 보고는 고개를 갸우뚱하였다. 어제 당촌아짐이 자기 모지리 딸 만복이가 사흘간이나 소식이 없다는 말을 들은 기억이 떠올랐기 때문이다. 그러고 보니 만복인 것도 같았다. 당촌아짐은 자기 딸 만복이를 항상 '모지리'라고 하였다. 지능이 모자란 바보라는 뜻이었다.

사실 만복이는 나이는 스물한 살이었지만 지능은 다섯 살밖에 안 된 장애 3등급이었다. 그 장애등급도 만복이가 다 커서야 안 사실이다. 오늘도 내일도 모르는 딸을 둔 당촌아짐은 만복이를 아예 하늘이 자기에게 내려준 응보로 알고 혼자 챙기고 살아왔다. 내가 전생에 무슨 큰 죄를 지었는 모양이지, 그렇지 않고서야 저런 딸을 내려줄 리가 없지 않은가.

만복이가 한 살 때 염병(당촌아짐의 말)을 앓았는데 완전히 다 죽은 것을 온갖 약을 다 구해다가 먹여 살려놨으나 산송장처럼 아무것도 모르는 아이가 되고 말았다. 당촌아짐은 천벌을 받을 말인지는 몰라도 그때 죽게 놔둘 걸 그랬다고 항상 입버릇처럼 말하고 다녔다. 만복이는 세월이 흐르면서 나이는 들어갔으나 열 살이 되도록 제 이름도 나이도 몰랐다. 말은 토막말을 할 수 있었으나 이어서 하는 말은 한마디도 할 수가 없었다. 나중에 화순에 보건소가 생겼다고 해서 데려가서 이야기했더니 그때 뇌염을 앓았다고 일러주었다.

동네 이장은 저런 아이를 끼고만 돌지 말고 광주의 장애인 복지시설에 맡기는 것이 어떻겠느냐고 해서, 열여섯 살에 복지시설에 맡겨보았고 거기서 3급 장애인 판정을 받았다. 한 달에 한두 번씩 가보기는 하지만 나이가 차자 집적거리는 남자애들도 있고 별 이상한 일들이 다 벌어져서 하루빨리 누구한테라도 결혼을 시키면 나을 것 같았다. 그때 마침 누가 말을 꺼낸 하망굴의 박 아무개는 그래도 자기 이름을 한글로 쓸 수 있고 더듬거리면서도 자기의 의사를 표현할 수 있는 서른이 넘은 머슴 총각이라고 했다.

당촌아짐은 남편은 벌써 죽고 없었고 만복이 위로 딸 하나가 있긴 하였으나 못난 곳이긴 해도 벌써 성혼을 시켜서 내보냈기 때문에 만복이 하나만 자기가 책임지면 되겠다고 생각하고 있었다. 그런데 혼자 사느니 말이 나온 김에 얼른 성사를 시켜서 남자도 하나 있는 가정을 만들면 더 좋겠다고 생각했다. 당촌아짐은 대결심을 하기에 이르렀다. 만복이를 복지시설에서 꺼내오고 하망굴의 박 아무개를 집으로 불러와서 서로 목욕시키고 집안 식구들끼리만 알게 맞절시키고 신방을 차려주고 말았다. 박 서방도 올 때 몇 푼 챙겨온 것이 있어서 당촌아짐이 보태서 품질 좋은 돼지를 몇 마리 사서 기르게 했다.

그런데 박 서방과 만복이 사이에서 낳은 아들은 네 살이 됐는데도 말 한마디도 못 하고, 이름이 '종수'라고 열 번 스무 번을 가르쳐 주어도 '버버버버 수' 하고 버벅대고 그릇이나 깨고 대소변도 못 가렸다. 자세히 뜯어보니 지능이 만복이만큼도 못한 것 같았다. 모지리 딸과 모지리 사위에게서 나왔느니 그러려니 하였으나 오히려 두 장애자보다도 못한 애물단지가 나오고 말았다. 어쩌면 하늘은 이렇게 무심할까 원망도 해보았으나 이 역시 운명이라 생각하고 종수를 순천의 어느 복지시설에 일찌감치 맡기고 말았다.

어느 날, 기른 돼지 한 마리가 워낙 살이 쪄서 팔 때가 되었으므로 장에 내다 팔았는데 상당히 묵직한 돈을 받았다. 그러나 당촌아짐이 돼지 판 돈을 보관했다 주겠다며 내놓으라 해도 박 서방은 내놓지 않고 자기 안 포켓에 넣고 다닌다.

"안 돼. 이 돈은 내 것이여."

"알아. 그래도 박 서방은 남한테 뺏길 염려가 있응께 나한테 보관하라고."

"안 되아. 손대지 마."

그리고는 당산나무 밑이나 사랑방이나 남의 집에 가서 그 돈뭉치를 꺼내서 세어보는 것이 취미이다. 하루에 열 번도 더 꺼내서 세어본다. 사람들이 돈뭉치를 보고 "와!" 하고 놀라는 모습이 재미있었고, 처음으로 남들이 자기를 사람 취급하는 것 같아 무척 기분이 좋았다. 박 서방은 어디 사람들에게 자랑할 곳이 없나 찾아다니며 돈을 세 보였다. 그런데 사람들은 박 서방이 돈을 척척 세면,

"어디, 나도 한 번 시어 보장께(세어 보자고)."

"그래 시어 바."

하면서 돈을 맡겼고, 그럴 때마다 돈은 몇 장씩 줄어들었다. 그렇게 며칠이 지나는 사이에 돈은 2분의 1, 3분의 1로 줄어들고 있었다. 당촌아짐이,

"워메, 돈이 왜 이것밖에 안 된다냐?"

"왜 그래. 돈 이리 내놔. 가져 갈라고 그러지?"

"아니여, 이 답답한 사람아. 처음 때보다 돈이 훨씬 줄어져 뿌렀당께. 봐, 처음에는 돈이 이렇게 두꺼웠는 디 지금은 이것밖에 안 된단 말이여."

"멋이(무엇이라고)? 그러면 그놈이구만."

하면서 자기 딴에 짚이는 자가 있었는지 찾아가 멱살을 잡고 대판 싸움을 벌였고, 여기서 얻어맞고 저기서 얻어맞고 완전히 골병이 들어서 돌아왔다. 그래서 자리에

눕게 되었는데 얼마나 여러 곳에서 많이 얻어맞았는지 백약이 무효였다. 좋다는 약초는 모두 캐다가 끓여 먹여 보았으나 일어날 줄을 모르고 누워만 있었다.

박 서방도 저 모양이어서 돼지 기를 사람도 없게 되자 당촌아짐은 답답한 인간 둘을 책임지는 것보다 하나라도 덜고 싶었고, 그 김에 딸이 한 푼이라도 벌어오면 박 서방 약값에 도움이 될 것 같았다. 그래서 만복이를 어느 집 식모살이라도 시키면 좋을 것 같다고 동네 사람들에게 말한 적이 있다. 그런 말을 들은 삼철이 엄마가 광주의 어느 대학교수 집에서 식모를 구한다는 소식을 물어 왔다.

당촌아짐이 삼철이 엄마와 같이 만복이를 데리고 가서 교수댁에 맡기고 돌아왔다. 그러데 당촌아짐도 삼철이 엄마도 만복이가 모지리란 것을 말해주지 않고 나왔다. 양심의 가책을 받긴 했으나 사실대로 말하면 누가 식모로 받아줄 리가 없었기 때문이다. 그 대신 만일을 위하여 만복이가 빠릿빠릿하지 못하며 머리도 좋지 않으니 심부름이나 시키고 청소나 시키는 데 써 먹으라고 하였다. 교수 사모님은 그것이 사양하는 말인 줄 알고 오히려 좋게 받아들인 것 같았다.

그러나 만복이가 일을 해낼 리가 없었기 때문에, 교수 사모님은 처음에는 욕을 하고 윽박지르더니 나중에는 손찌검까지 예사로 하게 되었다. 만복이는 울기도 하고 도망 다니기도 하다가 어느 날 드디어 집을 나가버리고 말았다. 사모님은 이런 사실을 알리지 않을 수가 없어서 삼철이 엄마한테 연락을 하였고, 이 소식을 들은 당촌아짐은 교수댁에 쳐들어가 내 딸 내놓으라고 삿대질을 하며 싸움을 벌였다. 사모님은 점잖은 분이어서 마구잡이 싸움을 못 하기 때문에 자기 인척 중에서 왈가닥 아줌마를 하나 불러와서 당촌아짐과 싸움을 맞붙게 하였다.

"뭐, 내 딸 내놓으라고? 일부러 그런 병신 딸을 맡기면서 사람을 속여?"

"뭣이? 남의 귀한 딸을 어떻게 했길래 집을 나갔냔 말이여."

"뭐 귀한 딸? 이런 숭악한 × 같으니라고. 돈 뜯어 낼라고(내려고) 병신 딸을 맡겨놓고는 하는 말 좀 바라. 지금까지 그런 식으로 남의 집에서 얼마나 뜯어냈냐?"

"뭐라고? 이 ×이."

"뭐?"

서로 머리끄덩이를 잡고 한바탕 늘어졌다. 한참 후에 교수가 귀가하여 자초지종을 듣더니 사모님과 왈가닥 아줌마를 야단쳐서 조용하게 하고는 당촌아짐에게 좋은 말로 타일렀다.

"아주머니 죄송합니다. 그쪽에서 그런 딸을 말도 안 하고 우리에게 맡긴 것도 잘못이지만 우리에게도 분명히 잘못이 있습니다. 서로 노력해서 찾아보기로 합시다. 며칠 지나도 찾지 못하면 경찰서에 실종신고를 냅시다."

점잖으신 교수는 확실히 달랐다. 당촌아짐은 싸움을 벌이기는 하였지만 오히려 자기가 벌 받을 짓을 한다는 것을 잘 알고 있었다. 아무리 심부름이나 하고 청소나 시키라고 했지만 그래도 식모살인데 그것을 만복이가 제대로 해낼리가 없었다.

만복이는 교수댁을 나와 여기저기를 돌아다니다가 광주역전 광장에 이르렀다. 거기는 하릴없는 사람들이 한가로이 앉아서 이야기도 하고 있고, 손수레꾼들도 있고 거지 같은 아이들도 있어서 오히려 마음이 편했다. 열몇

살씩 먹은 거지 디신한 아이들이 엽전 치기를 하고 노는 모습이 재미있어서 정신이 팔려 보기도 하고 웃기도 하며 시간을 보냈다. 아까부터 이 광경을 불량기가 농후한 청년이 구석에서 눈여겨보고 있었다. 그 청년은 별명을 할딱보(대머리)라고 하는 자로, 나이는 서른이 넘었음 직한데 닳고 닳은 표정인 데다가 기생오라비도 빰칠 사기꾼이었다. 말은 청산유수이고 눈은 불량스럽게 번득거리고 있어서 어수룩한 자가 한 번 잘못 걸리기만 하면 절대 풀어주지 않고 오랫동안 괴롭히고 뜯어내곤 하였다. 못 배우고 잘못 풀려서 그렇지 부모만 잘 만났으면 정치가도 될 만하고 재벌도 될 만한 인물이었으나, 이제는 나이가 이렇게 되도록 사기 치고 나쁜 짓만 골라서 하기에 길들여졌기 때문에 개과천선하기는 벌써 글렀다.

사실 이 청년의 아버지는 광주에서 이름 있는 도둑이었다. 음지에서는 이 청년의 아버지를 모르는 사람이 없었다. '진드기'라는 별명으로 통했는데 자기가 한 번 눈독 들인 물건은 진드기처럼 달라붙어 반드시 훔치고 만다고 해서 붙여진 이름이었다. 그러나 아무리 도둑질을 잘하는 자라도 열 번 해서 열 번 다 성공하기란 어렵다.

도둑질은 아홉 번 잘하고 한 번만 실패해도 신세를 망치기 때문에 "다 배워도 도둑질만은 배우지 마라"고 했고 "도둑질만 빼고 다 배워라"란 말도 있는 것이다. 그런데 할딱보 아버지는 한 번 잡혔을 때 손을 씻었어야 하는데 끝내 그 구렁텅이에서 빠져나오지를 못했다. 도둑질은 원래 그런 성질을 가지고 있는 것이었다. 드디어 할딱보 아버지는 형무소를 제집 드나들 듯하다가 추한 이름만 남기고 철창 안에서 생을 마감하고 만다. 어떤 여자에게서 그의 아들이 하나 태어났으나 그 여자는 애기를 포대기에 싼 채 어느 고아원 앞에 남겨놓고 행방을 감추고 말았다. 그 포대기의 애기가 바로 할딱보였던 것이다. 그가 할딱보란 별명을 가지게 된 것은 아직 성인도 되기 전에 벌써 머리가 거의 다 벗겨졌기 때문에 붙여진 이름이었다. 그런데 할딱보는 머리만 빼놓고 생김새를 놓고 본다면 어디 나무랄 데 없는 떳떳한 남자였다.

할딱보는 자기 깐엔 직업을 가지고 있었다. 어디서 들었는지 자기 아버지는 도둑질하다가 죽었다는 말을 듣고 자기만은 손목을 자르는 한이 있더라도 도둑질만은 안 배우기로 결심을 하였다. 그는 007가방 같은 때 묻은 나무상자를 항상 들고 다니는데, 그 안에는 남들이 도둑질이나 소매치기한 것을 거저먹기 식으로 사들인 물건들이 들어 있었다. 즉 장물아비를 하고 있었던 것이다. 역전 광장에서 혹은 서울행 완행열차가 아직 출발하기 전 열차 간에서, 좀 부유해 보이는 손님에게 접근하여 가방을 열어 보이며 구매를 권한다. 그 나무상자 안에는 구하기 힘든 라이방 선글라스, 파커 만년필, 미제 잭나이프 등 잡동사니가 들어있었다. 혹 손님 중에 관심은 있으나 살만한 물건이 없다는 표정을 한 사람에게는, 낮은 목소리로 여성에게 먹이는 흥분제나 특수 제작한 콘돔 같은 것이 따로 있다고 넌지시 안 포켓을 툭툭 쳐 보인다.

"어디 가는 처녀랑가?"

불쑥 물어오는 할딱보의 말에 만복이는 흘끗 쳐다보고 아무 말도 하지 않았다. 그러자,

"어디 가는 손님이여? 여그(여기) 놀러 온 사람이여?"

"응."

"그리여? 그럼 나하고 놀아볼까?"

"워메, 어른이 다 논다요?"

그렇게 해서 둘이 한참을 웃었다. 자연스럽게 둘이는

마음의 벽이 트인 것이다.

"배 안 고파? 내가 짜장면 사 줄까?"

"참말로라우?"

만복이는 듣던 중 가장 반가운 소리였다. 끼니를 두 끼나 굶어 배에서 쪼르륵 소리가 나는 판인데 그런 반가운 소리를 듣다니.

짜장면을 얻어먹고 따라 들어간 곳은 어느 허름한 여관방이었다. 거기서 할딱보하고 하룻밤을 지내면서 만복이는 마냥 행복했다. 생에 이렇게 행복한 시간을 보내본 적이 없다. 할딱보는 박 서방한테서는 맛보지도 못했던 황홀감을 여러 차례 선사하여 주었고 먹을 것을 마음껏 시켜주었기 때문이다. 화무십일홍이라 했던가. 그렇게 아름다운 시간이 지나고 다음 날 아침 식사 판을 물리고 나자 할딱보는 본색을 드러내며 시무룩해졌다. "어떻게 할까. 이 애를 여기 혼자 놔두고 나가버릴까?… 아니야. 오늘도 내일도 모르는 아인데…. 그래도 하룻밤에 만리장성을 쌓았는데 그럴 수는 없지. 내가 언제 이렇게 나를 진심에서 좋아한 여자와 관계를 가져본 적이 있었던가?" 할딱보는 한 가닥 양심이 발동하였다. 그래서 어떻게 해서라도 가족의 품에 돌려줘야겠다고 마음먹었다.

"만복이는 어디가 집이여? 혼자 집에 갈 수 있어?"

"나? 화순."

"화순 어디여?"

"응? 화순."

"화순 어디냔 말이여?"

"화순. 화순."

"어이 답답해. 알았어. 하여튼 화순은 확실한 것 같은디…."

할딱보는 만복이를 데리고 밖으로 나왔다. 그리고 사람들의 눈을 피하며 화순가는 큰 길이 나올 때까지 따라오라 하면서 앞장서서 걸었다. 화순가는 큰길이 나오자 할딱보는 만복이에게 마지막 성의를 다하여 친절하게 일러주었다.

"만복이, 지금부터 내가 하는 말 잘 들어 잉. 여기서 남쪽으로 한없이 걸어가면 화순이 나와. 아주 먼 곳이여."

"뭐, 멀어?"

"그려. 아주 멀어. 그래도 한 시간 반만 걸으면 너릿재가 나와. 너릿재 알제 잉?"

"응, 너릿재."

"그려 그려. 그 너릿재 터널을 빠져나가면 화순인 디, 거기서 반시간만 더 걸으면 화순이여. 터널 알제? 굴, 굴 말이여."

"응 굴, 알어."

"옳지 옳지. 그 너릿재 터널을 향해서 한없이 걸어가 잉. 그러면 집이 나와."

"집?"

"잉, 집. 집이 나옹께 이 길로만 한없이 걸어가 잉."

그렇게 해서 만복이는 광주에서 화순가는 한길을 한없이 혼자 걷고 있었고 버스에서 시촌댁의 눈에도 띄게 된 것이다.

이 소식을 들은 당촌아짐은 시촌댁의 손을 잡고 화순 경찰서 앞 버스정류장까지 뛰어갔다. 체면이고 뭐고 없이 출발하는 버스를 손을 들어 세우고 무조건 올라탔다.

달리는 버스에서 만복이를 발견한 당촌아짐은 "수톱! 수톱!"을 연발하며 차를 세우고 만복이 이름을 부르며 뛰어갔다. 시촌댁도 뛰어갔다. 만복이도 당촌아짐을 발견하고 "엄니!" 하고 뛰어왔고 둘은 중간에서 충돌하듯이 상봉하였다. 당촌아짐은 만복이를 덥석 끌어안고 울어댔지만 만복이는 엄마가 왜 우는지를 몰랐다. 자기는 태어나서 처음으로 가장 행복한 시간을 보내고 자유의 몸이 되어 집으로 가고 있는 중이었기 때문이다.

박 서방은 만복이를 기다렸다는 듯이 안심한 듯한 표정을 하고 몇 마디 말도 하였으나 사흘이 지나면서 급격히 악화되더니 끝내 숨을 거두고 말았다.

만복이는 어느새 입덧을 하였다. "워메, 이 호랭이나 물어갈 ×." 당촌아짐은 박 서방의 자식이 아닌 것을 분명히 알기 때문에 꼬치꼬치 캐물었으나, 그것을 자초지종 말할 능력이 없는 만복이는 엄마가 묻는 말에 무조건 "응 응"만 연발하였다. 당촌아짐은 그래도 역전이나 여관에서 일어난 일 같은 것은 까마득하니 몰랐으나, 하여튼 어떤 놈팡이가 만복이에게 못된 짓을 하였고 화순가는 길로 데리고 나와서 이 길로만 끝까지 가면 화순이 나온다고 해서 걸어오고 있었다는 것까지는 지레짐작하여 알았다.

열 달을 다 채우고 나온 아이는 포동포동한 건강한 여

자아이였다. 당촌아짐은 위의 딸은 시집가서 그런대로 살고 있기 때문에 이제 만복이와 만복이 딸만 잘 챙기면 되었다. 그런데 만복이 딸 순덕이는 세 살도 되기 전에 "엄마. 할머니"를 똑 부러지는 발음으로 말하였고 하는 행동거지가 동네의 다른 어떤 아이보다 똑똑했다. 세상의 도둑질을 다 해도 씨도둑질은 못한다고 하더니 박 서방 씨에서 이런 아이가 나올 리가 만무했다.

"세상에. 살다 보면 이런 신나는 일도 있단 말인가?"

당촌아짐은 하루하루가 신바람이 나서 살이 저절로 쪘다. 하늘은 공평하다는 말이 이래서 나온 말인가. 그렇게 답답한 세상만 살다가 이렇게 속이 탁 트이는 세상을 볼 줄이야? 순덕이는 참으로 당촌아짐과 만복이에게 복덩어리 그 자체였다. 이것은 하늘의 조화가 아닐 수 없었다.

순덕이는 초등학교를 가서 그림을 그렸다고 가져왔는데 당촌아짐이나 만복이는 죽었다 깨나도 그릴 수 없는 구도가 딱 맞는 그림을 그려왔다. 노래를 하는데 "학교 종이 땡땡땡…" "엄마 한숨에 잠자고, 아빠 주름살 펴져라…" "푸른 하늘 은하수 하얀 돛대에…" 등 못하는 것이 없었다. 매일 매일 웃음소리가 울 밖으로 멀리멀리 퍼져

나갔다.

순덕이는 초등학교 2학년 때부터는 급장을 하더니 6학년 졸업할 때까지 거의 급장을 놓치지 않았다. 공부도 잘한 데다가 구호대상자 명단에 들어가 있기 때문에 수업료는 거의 내본 적이 없다. 거기에 더해서 순덕이는 얼굴이 갸름한 미인형이고, 특히 눈이 맑은 호수처럼 아름다웠다. 모르는 사람이 처음 보았을 때는 어디 나무랄 데가 없는 준수한 계집애였다. 순덕이는 중학교도 거의 장학생으로 마쳤고 고등학교는 자기가 알아서 상업학교를 갔다. 고등학교를 졸업하자마자 H그룹의 경리사원으로 채용되었다. 입사시험에서 여자 중에서 수석을 했다는 소문이 퍼지면서 뭇 사원들의 인기도 독차지하게 되었다. 특히 사장에게 잘 보인 데다가 그룹의 향학 프로젝트의 적임자라고 판단되어 야간 전문학교까지 졸업하게 되었다.

그때 H그룹의 인재를 뽑는 특별전형에 의하여 간부로 들어온 S대학 출신의 김영수는 처음부터 순덕이를 눈여겨보고 있었다. 김영수의 아버지는 어느 무역회사의 창업주였으며 H그룹 사장의 친구로서 십 년 후쯤에는 자기

후계자로 삼으려고 H그룹 사장에게 부탁하여 입사시켰던 것이다.

마침 신붓감을 찾고 있던 김영수는 순덕이가 지덕체에 미모까지 갖추었다고 판단하고 의도적으로 접근하였다. 일부러 일감도 맡겨서 단둘의 시간도 갖고 어느 날 몇 명 지방출장을 가는 명단에 순덕이를 끼워 넣게 하였다. 지방출장에서 영수는 순덕이를 여러 면에서 떠보았으며 단둘이 문학 이야기 철학 이야기도 하였다. 순덕이는 깊은 지식이 있는 것은 아니지만 일반인의 지식은 다 갖추고 있었으며 독서량도 상당하다는 것을 알았다. 특히 삶의 의욕이며 할머니와 어머니를 배려하는 마음 씀씀이가 감동스러웠다. 이런 정도의 효성을 가진 여자라면 자기 부모에 대한 효성도 지극할 것이고 자기의 회사경영에도 큰 도움이 될 것 같았다. 영수는 마음을 굳히고, 어느 날 회사원이 다 보는 앞에서 커피를 뽑아 순덕이의 책상 위에 가만히 놓고 갔다. 순덕이는 너무나 황홀하여 얼굴이 홍당무가 되었다. 이로써 회사에서는 영수가 순덕이를 좋아하고 있다는 것을 알 만한 사람은 다 아는 비밀이 되고 말았다.

그날도 영수의 프러포즈로 커피숍으로 나간 순덕이는 이제는 솔직히 영수에게 자기의 가정형편을 모두 고백하여야겠다고 작정했다.

"팀장님. 저에 대한 호의는 너무나 좋고 말로 표현할 수도 없이 감사합니다만 저와 팀장님과는 어울리지 않는 상대입니다."

"무슨 말씀이세요. 저는 순덕 씨를 진심에서 좋아합니다."

"아닙니다. 팀장님이 제 가정형편을 몰라서 그렇지 아시면 천 리나 도망가실걸요."

"그런 일은 절대 없을 것입니다. 말씀해 보세요. 말씀하나 안 하나 제 마음은 변하지 않을 거고요."

"아닙니다. 제가 물러서겠습니다."

"절대 그럴 수 없습니다. 저야말로 물러서지 않을 것입니다."

영수의 순덕이에 대한 마음은 철석같았다. 순덕이는 영수의 변함없는 마음을 확인하자 자기 가정을 있는 대로 공개하기로 마음먹었다. 정말 그런 가정을 보고도 마음이 변하지 않는다면 그때야말로 순덕이는 모든 것을 다 바쳐 영수를 영원히 모시고 살겠다고 결심하였다.

순덕이의 기별을 듣고 당촌아짐과 만복이는 집 안을 청소하고 밭에서 푸성귀도 뜯어오고 장도 봐왔다. 모처럼 쌀밥에 시골 반찬으로 할 수 있는 반찬은 다 준비하였다. 순덕이와 영수가 집으로 들어서자 당촌아짐과 만복이는 방문을 열고 마루를 지나 신발을 질질 끌면서 마당까지 뛰어나왔다.

"우리 할머니예요. 뒤에 서 계신 분이 제 어머니고요."

"안녕하십니까. 김영수입니다."

"우메, 우메. 웅, 웅."

"보시다시피 제 어머니는 말씀을 잘 못 하십니다. 그러나 말은 대충 알아듣습니다."

"어서 들어 가장께."

당촌아짐은 너무나 황공하여 몸 둘 바를 모르고 영수와 순덕이의 등을 밀어 방으로 들어갔다. 영수는 순덕이와 함께 당촌아짐한테 큰절을 하고 만복이에게도 큰절을 하였다. 이렇게 멋지고 당당한 남자한테서 큰절을 받아보다니, 당촌아짐은 홍감해서 어쩔 줄을 몰랐고 만복이는 태어나서 처음으로 큰절을 받아본 것이었다. 당촌아짐이 말을 꺼냈다.

“설마 이런 집안을 보고도 우리 순덕이와 결혼한다고 허지는 않컸지요?”

“무슨 말씀입니까. 저는 벌써 순덕 씨와 결혼하기로 결심하였습니다.”

“멋이라우(뭐라고요). 참말로 우리 순덕이와 결혼할라요?”

“물론입니다. 저희 회사에서 경력사원들을 위한 복지책으로 마련한 아파트가 있습니다. 벌써 신혼 예정자로 신청해 두었습니다. 결혼해서 할머님과 장모님도 저희 둘이 모시겠습니다.”

“팀장님, 그런 말씀은 저한테도 아직 안 했지 않습니까?”

“네, 순덕 씨한테도 아직 말씀 안 드렸지요. 오늘 놀래케 드릴려고요. 순덕 씨를 놀라게 해 드릴 일은 이 뒤로도 많습니다. 그리고 순덕 씨도 저에게 팀장이란 호칭은 이제부터 삼가해 주세요.”

“그럼 뭐라고 불러요. 아이 몰라요.”

순덕이는 너무나 좋아서 속으로 울고 있었다. 눈물은

절대 보이지 않으려 했으나 자기도 모르는 사이에 그만 주르륵 흘러내려 버리고 말았다. 이 광경을 보고 있던 당촌아짐은,

"우메 우메. 영판(아주) 좋은 거. 만복아, 이 분이 네 사위 될 사람이다. 좋지야?"

"응, 좋아 좋아."

"이 사위 될 분이 순덕이랑 같이 우리를 광주 아파트로 데리고 가서 산단다. 좋지?"

"좋아, 영판 좋네 잉."

당촌아짐과 만복이는 시촌댁, 삼철이 엄마 등 동네 사람들을 불러오고 부엌에 들어가 미리 준비한 음식들을 날랐다. 한바탕 왁자지껄한 예비약혼식 비슷한 모임을 갖고 모든 동네 사람들에게 축하를 받았다. 동네 사람들도 언감생심 꿈에도 상상할 수 없는 일이 벌어지고 있는 것을 보고 모두 부러워서 혀를 내둘렀다.

영수는 결혼을 절대 반대하는 자기 아버지를 기어코 설득시켰고, 드디어 영수와 순덕이는 뭇 사원들과 친지 친구들의 축복을 받으며 결혼식을 올렸다. 그들은 제주

도 신혼여행까지 다녀와서 당촌아짐과 만복이를 아파트로 모셔왔다.

광주 5·18 자유공원 밑의 아담한 H그룹의 경력사원 아파트에 들어온 당촌아짐은 사립문 달린 쓰러질 듯한 초가집에서 살다가 어느 궁전으로 들어온 기분이었다. 이것저것 만져보고 큰 거울에 자기의 몸을 비추어 보다가 혼자 공원 뒷동산에 올랐다. 공원은 현대식 조형물들이 하늘 높이 솟아 있고 조용한 광주의 상무지구가 평화스럽게 내려다보였다. 생각해 보면 막막하고 캄캄하고 깊고 깊은 터널만 있는 줄 알았더니, 살다 보니 이렇게 좋은 세상이 올 수도 있다는 것을 알고 신의 섭리에 감사했다. 순덕이의 출생의 비밀을 이 세상에서 당촌아짐만 알고 있는 하늘에 감사할 일이었다.

산 당

깊은 산골 마을, 삼십여 호나 되는 이 마을 위쪽으로 조그만 산골짜기가 성황당 고개를 향해 숨가쁘게 올라채고 있다. 칠흑같이 어두운 밤, 냇가 논두렁길을 따라 희끄무레한 물체가 고개 쪽으로 빠르게 움직이고 있었다.

하망골 사람들은 처음에는 귀신이 나왔다고도 했고, 성황당고개 앞산의 바위동굴에 도깨비불이 나타났다고도 했다. 그러나 그것이 귀신도 아니고 도깨비도 아닌, 바로 이 마을 종만이의 정체란 것이 밝혀지게 된 것은 그의 동생 돌이의 발설로부터이다.

조실부모하고 단 두 형제만 살고 있는 이들은 자신들의 부모가 타지에서 이곳 성바지 마을에 떨구고 간 것만으로도 한없이 감사해하면서 살아왔다. 그러나 부모가 모두 일찍 세상을 뜨자 그들이 어떤 연유로 이 마을을 찾아오게 되었으며 정말로 그들의 조상이 유씨였는지조차 말해줄 사람이 없게 된 것이다.

종만이의 행동에 변화가 일어난 것은 밑 마을 지룰로 서당을 다니면서부터이다. 지룰 서당에 모여든 총각들의 구성은 대여섯 마을에 걸친, 시골치고는 상당히 선진성을 띤 모임이라고 할 수 있었다. 그 가운데는 서울을 가 보았다는 아이까지 있어서 종만이로서는 상상도 할 수 없는 견문을 넓히게 되었다.

그런데 그보다도 더 큰 관심을 갖게 된 것은 삼룡이 때문이다. 그는 시골 떠돌이였는데, 한때 백련사에서 소동 노릇을 한 적도 있어서 들은 풍월이 이만저만 많은 것이 아니었다. 그가 들려주는, 사주팔자가 어떻고 청룡백호 뫼자리가 어떻고 하는 음양오행은 종만이의 큰 관심사가 아닐 수 없었다. 스님이며 도사에 대한 기문은 종만이의 가슴을 마음껏 흔들어 놓았다. 사람은 도를 통할 수 있다는 것이며, 도를 통하면 앉아서도 천 리를 볼 수 있다는 것이었다. 소작료로 아껴 두었던 쌀 서 말의 서당 수업료가 조금도 아깝지 않았다. 종만이로서는 여기서 들은 이야기들이 지상벽력과도 같은 사실이 아닐 수 없었기 때문이다.

그가 서당에서 배운 것은 '천자문'과 '축문'이 전부였지만 그의 견문이며 심신의 변화는 그것의 열 배에 해당하는 것이었다.

어느 날 저녁, 그는 동생 돌이가 잠든 사이에 살며시 이불을 젖히고 일어나 부엌의 물동이에서 뚜껑에 바가지로 물을 퍼 담았다. 물이 담긴 물동이 뚜껑을 들고 마당 구석으로 나온 종만이는 옷을 벗고 물을 뒤집어썼다. 갑자기 마음이 환히 맑아지는 것 같았다. 그는 두 손을 합장하고 무사무념이라는 삼룡이의 말을 떠올려 보았다. 산신령님이 나타날 것 같은 착각에 젖어 들었다.

"성님 뭐 하는 것이여!"

"너는 알 것 없어. 어서 자지 않고 뭣 헐러고 일어났다냐?"

잠든 줄만 알았던 돌이가 잠꼬대 같은 말을 걸어온 것이다. 남의 논을 부쳐먹노라고 하루 종일 일만 하는 동생이 세상모르고 잠들었나 했더니 어느새 일어나서 형의 이상한 행동을 지켜보고 있었던 것이다.

그 뒤로 종만이의 행동은 점점 그 반경을 넓히더니 드디어 성황당 고개 앞의 바위 속이 기도장이 된 것이다. 촛불을 켜고 정좌하고 앉은 종만이는 이제 호랑이가 와도 무섭지 않은 단계에까지 이른 모양이다. 아니나 다를까 그곳은 실제로 이 동네 사람들이 나무하러 갔다가 호랑이를 만난 적도 있었다.

종만이가 이곳 바위 속을 찾은 이후로 하망골 사람들에게 숱한 풍문을 남겼다. 호랑이에 관한 이야기가 주를 이루었다. 산길로 들어서면 호랑이가 지켜 서 있다가 동굴까지 길을 안내한다느니, 종만이가 호랑이를 타고 갔다느니, 도깨비가 시험하려 들었으나 종만이의 일갈 호통에 혼비백산하여 달아났다는 류이다. 이제 종만이는 하망골을 완전히 뜰 날만 남겨두고 있는 셈이었다. 하망골 사람들도, 그의 동생 돌이도 종만이는 이제 이곳 사람들과는 완전히 다른 길을 걸을 것이라는 사실을 짐작하고 있었다.

그날은 의외로 빨리 오고 말았다. 모친의 제일祭日 다음날에 그는 행방을 감춘 것이다. 돌이는 언젠가 이런 날이 오리라 짐작하고 있었고 한편 각오하고 있던 터이기도 했지만 막상 일이 닥치자 형이 야속하여 한없이 울었다.

"너는 내가 어느 날 보이지 않거든 집을 나간 줄 알어."

"어디로 갈 것인지는 나도 몰라. 산신령님이 시키는 대로 할 것이니께."

"사람의 인연이란 풀잎을 스치고 지나가는 바람과 같은 것이여."

알다가도 모를 말들을 많이 남기긴 하였으나 막상 하나밖에 없는 형이 말도 없이 출가를 하고 보니 돌이는 천애 고아의 신세가 되고 말았다.

그 뒤로 이십 년이 지나도록 종만이가 어디서 무엇을 하고 지내는지 아는 사람은 없었다. 죽었을 것이란 추측이 난무했으나 어디서 비슷한 사람을 보았다는 말도 가끔 들렸다. 회문산에서 보았다고도 하고 지리산에서 보았다고도 했다. 특히 면소재지 마을에 사는 종만이의 얼굴을 아는 사람이 우연히 수락산에서 한 처사를 보았는데 영락없이 종만이를 닮았더라는 것이었다.

사실, 종만이는 이곳저곳을 떠돌아다니다가 수락산에 마지막 둥지를 틀게 되었다. 그동안 종만이는 스님들을 따라다니며 갖은 수발을 다 들어보았고 백일기도 천일기도도 드려보았으나 도는 통하지 못했다. 그는 도를 통하기 전에는 고향에도 가지 않을 것이며 이생의 인연을 끊기 위하여 아는 사람들을 모두 모르는 척하기로 굳게 다짐하였다. 지룰에서 들은 삼룡이의 말은 어느 정도 맞아 들어 갔다. 정신일도 하사불성! 대저 한 가지에 온 정신을 집중하면 무엇이 보이는 듯했다.

그는 하현달이 뜨면 늑대의 울음소리에 홀리듯 자리에서 일어난다. 깊은 바위틈 산속으로 들어서면 누군가가 분명히 자기의 뺨을 때리는 것을 느낀다. 오른쪽 뺨을 때리면 왼쪽으로 걷고 왼쪽 뺨을 때리면 오른쪽으로 걷는다. 그뿐인가. 뒤통수를 갈길 때는 앞으로만 한없이 걸어가야 했다. 그런데 가장 곤란할 때가 이마를 갈길 때이다. 이마를 갈기면 뒤로 미는 듯한 무게를 느끼며 뒷걸음질로 끝없이 걸어가야 했다. 그러다가 넘어진 적이 한두번이 아니었으며 어느 땐가는 금류폭포 천길 낭떠러지로 미끄러질 뻔한 적도 있다. 그렇게 뺨을 맞으며 방향을 찾아가면 길 잃은 나그네가 쓰러져 있기도 하고, 기도도량이 보이기도 하는 어떤 계시가 있기 마련이었다. 그렇게 저녁 내내 무엇인가를 쫓아다니다 보면 동녘 하늘이 밝아올 때도 흔했다. 그는 산신령님에게 뺨을 맞는 재미로 살았다. 자기의 뺨을 힘껏 갈겨주면 더 큰 은혜를 받는 것으로 생각했고 뺨을 맞는 소리가 크면 클수록 자기를 더 사랑하는 것으로 생각했다.

"산신령님 감사합니다."

"산신령님 어디 계십니까?"

"산신령님! 산신령님!"

수락산 기슭의 폭포는 모두 아름다웠으나, 그중 종만이가 가장 좋아한 곳은 금류폭포였다. 천길 경사진 바위를 굽이쳐 흐르는 금류폭포의 물살은 종만이가 마지막 보금자리로 자리 잡기에 충분한 조건들을 갖추고 있었다. 그는 이 아름다운 바위와 물, 나무와 푸른 하늘이 이곳을 마지막 종착지로 점지한 것이라고 생각했다. 산의 맨 밑에 옥류동이라고 하는 수정같이 맑은 옥류폭포가 있고, 중간쯤에 가장 수려하고 소가 많고 물이 많은 은류동이라는 은류폭포가 있고, 맨 위에 천길 낭떠러지를 이루는 절경의 금류동 또는 금류동천이라 부르는 금류폭포가 있었다. 바로 그 위에 천년 사찰이라는 내원암이 조용히 자리를 틀고 있었다. 금류폭포 승절은 비구니들만 거처하는 곳으로 미륵장군을 섬기는 곳이다. 원래 이름은 내원암이라 하지만 근방 사람들은 모두 그저 승절이라 불렀다.

그가 이곳 금류동의 산당을 하나 차지하게 된 것은 그래도 주지스님의 하해와 같은 배려 때문이었다. 하도 무엇인가를 갈구하는 종만이가 딱하여 예원 주지스님이 산당을 하나 짓는 것을 허락했던 것이다. 주지스님도 종만이가 무엇을 그리도 애타게 찾아 헤매고 있는지 알 길이 없었다. 주지스님은 종만이가 법승이나 도승이 되지 못하고 무속인이 되어 감을 안타까워하였으나 그도 인력으로 되는 일이 아니었다. 예원스님은 종만이에게 잡귀가 씌었다고 항상 혀를 차곤 하였다.

실은 종만이 자신도 자기가 무엇을 찾고 있는지 확실히는 몰랐다. 다만 도를 통한다는 것이고 심령이 속세에 때 묻어서는 안 된다는 것이었으나 자기가 무속의 길을 걷고 있는 줄도 채 깨닫지 못하고 있었다. 다만 자기에게

영이 다가옴을 느끼고 있을 따름이었다.

어떤 예시가 있으려면 자꾸 하품이 나왔다. 종만이는 산신령님이 그렇게 시킨다고 생각했다. 그래도 별 행동이 없으면 까치가 한 마리 날아온다. 연이어 여러 마리의 까치가 날아와 우지진다. 이는 틀림없이 주위에서 무슨 일이 있는 징조였다. 종만이는 급히 주위의 산천을 헤맨다. 아니나 다를까 그럴 때는 지쳐서 쓰러진 사람을 발견하기도 하고 길 잃은 풍수꾼을 찾아내기도 한다.

벌도 예시의 동물이었다. 처음에는 벌 한 마리가 날아와 머리 위를 맴돈다. 조금 있다가 또 한 마리가, 이어서 또 한 마리가, 이렇게 세 마리가 머리를 맴돌면 또 무슨 징조를 알리는 것이었다.

거미도 그렇다. 아침 일찍 거미가 천정에서 내려오다가 다시 올라가면 손님이 오다가 다시 돌아간 징조였고, 거미가 내려오다가 여러 바퀴를 돌다가 올라가면 여러 명의 손님이 올 징조였다.

산당의 변소를 길일도 택하지 않고 손을 보면 대장신의 각시신이 벌을 내렸다. 열 개나 되는 침으로 허리를 내리 찌르는 것을 느낀다. 종만이는 "아야!" 외마디 소리를 지르며 대장신께 넙적 엎드려 잘못을 빈다. 그러면 침으로 찌르는 것을 멈추어 주었다.

종만이가 파주댁을 만나게 된 것은 금류동 산당에 은거하면서이다.

그의 관상과 사주팔자가 영험하다는 소문이 난 것은 우연한 기회에 어느 약초 캐러 온 남자를 만나고부터이다. 어느 날 창출을 캐러 깊은 산을 찾아다니던 길 잃은 촌부 하나가 산당을 찾아들었다. 종만이는 보리밥에 산나물 반찬으로 식사를 대접하고, 그의 인상을 보고 몇 마디 사주를 짚어 주었더니 그는 탄복을 하며 돌아갔고, 차츰 그의 소문을 듣고 찾아온 손님이 늘어나기 시작하였다. 종만이 자신도 자기가 이만큼 정진한 덕분에 세상을 꿰뚫어 보는 안목이 생겼다고 여기게 되었다.

파주댁이 초췌한 얼굴로 혼자 산당의 문을 열고 들어서는 것을 본 종만이는 그날 어떤 운명 같은 것을 느꼈다. 그는 한참 파주댁을 말없이 바라보고 있었다. 파주댁도 어떤 연유에서인지 멍하니 종만이를 바라보고 한참 동안을 서 있었다.

파주댁이 인생 풍파를 다 겪고 수락산 밑에 잔칫집 국수라는 식당을 차린 것은 삼 년 전의 일이다. 파주댁은 처녀시절에 어느 읍내 사내와 결혼을 한 적이 있으나 파주댁 자신이 워낙 배운 데가 없고 무식한 데다가 어려서부터 손버릇까지 있어서 사흘이 멀다 하고 부부싸움이 벌어졌다. 사내는 면소재지에서 이발소를 하면서 나름대로 시골의 교양을 갖춘 사람이었다. 그 사내는 배운 것은 없지만 주도酒道의 풍류를 갖추고 있었고 멋들어진 유행가를 뽑아대는 날이면 시골 사람들이 모두 탄성을 발하곤 하였다.

파주댁이 시집살이를 못 하고 쫓겨와 친정에 있는 사이 그 동네 사내들은 수시로 뒷문을 드나들었다. 파주댁도 굳이 거절하지 않았다. 그러나 고개 넘어 점쟁이 아주머니로부터 양잿물로 배를 쓸어내리면서부터는 몸이 급속도로 허약해졌다. 동네에서도 쉬쉬하면서 알 만한 사람은 모두 다 알게 되어 더 이상 친정에 붙어있기도 어렵게 되었다. 그러던 어느 날 그 동네 하림이가 파주댁 마당을 들어섰다.

"아이쿠, 너 하림이 아니냐?"

“맞아요. 누님이 친정에 와 계시다는 말은 군대에서 벌써 들었구만이라우.”

“어디서 군대생활을 하냐?”

“수색에서 근무하고 있구만요.”

하림이는 나이가 파주댁보다 두서너 살 아래지만 어렸을 때 같이 자라던 소꿉 친구벌이 된다. 하림이는 처녀시절의 파주댁을 무척 좋아하던 착한 아이였다. 그는 자기가 모시고 있는 중사 한 분이 집이 가난하여 정식 결혼식을 올릴 돈은 없지만 장가들기를 무척 원한다고 하였다.

그 뒤로 하림이는 휴가를 마치고 귀대하였고, 한 달도 못 되어서 파주댁이 봇짐을 싸 들고 하림이를 찾아 나섰다. 그리고는 이내 그 중사와 군대 영외에서 살림을 차렸다. 중사가 전출 다니는 곳을 따라다니며 시골집을 세 얻어 살림을 차리곤 하였다. 그러나 그 중사야말로 허황되고 거짓말쟁이인데다가 술주정에 폭력까지 휘두르곤 하였다. 파주댁은 처음에 머리를 땋아 올려 주었던 그 읍내 이발사 사내와 살지 못한 것을 평생 후회하였다.

중사가 제대를 하자 그의 고향 순천을 따라가 보았으나 산 밑에 묵힌 밭이 둬 마지기 있을 뿐 논 한 뙈기도 없었으며 그 동네에서도 내놓은 자식 취급을 하여 상대하는 사람이 없었다. 파주댁은 같이 고향을 떠나 서울 청계천에서 남편의 지게 품팔이를 돕기도 하고, 삼척 탄광에 들어가 광부가 된 남편의 뒷바라지도 해보았으나 살길은 막막하고 고달팠다. 어느 날 각혈을 하는 남편을 병원으로 호송하였으나 벌써 폐병 사기가 넘어서고 있었다.

파주댁은 남편을 잃고 보따리를 싸 들고 거리로 나오긴 하였으나 이제 친정으로 돌아갈 수는 없었다. 그래서 직공생활이며 식모살이까지 온갖 일을 다 해보다가 수락산 밑에까지 흘러오게 되었다. 어느 누추한 집을 이어서 지은 단칸방에서 잠을 자면서 그 집의 허드렛일을 도와주며 살았다. 그러다가 집 주인의 허락을 얻어 방을 개조하여 식당을 차리게 된 것이다. 평소부터 음식 솜씨는 있는 편이어서 수제비며 도토리묵, 김치찌개, 된장찌개가 그런대로 짭짤한 맛을 내었다.

특히 파주댁의 국수 마는 솜씨는 일품이었고 그 국수를 '잔칫집 국수'라고 이름하였다. 어떤 유식한 듯한 사람이 그 국수를 먹어 보더니 이름을 잔칫집 국수라고 붙여보라고 권고한 것을 그대로 따른 것이다. 우연히 붙여

본 잔칫집 국수는 갑자기 명성을 얻었고 그 근방에서 맛있는 국숫집으로 소문나게 되었다.

더부살이를 하던 파주댁은 모은 돈으로 드디어 그 집을 통째로 사게 되어, 누추한 집 내부를 개조하여 식당을 차렸다. 식사하면서 한잔 걸치기를 원하는 사람을 위하여 소주나 맥주 같은 간단한 주류도 진열하였다.

그러나 파주댁은 인생이 허무하였다. 자식도 남편도 없이 이렇게 살다가 인생을 마치지나 않을까 두려웠다. 그러다가 지성이면 감천이라는 말도 있고 하여 정성으로 치성을 드려보기로 하였다. 파주댁은 그때 산 위의 어느 처사가 영험하다는 소문을 듣게 되었고, 그래서 종만이의 산당을 찾아가게 된 것이었다.

"보살님은 인생의 풍파를 많이 겪으신 분이시군요?"

"어떻게 살아가야 할지 길을 물으러 왔습니다."

"알고 있습니다. 보살님께서는 열심히 치성을 드리고 있군요."

"치성만 드려서 뭐합니까. 효험도 없는걸요."

"이제부터는 제가 시키는 대로 치성을 드려보겠습니

까?"

그 뒤로 종만이와 파주댁은 하현달이 뜨면 두 마리의 늑대처럼 산천을 헤매고 다녔다. 한 달이 멀다하고 둘은 전국의 영험하다는 산천을 두루 찾아다니며 기도를 하고, 떡을 해놓고 촛불을 켜고 손을 비볐다. 한 번 치성을 드리면 열흘은 같이 지내야 했다. 파주댁은 종만이가 시키는 대로만 하였다. 절을 열 번 하라면 열 번을 하고 백 번을 하라면 백 번을 하였으며, 나중에는 천배를 하라면 천배를 하고 만배를 하라면 만배를 하였다. 종만이도 옆에서 따라하였다. 파주댁은 자기 혼자만 하겠다고 하여도 종만이는 굳이 같이 절을 하였다. 그래야 산신령님이 감읍하신다는 것이었다.

두 사람은 명산이라는 명산은 모두 탐방하였다. 태백산의 천재당이라는 함백산당에서는 보름이나 기도를 드렸다. 태백산 유일사로 올라가다 보면 오백장군봉이 나오고 그 맞은편에 기도도량인 천재당이 있었다. 그 위 주봉에는 어느 도승이 쌓다가 만 탑이 그대로 남아 있다. 그 도승이 정성으로 탑을 쌓다가 한 여인 때문에 파계하고 하산해서 미완으로 남아있게 된 것이었다.

대구 팔공산의 갓바우도 영험하다 하여 기도를 드렸다. 그곳은 약사여래를 모시는 곳인데 병자들이 치성을 드리면 모든 병을 낫게 해준다는 곳이었다.

대관령 국선왕도 명산이라고 하여 찾아갔다. 조선팔도의 무인들이 다 모인다는 이곳은 바위틈이나 계곡마다 삼색 과일과 포, 백미, 초, 향, 소고기가 늘비하였다. 산에는 육산과 소산이 있는데 국선왕은 육산이어서 고기를 드리면 산신령이 좋아한다는 곳이다.

그날은 구인사 기도였다. 구인사는 원래 죄지은 사람이 업을 닦는 곳인데, 그곳 큰스님께서 열반하시기 전에 삼층의 절을 지으며 이것이 완성되면 하루에 삼천 명의 기도인이 들고 날 것이라고 예언하였던 곳이다. 그날은 산천을 헤매고 천배 만배를 하여 지칠대로 지쳐있는 상태에서 둘이는 숲속에서 쓰러져 잠이 들었다. 몇 시간을 잤는지 느긋하게 잠이 들었나 보다. 잠에서 깨어난 종만이는 깜짝 놀랐다. 파주댁이 자기 팔을 베고 천하태평으로 잠들어 있는 것이 아닌가. 파주댁의 얼굴을 물끄러미 바라보던 종만이는 머리를 스치며 다가오는 깨달음이 있었다. 바로 그것이었다. 종만이가 그처럼 찾고 있는 것은 바로 파주댁이었고, 파주댁이 그처럼 갈망하던 것이 바로 종만이라는 것을…. 종만이는 파주댁의 얼굴을 손등으로 쓸어보았다. 산기운을 받은 살결은 천지의 기가 흐르고 있었다.

"보살님!"

"네?"

어느새 깨었는지 파주댁도 부드러운 표정으로 종만이를 바라본다. 종만이는 파주댁을 껴안았다. 동시에 파주댁도 종만이를 껴안았다.

둘이는 부부가 되었다. 이제 더 이상 치성을 드릴 필요가 없었다. 둘이는 급히 짐을 챙기고 다시 상행선 완행열차에 몸을 실었다. 둘이는 말이 필요 없었다. 그저 손을 꼭 잡고 있기만 하면 되었다. 둘이는 지나간 세월이 허무했다. 왜 진작 만나지 못했을까. 지금까지 무엇을 찾아 세월을 보냈단 말인가.

수락산 산당의 처사와 잔치국수집 파주댁이 눈이 맞았다는 소문은 삽시간에 그 일대에 퍼졌다. 이제 공개적으로 종만이는 파주댁에서 잠을 자고 식사까지 하고 산당으로 돌아갔고, 파주댁도 일이 끝나면 산당으로 올라가서 자고 오는 날이 있었다. 어쩌다 식당에 손님이 많은 날이면 승절에 기별을 하여 소동더러 산당에 가서 처사님을 불러달라고 부탁하곤 하였다. 소동은 스님의 눈치를 살피고 얼른 산당까지 뛰어가 일러주었고 종만이는 기별만 들으면 이내 내려와 일손을 도왔다.

그런데 일손을 돕던 종만이는 어느 날 갑자기 눈이 흐려지는 것을 느꼈다. 바지락이며 돼지고기 국물에 손을 담그고 씻다가 그 기운이 자기의 몸에 퍼진 것이라고 생각했다.

"보살님! 나 좀 산으로 올라가 봐야겠소."

"왜요? 지금 한참 바쁜 땐데."

"정신이 흐려져서 안 되겠소."

"뭐요? 정신이 흐려져요?"

그 뒤로도 종만이는 일을 하다가 늘 정진수도를 하는 사람은 역시 산속 기운만 받아야 한다고 했고, 육식국물에 손만 담그면 눈이 흐려진다는 말을 입에 담고 살았다.

그런데 잔치국수집에서 일하는 점순이 고것이 입이 방정이다. 밑 마을의 키다리 아저씨가 파주댁을 보고 치근

덕거린 것도 사실이고 파주댁도 그다지 싫지 않게 대한 것도 사실이지만 문제가 될 만한 일은 아니었다. 그런데 점순이가 종만이한테 뭣 때문에 키다리 아저씨는 저렇게 자주 점방을 들른지 모르겠다고 밑도 끝도 없는 말을 던지고 말았다. 이때부터 종만이는 갑자기 의처증이 끓어올랐고, 파주댁이 일손이 바쁘다고 연락을 안 했는데도 불시에 점방을 들러서 둘러보고 가곤하였다.

어느 날은 종만이가 점방에 들어서니 그 키다리가 식사 때도 아닌 이른 오후에 혼자 소주 한 병에 열무 한 보시기를 놓고 술을 홀짝이고 있었다. 부엌에서는 파주댁이 다른 찌게감을 준비하고 있는 모양이다. 너 잘 만났다는 식으로 종만이는,

"할 일도 없나? 젊은 사람이 혼자 대낮에 술은 무슨 놈의 술이여?"

"남이사 술을 마시던 죽을 마시던 무슨 상관이야?"

"아직 머리에 피도 안 마른 것이 어른한테 반말은 무슨 반말이여?"

"오는 말이 고와야 가는 말이 곱지!"

토닥토닥 말소리가 점점 커지기 시작하였다. 부엌에서

일을 하던 파주댁이 당신은 왜 뜬금없이 산은 내려와서 남에게 시비를 거느냐고 한마디 한다. 종만이는 그 말에 그만 더 울화가 솟구쳤다. 파주댁이 자기편을 드는 것이 아니고 키다리 편을 드는 것 같았기 때문이다. 키다리도 듣자 듣자 하다가 나중에는 막말을 하고 나왔다.

"이 머리도 깎지 않은 가짜 땡중…."

둘이는 드디어 멱살잡이를 하였다. 파주댁이 소리소리 지르고 점순이며 옆집 아저씨까지 쫓아와 겨우 뜯어말리긴 하였으나, 둘이는 씩씩대었고 그 뒤로도 앙금은 쉽사리 가시지 않았다. 이제 이 수락산 골짝의 추문으로 너나없이 입에 오르고 있었다. 승절의 주지스님까지 그 소식을 알게 되었다.

"쯧쯧, 정진수도를 한다는 사람이 속인만도 못한 말을 듣고 다니니 원…."

종만이는 그때부터 될 수 있는 대로 산 밑은 내려가지 않았다. 파주댁이 승절의 눈을 피하여 산당에 들르곤 하였으나 감정은 예전 같지 않아 이내 다투곤 하였다.

어느 날은 종만이가 오랜만에 국숫집을 들렀는데, 가는 날이 장날이라고 그날 마침 키다리가 자기 동네 사내들과 거나하게 술자리를 벌이고 있었다.

"야, 저 땡중이 네 연적이냐?"

"중이 되려면 머리나 깎아야지!"

"도사는 아무나 도사가 되나?"

"앗쭈! 아니꼽게 보는데?"

종만이는 처음에는 그 자리를 피하고 싶었다. 그런데 키다리는 가만히 있는데 옆에서 자꾸 약을 올리는 통에 그만 욱! 하고 말았다.

"뭐라고?"

"이 자식이!"

그들은 일시에 얽히고 말았다. 서너 명이 협력하며 사정없이 종만이를 밀쳐대다가 주먹질을 하였고, 종만이도 있는 힘을 다하여 발길 짓 손길 짓을 하며 덤벼들었으나 중과부적이었다. 녹초가 되게 얻어맞고 넘어진 종만이를 그들은 축구공을 차듯이 냅다 질러댔다. 파주댁과 점순이가 소리소리 지르며 뜯어말리고, 부축하여 겨우 종만이를 일으키긴 하였으나 그는 이내 그들을 뿌리치고 혼자 걸었다. 비틀거리며 산당으로 돌아온 종만이는 주섬주섬 옷가지 몇 개 챙겨서 산당을 뒤로하고 길을 떠났다.

얼마를 걸었는지 단숨에 산등성이 몇 개를 넘었고, 어느 깊은 골짜기에 쓰러져 잠이 들었다.

얼마나 시간이 흘렀는지 잠에서 깨어나니 전신에 오한이 왔다. 종만이는 늑대 울음소리에 눈을 뜬 것이다. 하현달이 요염하게 하늘가에 걸려있다. 골짜기에서는 물 흐르는 소리가 고요히 메아리치며 종만이를 발광시키고 있었다. 벌떡 일어나 숲속으로 달려갔다. 갑자기 자기의 뺨을 갈기는 산신령님의 매섭고 반가운 손길이 왔다.

"딱!"

"산신령님이십니까? 산신령님은 나를 버리지 않으셨군요. 감사합니다. 산신령님! 산신령님!"

종만이는 부모라도 만난 듯, 이 세상에서 가장 신뢰하는 산신령님이 자기를 아직도 인도하고 있다는 것만으로 다른 모든 원망이 물거품처럼 사라졌다. 종만이가 수련하는 정진법 중에서 가장 신나는 것이 바로 산신령님이 자기의 뺨을 때려준 것이다. 그는 오른쪽 뺨을 맞고 왼쪽으로 끝없이 걸어간다. 다시 왼쪽 뺨을 맞고 오른쪽으로 한없이 걸어간다. 이마를 치면 뒤로, 뒤통수를 치면 앞으로 가는 것이다.

"따닥!"

이번에는 쌍뺨을 갈겨준다. 더 빨리 달리라는 신호일 것이기에 그는 뛰다시피 빨리 산천을 헤매었다. 전신에 땀이 흥건히 고이고 얼굴에서는 땀이 비 오듯 흘러내렸다. 그런데 뺨을 갈기는 박자가 예전과 같지 않다. 시간이 너무 뜨는가 하면 너무 빨리 갈겨서 정신을 차릴 겨를이 없었다. 그런데 더 이상한 일이 벌어진다. 이번에는 따다닥! 하고 세 번을 연발로 치는 것이 아닌가? 이제 정말로 두 손을 들고 뛰어야만 산신령님의 요구에 따르는 것이었다. 이리 뛰고 저리 뛰고 앞으로 뛰고 뒤로 뛰고, 넘어졌다 엎어졌다 뒹굴다가 미끄러졌다 사람의 몰골이 아니었다.

돌이가 형님을 찾아 집을 나선 것이 벌써 보름이 되었다. 이번만은 기어코 형님을 찾아내고야 말겠다고 다짐한 것이다.

돌이는 형님이 집을 나가자 고아인지 거지인지 분간 못할 하망골의 천덕꾸러기로 살다가 그 동네 호동아제

집의 머슴으로 들어앉았다. 게딱지만 한 집은 사 년간 지붕을 올리지 않자 폭삭 주저앉고 말았다. 돌이로서는 오히려 집도 절도 없는 편이 더 일심으로 작정하고 호동아제 집의 성원이 되기에 좋았다. 호동아제는 인품도 있고 인정도 있는 분이어서 돌이를 불쌍하게 보고 따습게 거두어 주었다.

적령기가 되자 아랫마을 딸막이 처녀하고 혼례도 치러 주었다. 그러나 애를 셋이나 두었는데도 자나 깨나 마음에 걸리는 것은 형님의 행방이었다. 그렇다고 남의 집에 매인 몸이 어떻게 할 수도 없어서 그저 무심한 세월만 보내고 있었다.

그런데 얼마 전부터 꿈자리가 너무나 좋지 않았다. 형님이 몹시 기분이 상해서 헉헉대는 모습도 보이고 어렸을 때 동네 개를 데리고 사냥을 가서 노루를 쫓다가 언덕바지에서 내동댕이쳐지던 장면이 몇 번이나 다시 반복되곤 하였다. 안 되겠다 싶어서 호동아제한테 사정 얘기를 하고 이번에는 형님을 찾아보겠다고 작정하고 나선 것이다. 아내 딸막이한테는 좀 시간이 걸릴지 모르나 안심하고 기다리라고 하였다. 자기는 절대 형님같이 무책임한 사람은 되지 않을 것이라고…. 사실 돌이가 두고두고 굳게 다짐한 것은 형님처럼 바람 같은 인생을 살지 않겠다는 것이었다. 자기는 철저히 뿌리를 내리고 딸막이와 자식들만은 목숨을 걸고 지키겠다고 굳게 결심하였다.

다행히 어렸을 때 형님하고 찍은 사진이 한 장 남아 있었다. 면소재지 국민학교 운동회 구경갔다가 카메라를 매고 나온 그 면의 어떤 멋쟁이 형이 기념으로 한 장 찍어준 것이다. 고무신을 신고 삼베바지를 입고 둘이 손을 잡고 찍은 것이다. 비록 손바닥 절반 크기만 한 사진이지만 형님의 얼굴을 증명할 유일한 증거품이었다.

회문산 일대를 온통 뒤지고 다녀보았으나 형님의 행적은 찾을 길이 없었다. 다음에는 지리산을 뒤지기 시작하였다. 근방의 나무꾼이며 사찰이나 암자를 샅샅이 뒤지고 수소문하였다. 그런데 은적암에 들렀을 때 일이다. 물어물어 형의 형태를 표현하고 어렸을 때 사진을 보여주자 한 스님이 분명히 형님을 기억하고 있었다. 그곳에서 한때 형님이 법명으로 지암이라는 이름을 썼다는 것도 처음으로 알았다.

“지암거사는 알다가도 모를 사람이었습니다. 무엇인

가를 열심히 갈구하고 있는데 무엇을 그리도 열심히 갈구하고 있는지는 저도 모릅니다. 불문의 사람은 불문의 사람이되 부처님의 가르침과도 거리가 있는 분이였지요. 한 가지 내가 분명하게 안 것은 지암거사는 절대 환속하지 않을 것이란 것입니다."

"스님께서는 어떻게 형님이 환속하지 않을 것을 아십니까?"

"글쎄요. 저의 오랜 수도생활에서 얻은 육감 같은 것입니다. 제가 보기에는 분명히 전생의 어떤 업을 찾아 헤매는 사람이었습니다."

"전생의 업이라구요?"

그러면서 지암거사가 전에 알았던 어떤 여스님 한 분이 수락산인지에 계신다는 말씀을 한 것 같은데 혹시 그 스님을 찾아 수락산으로 갔을지도 모른다는 말을 하여 주었다. 그러고 보니, 전에 자기 면의 어떤 사람도 수락산인지에서 형님 같은 사람을 보았다고 한 것 같았다. 돌이는 형님을 만날 수 있을 것 같은 어떤 예감이 들어 가슴이 두근거렸다. 그러나 말로 표현하기 어려운 개운하지 못한 기운이 가슴 속을 맴돌고 있었다. 그 찜찜한 기운이 구체적으로 무엇인지는 돌이로서도 알 길이 없었다.

청량리에서 수락산을 수소문하였으나 동학골로 들어가라, 마당바위를 찾아가라, 사기막으로 가라 하여 종잡을 수가 없었다. 그러나 묻고 물어 현촌을 거쳐 노원으로 접어들어 당고개까지 왔고, 당고개에서 덕릉고개를 넘어 순화궁을 지나 사기막까지 왔다. 전에는 이 골짜기에 사기를 굽는 막이 많았다고 해서 붙여진 이름이었고, 마당바우는 골짜기 밑 마을인 동학골에 있는 널찍한 바위 이름이었다. 이 골짜기를 타고 오르면 수락산의 세 개의 폭포를 차례로 만날 수 있었다.

수락산은 의외로 큰 산이었다. 수려한 물줄기가 흘러내리는 것이 형님이 있을 만하다고 생각했다. 형님은 하망골에서도 물을 좋아했다. 여름이면 냇가에서 미역 감기를 유별나게 좋아했고, 나무를 하러 산에 갔다가도 골짜기의 물소리가 좋아서 이내 계곡으로 내려가 가재도 잡고 세수도 하였다. 성황당 앞산의 바위를 찾을 때도 항상 물로 목욕재계를 하였다.

새벽 산길에서 한 스님을 만났다. 형님의 정체를 물었더니 그 스님은, 산천을 헤매고 다니는 어떤 이상한 사람 하나가 금류폭포의 한 산당에 거처한다는 말을 들었노라고 일러주었다. 포천 운악산에서 오셨다는 그 스님은 사진을 보고도 그 사람의 실물은 본 적이 없으니 진위여부는 모르겠다고 하였다. 동생은 가슴이 뛰었다. 스님이 가르쳐 준 폭포 쪽으로 급히 발걸음을 옮겼다.

초입의 옥류폭포를 지나 은류폭포에 이르자 높은 곳에서 물 떨어지는 소리가 고요한 산천을 울린다. 더 발걸음을 안쪽으로 옮기니 비스듬히 누운 천 길 낭떠러지를 타고 구슬 같은 물줄기가 기어내리는 모습이 하얗게 보인다. 이렇게 수려한 경관이 있다니? 돌이는 물줄기에 시선을 태워 금류폭포의 상봉을 올려다보았다. 그런데 돌이는 한참 눈을 깜박였다. 분명히 방금 어떤 물체가 위에서 밑으로 물줄기와 함께 떨어지며 비명소리 비슷한 외마디가 들리는 것 같았기 때문이다.

불길한 예감이 들어 돌이는 급히 폭포수 밑으로 뛰었다. 물 흐르는 바위틈에 끼어 있는 한 시체가 있었다. 돌이는 허벅지까지 오는 물길을 헤치고 그 몸뚱이를 잡아

당겼다.

"형님!"

"여보!"

"아저씨!"

돌이의 외마디 소리와 함께 밤을 달려와 종만을 찾아 헤메던 파주댁과 점순이도 물을 철벅이며 뛰어 들어온다. 돌이가 끄집어 온 시체에 파주댁과 점순이가 급히 손을 거든다. 종만이는 세 사람의 울부짖음을 듣기라도 하듯이 얼굴에 엷은 미소까지 머금고 천지의 기운을 받고 하늘을 쳐다보고 있었다.

어제저녁 종만이가 키다리 패들과 싸우고 산으로 올라간 후 파주댁과 점순이는 종만이를 찾아 산당으로 뒤따라갔다. 그러나 종만이는 벌써 산당을 떠난 후였다. 불길한 예감에 온통 산을 뒤지고 헤매다가 그들도 마지막으로 다시 금류폭포 쪽으로 발길을 돌려본 참이었다.

주지스님도 달려왔다. 어제저녁 파주댁으로부터 소식을 들은 스님도 밤잠을 설치고 새벽부터 나와 본 것이었다.

"나무아미타불!"

물과 숲과 하늘과 바위가 종만이를 포근히 에워싸고 있었다. 천고무변의 금류동 물소리와 함께 동쪽 하늘이 밝아왔다.

사랑열차

나는 제야의 타종을 보기 위하여 지하철 종각역에서 내렸다. 봉석이와 나는 제야의 종소리 행사를 처음 보는 것이다. 홍천에서 같이 올라와 정릉에서 자취를 하고 있는 우리는 입시준비 하느라 밖에 나올 기회도 별로 없었다. 오늘은 우리도 한번 여유를 즐겨보자고 모처럼 조이던 나사를 느슨히 풀어본 것이다.

저녁 열 시가 조금 지나자 벌써 상당한 인파가 거리로 나오고 있었다. 아직 시간이 일러서 청계광장 쪽으로 갔더니 큰 모형학이 사람들을 포옹해 주고 있고 그 앞에서 사람들은 핸드폰으로 사진을 찍고 있었다. 그 옆에는 토정비결을 보는 사람들이 줄지어 앉아있었는데 주로 젊은 남녀들이 쪼그리고 앉아 즐거운 표정으로 사주를 보고 있었다. 나도 새해에는 운이 따를 것인지 은근히 토정비결을 보고 싶은 충동이 일어났다. "우리도 한번 보자." 하는 나의 제안에 봉석이는 "야, 저건 미신이야, 미신"이라며 첫마디에 거절이다. "그럼 어때? 재미로 보는 거지 뭐." 나는 장난스럽게 마침 손님이 없는 한 할아버지 앞에 앉았다. 생년월일을 댔더니 다시 시를 대라고 한다.

"글쎄요, 어머님 말씀으로는 논에서 나락을 훑다가 저녁밥을 지으려 먼저 집에 들어와서 낳았다고 하던데요. 밥을 안치고 불을 때는데 갑자기 통증이 와서 혼자 방에 들어가서 나를 낳았대요."

"음, 그럼 술시로구만."

그 할아버지는 능숙하게 붓으로 일필휘지하여 글을 몇 자 쓰고 손금을 펼쳐보더니, "오늘 귀인을 만날 수로다." 하였다. 나와 봉석이는 얼굴에 금방 웃음꽃이 만발하였다. 그런데 그 할아버지는 다시 낡은 한지로 된 책을 뒤적이다가 "잠깐!" 하며 얼굴색이 변하더니 점점 더 긴장감이 더해지고 있었다. 우리는 무슨 속인 줄을 몰라서 할아버지의 얼굴빛만 주시하였다. 할아버지는 극도로 긴장을 하더니 손을 떨었고 드디어 몸까지 부르르 떨었다. 할아버지는 내 얼굴을 다시 한번 보고 무엇인가를 확인한 성싶더니 벌떡 일어나서 갑자기 깔판을 챙겨 큰 비닐가방에 주섬주섬 주워 담기 시작한다. 할아버지의 갑작스러운 돌출행동에 어리둥절하고 있는데 뒤도 안 돌아보고 줄행랑을 놓는 것이 아닌가.

"할아버지, 할아버지, 복비는 받아 가야지요?"

어느새 할아버지는 복비도 받지 않고 군중들 사이로 묻혀버리고 말았다. 참 별 할아버지가 다 있네 하고 돌아서려는데, 하늘의 낌새가 이상하여 눈을 들어 쳐다보았더니 웬 부엉이 떼가 하늘을 새까맣게 날아오고 있었다. 부엉이 떼는 청계천 개울가며 주위의 전신주 위에 앉더니, 그중에 몇 마리는 무섬기가 들도록 큰 고개를 돌려가며 나를 노려보았다.

"야, 뭐 하고 있어? 이제 보신각 쪽으로 얼른 가자."

봉석이가 팔을 끌어서야 나는 정신이 돌아왔다.

"웬 서울 한복판에 부엉이 떼람?"

"너 지금 무슨 소리를 하고 있니?"

"넌 부엉이 떼를 못 봤다는 거니?"

"이 애 봐라?…"

11시가 넘어가자 인파는 점점 밀집도를 더해 가고 있었다. 대부분 두툼한 목도리를 걸치고 파카 같은 것을 입고 나왔으나 날씨는 그다지 춥지 않았다. 십만 명이 몰릴 거라며 종로, 우정국로, 청계천로, 무교로 등 종로 일대 도로를 보행자에게 개방하고 지하철은 새벽 2시까지 운행하기로 되어있었다. 커다란 마이크 소리로 식전행사가 다양하게 펼쳐지고 있었다. '슈퍼스타 K의 볼륨'이 열기를 끌어올리더니 비보이의 소울섹터 크루와 필리핀 출신 여성 보컬 그레이스 이브의 합동 무대가 펼쳐졌다. 공연 무대 건너편에서는 따끈한 차와 꼬치를 무료로 제공하여 주고 있었다. 나는 봉석이와 같이 먹으려고 줄을 섰고, 내 차례가 되어서 꼬치 두 개를 받아들고 나왔다. 그런데 꼬치를 들고 봉석이를 불러 보았으나 어디로 가버렸는지 찾을 길이 없다. 봉석이와 나는 공부에 방해되는 것은 일체 하지 않는다는 원칙 아래 핸드폰도 소지하지 않고 있었다. 소리 질러 불러보기도 하였으나 군중들의 손에 든 막대폭죽에서 하늘을 향해 터지는 폭죽 소리 때문에 내 소리는 근거리에서도 들리지 않을 정도였다. 내가 줄을 서며 분명히 일러줬어야 하는 것을 무조건 줄을 서는 바람에 봉석이는 줄곧 걸어가 버리고 만 것이다.

폭죽은 땅의 불꽃 비가 하늘로 쏟아져 내리듯 점점 더 많이 황금빛 꼬리를 물었고, 축제분위기는 절정을 향하여 달려가고 있었다. 서울시장을 비롯하여 시민이 뽑은 11명의 시민대표들이 보신각 위로 올라오고 있었다. 헌신적인 구조 활동을 벌인 동작구의 소방관 황 아무개, 혈액암을 이겨낸 의지의 소녀, 심야버스의 모범운전사, 그리고 핀란드 출신 방송인 따루 살미넨과 영화배우 권해효 등이 등장하자 환호가 터지고 모든 시야가 보신각 무대로 집중되었다.

이제 사람들은 발 디딜 틈도 없이 붐볐으며 신체적 접촉은 피치 못할 상황이었고 이를 탓할 상황이 아니었다. 이리 쏠리고 저리 쏠리며 보신각을 주시하였고 연인들은 그것이 오히려 마냥 즐겁기만 하였다. 그런데 내 앞에 앳된 소녀 둘이 한복을 입고 목에는 털목도리를 감고 이리저리 밀리고 있었다. 나는 반사적으로 우악스런 남자가 그녀들을 밀지 못하게 방어를 하였다. 큰 소녀는 17세쯤 되어 보이고 더 작은 소녀는 12세쯤 되어 보였다. 옆에서 보니 너무나도 예쁜 얼굴과 자태를 소유하고 있는 두 소녀였다. 큰 소녀는 벌써 처녀티가 완연한 몸매가 나긋나긋한 천상의 미인이었다. 그녀들은 내가 자기들을 방어하고 있는 줄을 알고 뒤돌아보며 상긋 웃어 보였다. 나는 숨이 멎을 뻔하며 갑자기 가슴이 두근두근 뛰었다. 내 몸이 큰 소녀의 몸에 가 닿았으나 그녀는 전혀 아랑곳하지 않고 오히려 그 따뜻한 온기를 즐기고 있는 듯하였다.

자정이 되어가자 카운트다운이 시작되었다. 십만 시민이 일제히 소리쳤다. 10, 9, 8…3, 2, 1, 땡! 하며 타종이 시작되었다. 종을 치는 동안에 사람들은 마음속으로 무엇인가를 비는 모습이 많이 보였다. 서른세 번의 타종이 끝나자 하늘로 쏘는 폭죽은 더 절정을 이루었다. 한국의 고교생 폴 포츠라고 하는 양 아무개의 희망찬가가 울려 퍼지며 또 한바탕 축제가 이어졌다. 한쪽 부스에서는 일 년 후에 받을 수 있는 편지를 쓰는 장소가 있었다. 자기가 바라던 일이 일 년 후에 과연 이루어졌는지 자기의 편지를 자기가 받아보게 쓰는 것이었다. 그녀들은 즐겁게 그 부스로 발걸음을 옮기더니 비밀을 적듯이 정성껏 적어서 옆에 마련된 우체통에 넣는다. 나도 소원을 써서 일

년 후에 오도록 우체통에 넣었다.

“무슨 소원을 쓰셨습니까?” 나는 큰 소녀에게 농 섞인 투로 말을 걸어보았다. “비밀이에요.” 그녀도 장난스럽게 대답하고는 “오빠는 무슨 소원을 쓰셨어요?”라고 묻는다. “나도 비밀인데요. 하하하.” 우리 셋은 모두 한참을 웃었다. 나는 큰 소녀가 나더러 오빠라고 부르는 것이 오금이 저리도록 좋았다. 작은 소녀가 “아마 언니는 애인을 만나게 해 달라고 적었을 거예요”라고 말한다.

“작은 아가씨는 무엇을 빌었어요?”

“저는 창부타령 완창을 해달라고 빌었어요.”

“창부타령이라니? 국악을 하시는 분이십니까?” 하고 내가 묻자 이번에는 큰 아가씨가 대답을 한다.

“네, 저희들은 국악을 배우러 서울에 와서 합숙을 하고 있어요.”

우리 셋은 우연히 일행이 되어 여기저기를 기웃거리며 강가에 나온 어린아이처럼 즐거워했다. 저 멀리서 얼핏 봉석이의 모습이 보였으나 나는 그쪽으로 가지 않고 오히려 반대 방향으로 그들을 유도했다. 모처럼의 아름다운 분위기를 봉석이 때문에 깨고 싶지 않았기 때문이다. 그런데 작은 아가씨가 누구를 보았는지 얼른 큰 아가씨를 잡아당긴다. 저쪽에 꽉 낀 청바지를 입은 덩치가 큰 아가씨가 한 남자의 팔짱을 끼고 인파에 밀리고 있었다. 그녀는 예쁘지는 않은데 건장한 체구에 코 오른쪽 밑에 검은 사마귀가 나 있었다. 나는 예삿일 정도로 알고 별로 신경 쓰지 않았다.

우리 세 사람의 분위기는 아주 화기애애하였다. 큰 처녀는 맹감이 달린 머리핀을 하나 사고 작은 처녀는 국화꽃 머리핀을 사서 꼽고 좋아 어쩔 줄을 몰라 하였다. 어쩌면 그처럼 잘 어울리는 머리핀을 고르는지 모르겠다. 큰 처녀를 다시 보니 보면 볼수록 절세의 미인이 아닌가. 나는 이처럼 아름다운 여인을 전에 본 적이 없다는 것을 새삼 깨달았다. 물 찬 제비처럼 날렵한 눈썹이며 약간 치켜진 눈, 갓 익은 복숭아 빛깔의 볼하며 앵두 같은 작은 입에, 거무스레한 귀앞 머리는 내 가슴을 마음껏 흔들어 놓았다.

그녀들은 광화문 네거리로 나와서 이순신 동상, 세종대왕 동상을 지나 광화문을 향해 가고 있었다. 나는 구경차 가는 줄 알았는데 그들은 거기서 왼쪽으로 구부러지더니 인왕산 쪽으로 방향을 잡았다.

"어디를 가십니까?"

"집에 가는 거예요."

"집이 이쪽입니까?"

"네, 옥인동이예요."

"참, 우리는 아직 통성명도 안 했네요. 나는 마창해라고 합니다."

"네, 마 총각이시군요. 창 자 해 자, 이름이 참 좋네요. 저는 옥분이라고 하고요, 이 애는 지영이에요. 합숙하는 집은 서로 달라요. 이 애는 다른 언니들과 같이 합숙하고 있고 나는 친구 하나와 다른 집에서 합숙하고 있어요."

"저는 재수생이고요. 정릉에서 친구와 같이 입시 준비를 하고 있어요."

이야기하며 오는 중에 어느덧 옥인동에 도착하자 지영이는 더 가까운 쪽이 자기 집이라며 안녕히 가라고 인사를 한다. 나는 지영이에게 잘 가라 하고 옥분 아가씨와 단둘이서 좁은 길을 걸었다. 몸이 닿고 손이 닿자 나는 옥분 아가씨의 손을 손가락으로 살짝 쥐어보았다. 옥분 아가씨는 조금도 싫은 기색이 없이 오히려 손가락을 약간 움직여 더 쥐어도 좋다는 암시를 하는 것 같았다. 나는 손을 지그시 잡았다. 우리는 오래전부터 알았던 연인처럼 손을 잡고 걸었다. 어느 큼지막한 전통한옥에 도착하자 이곳이 자기가 합숙하는 집이라고 하였다. 그런데 그 말이 끝나기가 무섭게 아까 청계천에서 보았던 그 부엉이 떼가 우르르 날아와 한옥집이며 집안의 감나무, 가죽나무 등에 앉아서 우리 두 사람을 말똥말똥 바라본다. 옥분 아가씨는 그 부엉이들을 보고 있는 것 같았으나 전혀 신경 쓰지 않는 눈치이다.

"잠깐 들렀다 가시지 않겠습니까?"

"친구도 있다면서요?"

"친구는 설이라고 고향에 내려갔어요. 집에 들어가면 제가 차를 한 잔 대접하겠습니다."

"그럼, 차만 한 잔 마시고 가겠습니다."

옥분 아가씨 방에 들어서자 나는 깜짝 놀랐다. 둘이 살기에는 너무 크고 좋은 방이었으며 고급스런 가구, 고급 커튼, 책상 하며 원목 탁자, 한복, 양복들이 수십 벌씩 걸려 있고 멋쟁이 모자들이 걸려 있었다. 집기들은 어느 것 하나 흩어진 것이 없이 말끔히 정돈되어 있었다.

"옥분 아가씨는 고향이 어디세요?"

"저는 경상도 밀양이에요. 지영이하고는 같은 단장면 인데 마을은 달라요. 서로 이웃 마을이지요. 두 집이 다 국악을 전통적으로 해오던 사이여서 친척처럼 지내요. 전국 국악 경연대회가 가까워 오기 때문에 서울에서 합숙하면서 국립국악원에 가서 매일 창을 교정받고 있어요."

"네, 그렇군요."

옥분 아가씨는 아직 불씨가 살아있는 향로로 가더니 향기 좋은 침향을 꺼내서 얇게 깎아 향로에 조용히 떨어뜨리고 차를 한 잔 교양있게 따라서 내 앞에 놓고 속삭이듯 말하였다.

"오빠, 저 샤워 좀 잠깐 하고 나오겠어요. 폭죽 냄새가 많이 몸에 배었네요."

"네, 그러세요."

옥분 아가씨가 욕실로 들어가고 난 뒤, 향로에서는 그윽한 향이 모락모락 실연기를 피워 올리고 있었다. 심원한 향기는 일찍이 경험해보지 못한 천국의 안개가 내 몸을 휘감는 것 같았다. 스르르 눈이 감기려 하는 순간에 옥분 아가씨는 흰 비단 가운을 몸에 걸치고 좋은 몸 향기를 풍기며 다가왔다.

"어머, 오빠 피곤하신가 봐요. 침대에 올라가서 좀 쉬세요. 이리 오세요." 하며 살며시 나를 일으켰다. 옥분 아가씨의 풍성한 앞가슴이 내 코에 닿을 것 같은 근거리에서 보였고 동그랗고 볼륨 있는 둔부는 가운 위에서도 그 양감을 충분히 어림짐작 할 수 있었다. 나를 침대까지 데리고 가서 눕히려는 옥분 아가씨를 나는 비몽사몽 중에 술 취한 사람마냥 껴안고 같이 누워버리고 말았다.

아침에 늦게 눈이 떠진 나는 간밤의 여러 차례의 운우지정이 꿈속의 활동사진처럼 머릿속을 맴돌았다. "오빠, 이제 일어나셨어요? 곤히 주무셔서 깨우지 않았어요."하며 옥분 아가씨는 침대로 걸어와 걸터앉으며 가볍게 내 볼에 키스를 하였다.

"너무 깊이 잠이 들었습니다. 시간이 많이 되었지요?"

"아닙니다. 아직 열 시도 되지 않았습니다. 아침 드세요." 하며 옥분 아가씨는 사뿐히 걸어가 밥상보를 걷었다. 나는 상차림을 보고 적이 놀랐다.

"언제 이렇게 다 준비하셨습니까?"

원님 밥상만큼이나 걸게 차린 떡 벌어진 진짓상이다. 전복죽과 타락죽이 적당량 놓여 있었고 쑥 된장국과 작은 공깃밥이 놓여 있었고 정갈한 젓갈과 반찬이 족히 스무 가지는 되었다. 같이 식사하며 내가 묻는 말에 낱낱이 설명까지 곁들였다. 오미자를 넣어서 조렸다는 발그스레한 연근조림이며 흑임자를 넣어 만들었다는 올갱이묵, 북어 보푸라기 그리고 싱싱한 문어를 찍어 먹기 좋게 만들어놓았다. 금방 산에서 따온 것 같은 진달래꽃을 살포시 올려놓은 샐러드까지 차려져 있었다. 식사가 끝나자 밥상을 물리고 작은 상을 가져와 보를 걷는데 거기는 디저트가 준비되어 있었다. 과일과 각종 한과가 놓여 있는데 찹쌀유과, 곶감말이, 호두정과 등이었다. 이는 누가 도와주지 않고는 혼자의 힘으로 할 수 있는 작업량이 아니었다.

—선반 위에서는 네 명의 요정들이 두 연인의 거동을 보고 서로 꼬집고 낄낄대고 웃으며 이리 뛰고 저리 뛰며 장난을 치고 있었다. 옥분 아가씨가 위를 한 번 쳐다보자 모두 쉿! 하며 자기 손가락을 자기 입에 가져다 대며 두리번거리더니, 조용히 하자고 약속을 하듯 고개를 끄덕

끄덕하고는 어깨를 움츠리고 배꼽을 쥐고 웃는 시늉을 한다. —

옥분 아가씨는 사뿐히 일어나더니 마지막으로 초콜릿 컵케익을 들고 오고 이어서 손수 말차를 정성들여 끓여 왔다.

나는 난생처음으로 융숭한 대접과 호강을 하고 느지막하게 옥인동 한옥을 나와 꿈같은 하룻밤을 그리며 경복궁역까지 걸어와 전철을 탔다.

3년 전, 천황산 여우골 양지쪽에서 새끼 여우 한 마리가 한가로이 뛰어놀고 있었다. 어디서 나타났는지 어미 여우가 급히 달려오더니 새끼 여우를 데리고 전속으로 달려서 굴속으로 숨는다.

"웬일이야, 엄마?"

"잔소리 말고 내가 시키는 대로 해."

어미 여우의 목소리는 사뭇 다급하다. 굴속으로 들어와 바위틈으로 내다보니 부엉이들이 굴 앞 소나무며 상수리나무, 단풍나무 위로 한 마리씩 날아와 앉더니 어느덧 열매가 열리듯이 새카맣게 앉아서 내려다보고 있다.

부엉이들은 다시 나무에서 키 작은 진달래나 헛개나무, 작은 바위 등에 뛰어 내려앉아 여우 굴을 들여다본다. 이번에는 마지막으로 유별나게 큰 부엉이 한 마리가 날아오자 어미 여우는 극도로 긴장하며 새끼 여우를 꼭 껴안고 굴 깊숙이 들어가 버리고 만다. 한참의 시간이 흐르자 아빠 여우가 안 좋은 기색을 하고 굴속으로 들어왔다.

"다 갔어요?"

"다 돌아갔어요."

"왜 왔대요?"

"우리 옥분이를 둔갑학교로 보내줘야 한다는구만."

"안 돼요. 옥분이는 우리와 같이 살아야 해요."

"김승완 교장 선생님이 직접 오셨어요."

"언제까지 보내 달래요?"

"일주일 안에 기차를 타고 오라는구만."

엄마 아빠의 대화가 무엇을 말하는지 모른 새끼 여우는 엄마 아빠의 얼굴을 쳐다보며 물었다.

"내가 어디를 가는 거예요?"

"아니다. 너를 보낼 수는 없다."

"그러나 여보! 교장 선생님이 직접 오셨고, 아버님의

유언이시지 않소?"

"나도 그 말은 들었어요. 그러나 우리의 천금 같은 외동딸을 둔갑학교에 보내다니요?"

옥분이는 점점 더 그 말이 이해가 되지 않아 아버지에게 다시 물었다.

"아버지, 둔갑학교가 무엇이고 내가 왜 거기를 가야 하는 거예요?"

"지금 인간 세상에는 많은 여우들이 섞여 살고 있다. 여우가 인간이 되기 위해서는 둔갑학교에 입학해서 3년간 교육을 받고 둔갑술과 인간 세상의 적응훈련을 받아서 인간으로 둔갑을 하는 것이다. 너희 할아버지는 둔갑학교의 선생님이셨다. 그런데 네가 태어나면서부터 하도 예쁘고 머리가 영리하여 둔갑학교에 보내겠다고 교장 선생님에게 약속을 하셨다지 뭐냐. 둔갑해서 인간으로 사는 것도 그다지 나쁘지만은 않다. 둔갑을 하면 천세까지도 살 수가 있단다. 교장 선생님은 지금 923세이시고 너희 할아버지는 845세에 돌아가셨다."

그 이틀 후 둔갑학교에서는 조금 큰 부엉이로 변신한 선생님을 보내 어서 입학시키라고 독촉이었고, 만약 입학시키지 않으면 화가 미칠 것이라고 하였다. 이틀 전에 왔던 작은 부엉이들은 3년 교육 중 1년을 수료한 학생들의 실습이었다. 심사숙고 끝에 아빠 여우는 어미 여우를 겨우 설득하여 옥분이를 목포 둔갑학교에 입학시키기로 하였다.

부산에서 기차를 탈 때까지는 교장 선생님의 배려로 임시 인간으로 가둔갑시켜 가는 것이다. 여우 굴에서 출발하여 하루 안에 목포 유달산 둔갑학교까지 도착하지 못하면 중간에 여우로 환원되기 때문에 어떤 일이 있어도 하루 안에 도착하여야 했다.

부산까지 가서 목포행 남도해양관광열차를 타기로 되어 있었다. 옥분 여우는 둔갑학교에서 보내온 티켓을 가지고 개찰구를 나와 플랫폼에 닿았다. 기차는 거북선 모양의 화통을 달고 모두 다섯 칸으로 되어 있는데 각 칸마다 동백, 쪽빛 바다, 파도, 학 등을 그려 넣어 운치를 살려 놓았다. 그런데 아무리 보아도 티켓에 표시된 '3과 6분의 4호 열차' 칸은 없었다. 기차가 떠날 시간은 다 되어가는데 탑승 칸을 찾지 못하여 조급해하다가 언뜻 생각이 떠올랐다. "3호차와 4호차 중간일 것이다. 일단 그 중간으로 몸을 밀어 넣어보자." 하고 철로로 내려가 열차 이음새로 가서 몸을 이리저리 움직였더니 어느 지점에 접선이 되어 어느새 옥분여우는 화려한 관광열차 칸에 몸이 실려 있었다.

"어서 오세요. 환영합니다."

역무원 아가씨가 날아와 사뿐히 앞에 내리며 활짝 웃어 보인다. 판매원도 공중에 떠서 날아다니며 판매를 하고 있었고, 손님은 의자가 절반이나 차게 앉아 있었다. 날아다니며 선반의 짐이 떨어지지 않나 확인을 하고 다니던 다른 역무원 아가씨가 어느새 일을 마치고 날아와 차를 따라주고 가며 배시시 웃는다. 손님은 중간역인 진주, 하동, 순천, 여수 등에서도 몇 명씩 탔다. 그러나 내리는 손님은 아무도 없었다.

기차는 아름다운 남해안 풍경을 마음껏 선사하며 달렸다. 옥분 아가씨는 난생처음 경험하는 황홀한 천지를 감상하며 사람들의 얼굴을 이리저리 살펴보았다. 같은 의자에 앉은 사람들과도 인사를 나누었다. 그들도 둔갑학교에 입학하기 위하여 가고 있는 여우들이란 것을 알았다. 그런데 하나 꺼림칙한 것이 있었다. 처음 3과 6분의 4호 열차 칸에 탔을 때, 저 뒤에서 벌떡 일어나 옥분 아가씨를 노려보던 코 오른쪽 밑에 검정 점이 있는 한 여인이 있었다. 옥분이는 그녀가 다른 무엇을 보고 있었겠지 하고 대수롭지 않게 생각하고 넘어갔다.

기차에서 내려서 부엉이의 안내로 유달산 중턱의 어느 큰 바위가 가로막혀 있는 굴 앞에 이르렀다. 안내하던 부엉이는 바위를 향해 "복숭아! 복숭아! 복숭아!"라고 세 번을 외쳤다. 그러자 가로막고 있던 바위의 중간 부위가 구멍이 뚫리며 부엉이 뒤를 따르던 여우인간들이 모두 빨려서 굴 안으로 들어갔다.

둔갑학교는 교장 선생님과 다른 담당 선생님들이 모두 나와서 기다리고 있었고 그날로 숙소 배정이 있었다. 한 숙소에 20명의 생도로 정해졌고 네 개 반으로 나뉘어졌다. 옥분 여우는 같은 천황산에서 온 지영 여우와 같은 B 숙소였고, 이층 침대 중 옥분이가 밑 침대를, 지영이가 위 침대를 차지하였다. 이번 기가 760기라고 하였다.

수업은 아주 진지했고 체계적이었다. 과목은 '둔갑술 개론' '여우인간의 역사' '인간과 여우와의 관계학' 등 교양과목이 있었고, 직접 둔갑술을 배우는 전공과목인 '둔갑의 실기' '인간둔갑과 물건둔갑' '둔갑과 축지법' 등이 있었다. 그리고 인간 세상 적응훈련을 위한 실습과목으로는 '국악 연습' '격구의 실제' '사교댄스와 음주법' '투호와 궁술' 등 다양한 과목이 기다리고 있었다.

일단의 수업이 진행된 뒤에 실습시간에는 직접 시합을 해서 점수를 매겼다. 실습에서 가장 격렬한 것은 담력을 키운다는 격구 시합이었다. 이때는 수업의 일환이라기보다는 실제 싸움과 같은 것이어서 교장 선생님 이하 모든 선생님들이 나와서 구경하고 선후배 기가 모두 나와서 환호하며 응원하였다. 격구는 원래 페르시아에서 인도와 중국을 거쳐서 한국에 들어온 것인데 여우인간이 많은 신강 위구르나 투루판에서도 아주 성행하는 스포츠였다. 둔갑학교의 격구는 마상경기, 보행경기보다 훨씬 위험한 산상傘上경기로서 다른 모든 경기보다 점수비율이 높았다. 우산을 타고 다니며 공을 쳐서 상대방 골문에 넣는 것이었다. 심판만이 스노보드를 타고 날아다니며 각 선수들의 점수를 매긴다. 이날의 복장은 호복인데 북방민족이 입었던 전투복이다. 시합을 하는 옥분이의 B팀은 붉은 호복이고 겨루는 팀은 같이 들어온 노란 호복의 D팀이었다. 시합 전에 식당에서 지영이가 말했다. "언니, D팀의 도숙이 언니를 주의하세요. 아까부터 계속 언니의 동태를 살피고 째려보는 눈초리가 예사롭지 않아요." 그러고 보니 전에도 도숙이는 기차 칸에서 자기를 노려보았고, 어느 날 식당에서는 고의로 옥분이의 쟁반을 부딪쳐 음식을 바닥에 떨어뜨리고 오히려 옥분이 잘못이라며 발로 차고 밀친 적이 있었다.

격구는 장시杖匙라는 막대로 주칠목환朱漆木丸이라는 나무공을 쳐서 상대방 골문에 집어넣는 것이다. 장시의 길이는 9치, 너비는 3치, 길이는 3자 5치이며, 옻칠을 한 주칠목환의 둘레는 1자 3치이다.

B팀과 D팀은 출마표에서 우산을 타고 장시를 들고 오르락내리락 대기하고 있었다. 기녀가 된 요정들이 화려한 춤을 추고 노래를 부르며 구장으로 나와서 한판 흥을 돋우었다. 이들 요정들은 평소 때는 교장 선생님의 작은 자개 상자 안에서 생활하고 일이 있을 때만 풀어놓았다. 이들 요정들을 함부로 풀어놓으면 여기저기 돌아다니며 말썽도 부리고 그릇도 깨고 하기 때문에 잘 관리해야 했

다. 그러나 둔갑학교 생도들이 마음에 들면 요정을 개인 관리할 수 있다. 요정들은 생도들에게 잘 보여서 개인 관리되어 자기를 포켓이나 주머니 속에 넣고 인간세계에 나가는 것이 소원이었다. 옥분 아가씨는 그중 네 명의 요정을 개인 관리하고 있었다. 요정은 원래 개미만 하지만 상황에 따라서 최대한 사람만큼 크게 변신할 수도 있었다. 단 변신은 한 시간을 초과해선 안 되었다.

기녀 요정들의 흥을 돋우는 한 판 놀이가 끝나자 대표 기녀가 한복판으로 나와서 공을 던졌다. 이것을 신호로 양쪽 출마표의 공격조가 일제히 우산을 타고 가운데로 내달았고 센터와 수비대는 각기 자기 자리로 민첩하게 이동했다.

공은 땅바닥으로도 구르지만 공중에 떠서 치는 경우가 더 많았다. B팀과 D팀은 막상막하로 밀고 밀리고 있었다. 선수들은 전속력으로 우산을 타고 솟구쳤다가 급강하하고, 커브를 틀고, 맴돌고, 뒤로 백하곤 하였다. 장시를 휘두르는 것은 상대방이 맞든 안 맞든 상관없이 인정사정없이 휘둘렀다. 어떤 때는 공이 아니고 사람을 공격하는 경우도 있었지만 정도가 심하지만 않으면 거의 그

대로 경기는 속개되었다.

땅에 있는 공이 공중으로 떠서 옥분 아가씨에게 왔다. 옥분은 장시로 받아서 장시의 오른쪽 왼쪽 볼로 번갈아 태우며 공을 몰고 D팀의 골문을 향해서 달렸다. 그런데 어느새 옆에서 번개처럼 나타난 도숙이가 옥분이 허리를 후려쳤다. 분명히 공이 아니고 사람을 공격하고 있었던 것이다. 공이 옥분의 장시에서 떨어지자 날쌔게 자기 장시로 받아서 양쪽 장시 볼로 받아치며 B팀 골문을 향해서 달렸다. 이번에는 옥분이가 쏜살처럼 따라잡아 도숙이의 등짝을 갈겼다. 악! 하며 공이 땅으로 떨어지자, 도숙이는 돌아서서 장시로 옥분이를 정면으로 공격하였다. 옥분이도 이리저리 막으며 운동장을 돌고 공중으로 상승 강하를 계속하며 피하다가 결국엔 서로 맞붙어 싸웠다. 설수근 심판은 날쌔게 달려와 옥분이에게 20점 감점을 주었다. 도숙이가 먼저 공격한 것은 보지 못하고 옥분이가 공격한 것만 보았기 때문이었다.

다음 판에서도 일은 벌어졌다. 이번은 땅바닥을 스치며 공을 몰고 가는 도숙이를 가로막자, 도숙이는 장시로 옥분이의 배를 사정없이 찔렀다. 옥분이는 억! 하며 나뒹굴며 반사적으로 장시를 휘둘러 도숙이의 얼굴을 갈겼다. 둘이는 또 장시싸움을 하며 공중으로 올랐고, 옥분은 균형을 잃고 우산에서 몇 번을 공중제비하다가 겨우 우산을 펴고 착지할 수 있었다. 이번에도 설수근 심판은 스노보드를 타고 날아와 옥분이에게 20점 감점을 주었다. 설마 이번에도 못 보았을까 의심하였으나 심판은 철저히 도숙이 편이란 것을 알았다. 이제 1점만 감점받으면 옥분이는 낙제를 하는 것이었다. 보통은 겨우 불과 몇 점의 감점을 받거나, 상당히 심할 때 10점 감점인데 옥분이는 두 번 다 최고 벌점인 20점씩 감점된 것이었다. 옥분이의 결점을 안 도숙이는 바싹 옥분이를 따라다니며 장시로 찌르고 후려치며 애를 먹였다. 옥분은 도숙이를 당해낼 힘이 부족할 뿐만 아니라 다시 대들어 감점되면 절대 안 되기 때문에 시합 내내 피해 다니거나 도망다녔다.

옥분이가 도숙이와의 관계를 완전히 알게 된 것은 비밀의 거울을 보고 나서이다. 비밀의 거울은 교장실 옆에 있는 비밀의 문을 들어가야 하는데 교장 선생님의 허락을 받고 오직 한 번만 들어가는 것이 허용된다. 그 거울은 보통 때는 하나의 거울에 불과하지만 간절히 한 가지를 소원하면 그것을 대답해 주는 신기한 거울이었다.

교장 선생님은 말씀하셨다.

“옥분아, 너는 거울에게 무엇을 빌겠느냐?”

“네, 교장 선생님, 저는 할아버지를 만나고 싶어요.”

“그래, 착하기도 하구나. 나는 너의 할아버지를 가장 아꼈느니라. 참으로 유능한 둔갑학교 선생님이셨다.”

옥분이는 교장 선생님이 주신 열쇠를 받아들고 비밀의 문을 들어섰다. 큼지막한 방에 오직 거울 하나만 덩그마니 세워져 있었다.

“거울아 거울아, 할아버지를 만나게 해다오.” 하고 간절히 기도하고 또 기도하자 거울에서 갑자기 옥분이 할아버지가 나타났다.

“옥분아, 나는 너의 할아버지다.”

“아, 할아버지!” 하고 놀라며 옥분이가 눈물을 글썽이자, 옥분 할아버지는,

“지금부터 내가 하는 말을 잘 들어라.” 하며 다음과 같은 이야기를 자세히 들려주었다.

도숙이 할아버지도 전에 둔갑학교 선생님이었다. 그런

데 도숙이 할아버지는 여우가 아니고 늑대였다. 둔갑학교는 여우가 칠팔 할을 차지한다. 왜냐하면 가장 예쁜 여자로 변신할 수 있는 것이 여우였기 때문이다. 여우 이외의 동물로는 늑대, 사슴, 멧돼지, 호랑이도 있었다. 김승완 교장 선생님은 호랑이였다.

도숙이 할아버지와 옥분이 할아버지가 사이가 안 좋게 된 것은 수업과목 때문이었다. '인간둔갑과 물건둔갑' 과목은 둔갑학교의 가장 핵심 과목이어서 서로 맡고 싶어 했다. 그 과목을 맡은 선생님은 봉급이 배나 더 많았다. 그러나 인간둔갑에서 옥분이 할아버지가 가장 예쁘게 둔갑시켰고 특히 물건둔갑에서 만년필을 박쥐로 둔갑시키는 기술은 도숙이 할아버지가 도저히 따라올 수가 없었다. 그래서 교장 선생님은 그 과목을 옥분 할아버지에게 배정했던 것이다. 설수근 심판은 도숙이 할아버지에게 충성을 바치던 조교였고 원래 출신은 멧돼지였다.

도숙이 할아버지는 옥분 할아버지에게 사사건건 시비를 걸었다. 드디어 교사 신축장에서 우연한 사고를 빙자하여 돌덩이를 떨어뜨려 옥분 할아버지를 살해하려고까지 하였다. 이것을 알게 된 교장 선생님은 교무회의를 열어 도숙이 할아버지에게 퇴출이라는 징계를 내렸다. 도숙이 할아버지는 원래의 봉화산 늑대 굴에 돌아와서 천황산 옥분 할아버지 때문에 쫓겨났다고 식구들에게 얘기하였고, 그 때문에 도숙이네는 옥분이네를 철천지원수로 알게 되었던 것이다.

나는 그 뒤로 몇 번 옥인동을 찾아갔었다. 그런데 도저히 그 한옥 집을 찾을 길이 없었다. 봉석이는 "네가 헛것을 보아도 단단히 헛것을 보았다"면서 내 말을 믿으려 하지 않았다. 한번은 그 동네 사는 아주머니에게 큰 한옥집이 어디 있느냐고 자초지종을 설명했으나 그런 한옥은 이 근방에는 없다고 하였다. 그러면서 그 아줌마는 혼자말로 "여기 여우가 산다고 하더니 여우한테 홀린 거 아닌가?" 하며 지나간다.

그럴 리가 없다면서 그 뒤로 나는 다시 옥인동을 찾아갔다. 그런데 그날은 햇빛이 쨍쨍 내리 쬐이는 대낮에, 다니는 사람은 그림자도 없고 사방은 괴괴한데 갑자기 그 큰 한옥 기와집이 불쑥 눈앞에 나타났다. 나는 하도 반가워서 대문을 가만히 밀고 안으로 들어갔다. 옥분 아가씨의 방문을 노크하자 앳된 목소리로 "누구세요?" 하며 문을 여는데 바로 지영이 아가씨였다. "어머!" 하며 깜짝 반기는데 안을 보니 옥분 아가씨가 울고 있었다. 옥분 아가씨는 고개를 들어 나를 보는 순간 우르르 달려와서 나를 껴안고 흐느껴 운다.

"오빠, 너무하세요. 왜 그동안 한 번도 오시지 않았어요?"

"아닙니다. 몇 번 찾아왔습니다. 그러나 집을 찾지 못했습니다."

"그럴 리가요? 저는 매일 집에 있었습니다."

옆에 있던 지영 아가씨가 원망스럽다는 듯이 나를 보며 말했다.

"언니는 매일 울었답니다. 오빠가 찾아오시지 않는다고요."

"이제 만났으니 됐습니다. 자세한 이야기는 차츰 하기로 하지요." 하고 내가 말하자, 옥분 아가씨는 그제야 얼굴의 눈물을 닦고 옷섶을 바로 하더니 농문을 열고 두툼한 스웨터를 하나 꺼내놓는다.

"이것을 입어보세요."

"이것이 무엇입니까?"

"오빠 드리려고 제가 짠 것입니다. 그런데 벌써 계절이 바뀌어 봄이 돼버렸지 뭡니까?"

"너무나 감사합니다. 뒀다가 겨울에 입으면 되지요. 하여튼 오늘은 인왕산에 산책이나 나가시면 어떻습니까?"

"좋습니다. 제가 옷을 좀 갈아입을 테니 오빠는 잠깐만 뒤돌아 앉아 계세요."

내가 뒤돌아 앉아 있는 동안 옥분 아가씨의 옷 벗는 소리가 들려서 슬쩍 곁눈으로 옥분 아가씨의 육체를 쳐다보았다. 백옥처럼 하얀 피부에 균형 잡힌 몸매는 그 자리서 벌떡 일어나서 덤비고 싶은 강한 욕정을 느꼈다.

흰 쫄바지에 핑크 블라우스를 입고 나온 수수한 차림이지만 그 자체가 너무나 잘 어울리고 멋있는 천하일색의 용모였다. 지영 아가씨는 중간에 자기 집으로 들어가고 우리는 인왕산으로 올라 둘레길을 걸었다. 요화방초는 일제히 꽃망울을 터트리고 온갖 산새가 지저귀며 우리를 반겨주고 있었다. 나는 옥분 아가씨의 허리를 감고 걸으며 엉덩이도 만지다가 아무도 안 본 성싶어서 멈춰서서 꼭 껴안고 키스를 하였다. 옥분 아가씨는 더 열정적으로 나를 껴안으며 감격스러워 눈물을 흘렸다. 그런데 옥분 아가씨는 걸으며 좀 불안한 몸짓을 하며 자꾸 뒤를 돌아보았다. 앞뒤로는 드문드문 하이킹 나온 등산객들이 걷고 있었다.

"오빠, 지금부터 제가 하는 말을 잘 들으셔야 합니다."

"무슨 말씀인데 그렇게 심각하게 말씀하십니까?"

나는 약간 장난기 있게 대답하였다.

"오빠, 제 말을 듣고 놀라지 마세요. 알았지요?"

"무슨 말씀인데요?"

"저는 저는… 실은, 실은 여우입니다."

"무슨 말씀입니까? 농담을 하시는 겁니까?"

"아닙니다. 그래서 제가 잘 듣고 놀라지 말라고 부탁드린 것입니다."

옥분 아가씨는 또 뒤를 흘끔흘끔 보면서 긴장을 더해가며 말을 이었다.

"지금 인간 세상에는 저처럼 여우인간이 많이 섞여 살고 있습니다. 둔갑학교를 졸업하면 여우가 인간으로 둔갑할 수 있습니다. 저는 둔갑학교 760기 생입니다. 처음에 둔갑할 때는 인성과 야성을 6:4로 배분받습니다. 그러나 인간 세상에 나와서 살면서 자기의 노력으로 인성이 더 강해지기도 하고 게으르면 야성이 더 강해지기도 합니다. 야성이 강해지면 자칫 사람을 해칠 수도 있습니다. 저는 인성이 강해져서 지금 8:2가 되어 있습니다. 이렇게 인성이 강해지면 사람과 너무 가까워져서 실제 다른 짐승과 싸울 힘은 더 약해집니다. 저는 조금 있다가 한 마리의 늑대와 싸워야 합니다."

"무슨 말씀을 하시는지 저는 영 알아듣지 못하겠습니다. 옥분 아가씨가 여우란 말씀입니까?"

"네, 맞습니다. 저는 오빠에게 끝까지 이런 사실을 알려드리려 하지 않았습니다만 오늘은 마지막이 될지도 모르기 때문에 말씀드리는 것입니다."

하며 다시 뒤를 돌아보았고, 뒤에서는 청바지를 입은, 덩치가 크고 코 오른쪽 밑에 검은 사마귀가 있는 여인이 빠른 걸음으로 오고 있었다. 옥분 아가씨는 나를 놔두고 갑자기 아주 빠른 걸음으로 앞으로 나아갔다. 뒤의 청바지의 여인이 뛰어오자 옥분 아가씨도 앞으로 뛰었다. 두 여인은 전력 질주하기 시작하였고, 속력이 빨라지자 옥분 아가씨는 여우로 변했고 청바지 여인은 늑대로 변했다.

여우는 길 밑으로 내달아 뛰었고 늑대도 그를 따라 뛰었다. 여우는 다시 방향을 바꾸어 길 위쪽으로 뛰었고 늑대가 전력으로 뒤쫓고 있었다. 이제 여우와 늑대는 보이지 않았다. 그러나 산 위 팔부능선쯤에서 심한 짐승 싸우는 소리가 들렸고 으르릉 캥캥, 캥캥 으르릉 하는 사생결단으로 뒤엉켜 싸우는 소리가 들리다가 이내 조용해졌다. 나는 있는 힘을 다해서 싸움하는 곳으로 달려갔다. 늑대는 긴 꼬리를 내리고 나무숲 사이로 사라지고 있었다. 여우는 쓰러져서 숨만 헐떡이고 있었다. 나는 급히 달려가 쓰러진 옥분이 여우를 껴안고 "옥분 아가씨, 옥분 아가씨!" 하고 소리를 질러댔다. 옥분 아가씨는 내 품 안에 안기자 잠깐 인간으로 환원하여 아주 편안한 표정으로 나를 쳐다보았다. "오빠, 감사해요. 오빠는 이 세상에서 가장 큰 행복을 저에게 주셨습니다. 이제 죽어도 여한이 없습니다. 편히 계셔요." 하고 스르르 눈을 감았다.

산 위쪽을 타던 등산객들이 여러 명 달려와서 에워싸고 나를 보고 있었다. 그들은 애써 기르는 애완동물쯤이 죽은 것으로 알고 있는 것 같았다.

쑥부쟁이 언덕

나는 어제 배다리에 다녀왔다. 어머님 산소를 다니러 간 김에 마을에 들러 어릴 적에 같이 놀던 소꿉친구를 찾아봤다. 세월을 이기는 장사 없다더니 그 개구쟁이들이 이제 아버지가 되는 것을 넘어 할아버지가 되어서 며느리 손자들을 보고 있다.

순애네는 그때 능곡시장에서 채소가게가 잘 되어서 살림이 폈고 서울로 이사 갔다고 한다. 남자 형제들도 모두 서울에서 웬만한 회사에 들어가 일가를 이루었단다. 배다리는 이제 흔적을 찾아보기 어려울 정도로 도시화 되어 있었다. 어릴 적 친구들도 모두 흩어지고 두 친구만 남아서 동네에서 생계형 장사를 하고 있었다. 친구들과 작별하고 혼자 쑥부쟁이 언덕을 둘러보고 왔다.

나는 잠실을 고향으로 알고 자랐다. 철들면서부터 잠실 아파트촌의 놀이터에서 뛰어놀았으니 그 전의 이력은 커가면서 들어서 안 것뿐이다. 아빠의 말씀을 종합해 보면 진천에서 서울로 올라오셨고, 백곡천에서 미역을 감던 이야기며 구곡리에서의 일을 자주 들먹이시는 것을 보면 아빠 동네가 아마 구곡리였고 엄마는 가까운 마을의 처녀였던 모양이다.

엄마가 시장을 보고 들어오시면서 사 온 붕어빵과 비과는 내가 최고로 좋아하는 주전부리이다. 내가 놀이터에 놀러 가면서 아이들에게 비과를 가지고 가서 하나씩 나누어주면 그날은 아주 인기가 있는 날이다. 아빠는 미장이라고 하였다. 아파트를 돌아다니며 도배를 해드리는데 저녁에 집에 들어 올 때는 너절너절한 것이 잔뜩 들어있는 찌그러진 작은 드럼통이나 막대기가 불거진 보따리를 들고 온다. 아버지가 허름한 옷을 입고 들어서면 알 수 없는 풀냄새 같은 것이 풍기곤 하였다. 아버지의 목소리는 항상 쇠어 있었고 소리가 무척 크다. 어머니는 아버지의 볼멘 목소리를 그다지 좋아하지 않았다.

"뭐? 여자가 어디서 남편이 말하는데 함부로 깐죽대고 있어."

"알았어요. 귀 안 먹었으니 말 좀 살살 하세요."

그러면서도 엄마 아빠는 서로가 없으면 하루도 못사는 사이인 것 같았다.

건너편 아파트의 아이들은 우리보다 더 여유가 있다. 입고 나온 옷도 더 깨끗하고 멋스러웠고 가지고 나온 군것질감도 더 비싼 밀크캐러멜이나 초콜릿, 눈깔사탕 같은 것이고 가끔 이름도 모르는 미제 과자를 가지고 나왔다. 건너편 아파트는 열 평도 더 된다고 했다. 우리 아파트는 일곱 평짜리라고 했고 방은 하나뿐이어서 우리 세 식구가 한방에서 살았다. 그것도 사글세를 내지 못해서 엄마와 아빠가 큰 소리로 싸우는 소리를 가끔 들었다.

어느 날 아빠는 배다리로 이사를 가자고 했다. 진천에서 같이 서울로 왔던 친구 하나가 서울 근교인 고양군으로 들어가서 자리를 잡았는데 그 마을이 배다리라고 하였다. 그 동네에 마침 허름한 집이 한 채 비게 되어서 싸게 살 수 있고 그 동네는 일감도 많다고 하였단다. 아빠도 원래는 토목 일을 잘했는데 서울 와서 팔자에 없는 미장이 노릇을 하고 있다고 가끔 투덜대셨다. 그 동네로 이사 가면 친구인 박가와 말벗도 되고 일감도 토목일, 도배일 등 닥치는 대로 할 수 있다고 했다. 엄마는 처음에는 반대하였으나 그 집에 텃밭이 딸렸다는 말을 듣고 귀가 솔깃해졌다. 송충이는 솔잎을 먹고 살아야 하는데 배운 것 없고 가진 것 없는 사람은 서울이 살 곳이 못 된다고 여러 번 말씀하신 것을 들은 적이 있다. 어머니는 텃밭이 있으면 남새도 해 먹고 감자, 옥수수도 심을 수 있을 것이라는 기대가 있었다.

배다리는 윗배다리와 아랫배다리가 있었는데 우리는 윗배다리로 이사하였다. 집은 기왓장들이 비틀어지고 깨지기도 한 세 칸짜리 허름한 집인데 방이 두 개여서 좋았다. 집에 딸린 텃밭은 상당히 넓어서 엄마가 아주 좋아했다. 아빠 친구인 박씨 아저씨는 바로 밑 집에 살고 계셨다. 박씨 아저씨 집은 우리 집보다 더 크고 따로 초가집으로 돼지우리와 헛간으로 쓰는 집이 한 채 더 있었다. 윗배다리는 20호쯤 되고 아랫배다리는 15호쯤 되는 단란한 부락이다. 배다리는 각성바지가 사는 마을로 이씨, 김씨, 장씨, 박씨 등이 살고 있었다. 그런데 배다리에서 가까운 거리에, 한 마을이나 마찬가지인 박재궁, 능골, 두응촌, 이작골, 넘말 같은 마을이 자리 잡고 있었다.

나는 이사를 해서 갑자기 친구들이 다 없어지고 말았다. 무료한 나날을 보내던 어느 날, 아버지는 아랫배다리에 모심기 놉을 나가는데 나더러 점심은 그 집에 와서 먹으라고 하였다. 나는 점심 때 아빠가 일하는 그 집으로 가보았다. 그 집은 놉으로 박씨 아저씨도 와 있었고 그 외에 주인 장씨 아저씨까지 세 사람이 더 있었는데 엄마도 그 집에 와서 부엌일을 돕고 있었다. 그 집도 우리 집만큼 가난한 것 같았다. 남의 논을 대여섯 마지기 배메기하고 있었고 자식들은 네 명이나 되었다. 위로 남자 둘에 딸이 있고 그 밑에 또 아들이 하나 있어서 3남 1녀였다. 그 집 어머니는 보이지 않았다. 듣기로는 아파서 골방에 누워계시고 밖을 거의 나오지 않는다고 했다. 그 집 엄마가 안 아플 때는 큰아들을 서대문에 있는 대신중학교에 보내주겠다고 약속까지 해주어 기대가 컸으나 엄마가 아프면서는 국민학교도 중동무이했고 그 밑의 아들만 하나 원당 국민학교에 다니고 있었다. 그리고는 아직 학교를 가지 않은 내 또래의 순애라는 아이와 그 밑의 동생이 있었다. 순애는 비록 때 묻은 흰 저고리에 검정치마, 검정고무신 차림이었지만 상당히 고운 얼굴이었다. 음식을 마당의 평상으로 운반하면서 나를 보더니 '응, 못 보던 아이네.' 하는 표정으로 싱긋 웃었다. 나는 얼떨결에 멍하니 보기만 하였다. 자세히 보니 순애는 볼에 홍조가 있었고 눈썹이 진하고 검정 눈동자가 무척 예뻤다.

나는 배다리가 무척 심심했다. 하지만 그 동네에도 놀이터는 있었다. 잠실처럼 정글짐이나 뺑뺑이 같은 것은 없었지만 그네며 미끄럼틀, 시소, 널뛰기도 있었다. 아이들이 많이 놀지 않는지 바닥에는 발에 밟힌 곳만 흙이 드러나 있고 다른 곳은 풀이 무성했다. 시골은 놀 수 있는 산이며 들판이 많아서 놀이터에는 잘 안 나온 모양이다. 나는 심심해서 혼자 그네에 앉아서 흔들거리고 있었다. 그때 등 뒤에서 누가 아는 체를 하였다. 어느새 왔는지 순애가 서 있었다.

"야, 너 혼자 노냐?"

"응."

"너는 이름이 뭐냐?"

"병택이."

"어디서 왔냐?"

"서울."

"너 학교 다니냐?"

"아니, 너는?"

"나도 아직 안 다녀. 우리 시소 할래?"

"그래, 하자."

순애는 무척 활달했고 적극적이었다. 시소를 하면서도 무척 즐거워하고 거리낌이 없었다. 다음은 널뛰기를 하면서 치마가 위로 치켜 올라가도 전혀 부끄러움 같은 것은 없었다. 우리는 점점 더 친해지면서 놀이터를 빙빙 돌며 뛰기도 하고 깔깔대고 웃기도 하였다.

"우리 박재궁에 가볼래?"

내가 먼저 제안을 하였다. 나는 벌써 박재궁을 밖에서 봐 두었기 때문이다. 박재궁은 큰 기와집이 열 채도 더 되었다. 한 번 안을 들어가 보고 싶었으나 용기가 나지 않았는데 둘이라면 괜찮을 것 같은 생각이 들었다. 박씨들의 재각이라고 하였다. 그 재각 때문에 박재궁이란 마을 이름이 되었다.

"그래, 가보자."

순애는 선뜻 응하고 오히려 앞장섰다. 박재궁의 정문 앞에 이르니 높은 솟을대문이 위엄 있게 앞을 가로막고 있었다. 나는 가슴이 두근두근하며 대문을 슬그머니 손으로 밀어보았다. '삐거덕!' 하며 대문이 손의 힘을 받아 뒤로 물러나고 있었다. 순애는 내 등 뒤에서 무슨 나쁜 짓이라도 하는 것처럼 얼굴을 옆으로 빼고 안을 들여다본다. 박재궁 안에는 아무도 없었다. 우리는 누가 시키지도 않았는데 깨금발을 하고 슬금슬금 마당으로 들어섰다. 거기서 다시 가림막이 돌각담이 있고 작은 문이 있었다. 이번에는 순애가 먼저 돌각담의 문턱을 넘어선다. 거기도 사람은 아무도 없었다. 우리는 이곳저곳을 기웃거리며 들여다보았다. 그때 마침 여우비가 흩뿌렸다. 어른들은 맑은 하늘에서 갑자기 비가 내리면 여우가 시집간다고 여우비라 하였다. 그런데 저쪽 끝 사무실 같은 데서 사람 소리가 났다. 그러고 보니 양지바른 곳에 멍석이 두 장이 깔려 있고 잘 익은 진빨간 고추가 파란 하늘을 쳐다보며 펼쳐있었다.

"대낮에 무슨 비야. 이런…."

집사인 듯한 아저씨가 나와서 하늘을 한 번 보고 엉절거리며 멍석 쪽으로 급히 발걸음을 옮긴다. 우리는 얼른 재각 안으로 몸을 피했다. 재각 안은 상당히 어두웠다. 아저씨는 고추를 급히 갈퀴로 쓸어 소쿠리에 담아 사무실로 옮기고 멍석은 거리가 더 가까운 재각 쪽으로 가져오고 있었다. 우리는 재각 안에서 숨을 곳을 찾았으나 어디 마땅한 곳이 없었다. 위패가 올려진 받침대 뒤쪽에 사람이 하나 정도 들어갈 만한 사이가 나 있었다. 우리는 거기를 비집고 들어갔다. 아저씨는 멍석 하나를 들고 들어와서 벽에 세우고 다시 나가서 또 하나를 들고 들어오면서 계속하여 무엇인가 중얼대고 있었다. 순애는 "얘, 더 들어와 얘"라고 속삭였다. 아저씨가 옷자락이라도 볼까 봐 나는 더 들어갔다. 순애는 좀 더 들어오라는 손 신호를 한다. 나는 하는 수 없이 더 들어가자 순애의 쪼그리고 앉은 다리와 나의 다리가 바싹 닿았다. 우리는 그렇게 한참 동안 있어야만 했는데 나는 가슴이 방망이질을 하였다. 순애의 여우비에 젖은 몸냄새가 내 온몸에 스며들었다.

아저씨의 일이 어떻게 되었는지 밖이 한참 조용해졌

다. 우리는 슬그머니 빠져나와서 재각 문밖으로 나왔다. 그때 비가 그쳤나 알아보러 아저씨도 사무실에서 나오고 있었다. 아저씨는 우리가 눈에 뜨이자 "어, 저놈들 봐라." 하더니 "너희들…." 하고 손가락질을 하며 무엇인가 말을 하려 하였다. 우리는 누가 먼저랄 것도 없이 손을 마주 잡고 사정없이 뛰었다. 들어왔던 돌각담 문을 통과하여 마당으로 뛰었고 다시 솟을대문을 빠져나와서 능골 쪽으로 달려갔다. 능골 뒷산은 많은 작은 무덤이 있었고 조그만 비석들이 세워져 있었다. 거기까지 쫓아올리도 없는 아저씨를 피하여 비석 사이사이를 숨을 헐떡이고 달렸다.

어느 바위 위에 앉았다. 그제야 한숨 놓고 우리는 서로 얼굴을 마주 보고 웃었다. 밑을 내려다보니 박재궁의 큰 기와집들이 말없이 누워있고 저녁밥을 짓는지 마을에서 연기가 피어올랐다. 멀리 두응촌, 이작골, 넘말에서도 연기가 올라오고 있었다. 꼴을 배러 왔던 큰 총각들이 망태기에 그득히 꼴을 베어 짊어지고 우리 곁을 지나고 있었다. 우리는 "이제 집에 가자." 하며 능골을 내려왔다. 박재궁길 삼거리에서 서로 헤어져서 집에 들어갔다.

엄마는 "어디를 그렇게 쏘다니다가 이제야 오는 게야? 저녁때가 되었는데 밥 먹으러 들어오지 않고." 하며 감때사나운 소리를 한마디 지르시더니, 어서 씻으라고 펌프우물에서 펌프질로 큰 대야에 물을 그득히 담더니 내 윗도리를 벗기고 등물을 쳤다. 서울에서는 못해보던 등물이었으나 엄마는 시골에서 많이 해보시던 솜씨로 능숙하게 내 등을 부득부득 밀어주셨다. 아빠도 일을 하고 들어오시다가 "어, 오랜만에 나도 등물 좀 해보자." 하며 삽, 괭이, 부댓자루를 부려놓고 웃통을 벗고 대야 위에 엎드려 등을 맡긴다. 엄마는 두 부자에게 물을 쫙쫙 끼얹고 문지르는 것이 재미있고 어떤 쾌감을 느끼시는 것 같았다. 엄마 아빠는 서울에서보다 훨씬 더 생기 있고 쾌활해졌다. 박씨 아저씨의 알선으로 우리도 박재궁 마을의 논을 서너 마지기 반타작하고 있었다. 우리 집은 잠실에서 살 때보다 더 부자가 된 것 같았다. 방도 하나 더 있고 논도 있고 텃밭도 생겼으니 엄마 아빠의 말시비도 훨씬 줄어들었다.

하루는 놀이터에서 놀다가 순애가 말했다.

"얘, 우리 왕릉골에 가볼래?"

"왕릉골이 어딘데?"

"나도 몰라. 저쪽이래."

"우리끼리 갈 수 있을까?"

"왜 못가?"

순애는 문제없다는 자신감을 표했다. 순애가 성라산 언덕 넘어 먼 곳을 가리키는 것으로 보아 거리가 꽤 되어 보였다. 나는 그렇게 먼 곳을 엄마 아빠 허락 없이는 한 번도 가본 적이 없다. 아마 순애도 마찬가지일 것이다. 그러나 둘이라면 한 번 모험을 해봐도 되지 않겠는가 하는 생각이 들었다. 우리는 성라산 언덕 뒤쪽으로 발걸음을 옮겼다. 처음은 가슴이 두근두근했으나 이내 평온한 마음이 되고 해방감으로 즐거움이 다가왔다. 모르는 마을이 하나 나와서 나무지게를 지고 가는 아저씨에게 물어보았다.

"아저씨, 이 마을이 무슨 마을이에요?"

"신원리다. 너희들은 어디를 가냐?"

"왕릉골이요."

"너희들끼리 가냐?"

"네."

"꽤 멀다. 저리 쭉 걸어가거라."

왕릉골로 가는 길은 무척 아름다웠다. 온갖 가을 야생화가 우리를 반겨주었다. 코스모스가 만발한 논두렁 넘어는 무르익은 벼들이 바람에 물결치고 있었다. 빨간 과꽃이며 주홍빛 귀요미들이 대롱대롱 달린 꽈리들도 손짓하여 주었다. 아직 꽃잎 기지개를 활짝 피지 않은 달리아도 천진무구하게 웃으며 우리를 맞이해주는 것 같았다.

멀리서 왕릉이 보였다. 가까이 가보았으나 왕릉은 생각했던 것보다 그다지 크지 않았다. 처음의 내 생각으로는 왕릉이라면 태산만큼이나 클 것이라고 상상했는데 보통 무덤보다 약간만 더 큰 것을 보고 실망하였다. 왕릉은 부부인 듯한 무덤이 두 개가 있고 그 뒤에는 더 작은 무덤들이 여러 개 있었다.

"순애야. 왕 무덤이 왜 이렇게 작지?"

"응, 이 왕은 고려 마지막 왕인데 새 왕이 무서워서 쫓겨 다니다가 죽었데. 불쌍한 왕이래."

"왕인데 왜 쫓겨 다녀?"

"몰라, 아무튼 이 무덤도 겨우 썼데. 새 왕이 임금 자리를 뺏어 갔데. 뒤에 더 작은 묘들은 왕의 일가들인가 봐."

"그런 왕도 있어?"

"이 왕은 누가 죽이러 올까 봐 식구들이랑 도망 다니면서 항상 숨어 살았데."

"정말 불쌍하다."

"병택아, 너 우니?"

"아니…."

"너 우는구나. 나도 엄마한테 그 이야기 들으면서 왕이 불쌍해서 울었어."

나는 왠지 슬펐다. 왕이 왜 자리도 뺏기고 도망 다니다가 죽었을까. 순애한테 눈물을 들킨 것이 창피했다. 그러나 순애도 한동안 슬픈 표정을 하였다. 우리는 왕릉 바로 옆 언덕의 쑥부쟁이꽃길로 들어갔다. 쑥부쟁이는 자줏빛 꽃이 핀 것이 가장 많고 꽃 숲 중간 중간에 노랑꽃 하얀 꽃도 섞여 있었다. 뿌리쪽에 달린 잎은 벌써 말라서 파삭이는 소리를 냈고 꽃의 키는 자리에 앉자 우리를 완전히 숨겨 주었다. 은은히 풍기는 꽃향기는 알 수 없는 황홀감을 안겨주었다.

"병택아, 너는 엄마가 더 좋니 아빠가 더 좋니?"

"엄마가 더 좋아. 그런데 아빠도 좋아."

"나도 그래. 그런데 우리 엄마는 아프다."

"어디가 아프니. 많이 아프니?"

"응, 벌써 일 년이나 누워 계셔. 몰라 무슨 병인지. 하여튼 몸을 잘 못 움직여. 엄마가 아프면서 밥은 큰오빠하고 나하고 한다. 병원은 비싸서 못 가고 아빠가 캐온 약초를 끓여 먹고 있어. 어떨 때는 동네 아줌마들이 가져다 준 약을 끓이기도 하고."

"미안하다."

"괜찮아."

가까운 앞산과 하늘의 흰 구름을 번갈아 바라보는 순애가 오늘따라 무척 슬퍼 보였다. 우리는 서로 어깨동무를 하고 오래 앉아 있었다. 어느덧 집에 올 때는 자연스럽게 서로 손을 맞잡고 있었다. 나는 순애의 온기가 워낙 좋았다. 순애는 무척 고운 얼굴을 하고 나를 보았다.

추운 겨울이 왔다. 아빠는 됫병을 주면서 술도가에 가서 청주를 받아오라 하였다. 항상 탁주만 드시다가 가끔 청주를 들 때도 있는데 그런 날은 무엇인가 특별한 날이거나 수입이 괜찮은 날이다. 그날은 아버지가 면장님 댁 사랑채 일을 하고 웃돈을 받아오셔서 기분이 아주 좋은 날이었다. 아빠는 모처럼 엄마의 화장품으로 크림을 한 통 사들고 들어오셨다. 엄마는 좋아서 얼굴에 활짝 웃음꽃이 피었다. 나는 엄마가 그렇게 어린애처럼 좋아하는 모습을 처음 보았다.

나는 됫병을 들고 순애 집을 지나면서 혹시나 하고 주춤거리며 안을 들여다보았다. 순애가 마침 부엌에서 나오다가 나를 발견하고 반갑게 뛰어왔다.

"너 어디 가냐?"

"술도가에 아빠 술 받으러 가는데 같이 갈래?"

"좋아, 잠깐만 기다려."

순애는 안에 들어갔다가 치마를 갈아입고 하얀 운동화를 신고 나온다. 순애의 운동화는 내 헌 운동화보다 훨씬 좋았다. 오늘은 순애가 제일 멋져 보였다. 배다리 청주는 옛날부터 아주 유명하다고 하였다. 아버지의 말에 의하면 곡향이 천하일품이라나 뭐라나 하셨고 신맛이 나는 듯하다가 감칠맛이 베인다고 알 듯 모를 듯한 말도 하셨다. 배다리란 옛날에는 한강 물이 예까지 들어온 곳이라고 해서 붙여진 이름이고 다리가 없어서 배를 줄지어 놓고 건넜다고 해서 배다리(주교리)라고 한다고 했다. 배다리 술도가는 그 배다리의 강 언덕에 있었던 곳이라고 하였다. 순애 아버지도 약주를 좋아하기 때문에 순애도 술도가에는 여러 번 가보았다고 했다. 술을 받아 가지고 나오면서 내가 말했다.

"이 술 우리 아빠한테 갖다 드리고 같이 놀러 갈래?"

"그러자."

순애를 우리 집 문밖에 세워두고 나는 아빠에게 술을 건네 드리고는 놀고 오겠다고 일방적으로 알리고 밖으로 뛰어나왔다.

이번에는 왕릉골의 반대쪽으로 걸었다. 한참을 걸으니 수역이 마을에 도착하였다. 흰 눈이 덮인 수역이 마을은 한 폭의 그림처럼 다소곳이 산 밑에 웅크리고 앉아 있었다. 산토끼 두 마리가 내려와서 우리 쪽으로 슬금슬금 기어 온다. 우리는 움직이지 않고 가만히 산토끼를 구경하였다. 산토끼는 귀를 쫑긋쫑긋하고 입을 벌름벌름하며 우리 가까운 데까지 접근한다. 내가 가만히 앉아서 손을 내밀었다. 산토끼는 올까 말까 망설이다가 이내 돌아서서 전력 질주로 산을 향하여 달아났다. 우리도 따라잡으러 힘껏 뛰어 산토끼의 뒤를 좇았다. 어느새 산토끼는 보이지 않고 우리 둘이만 산토끼의 발자국을 따라서 뛰고 있었다. 그런데 앞서 산에 오르던 순애가 갑자기 발이 미끄러져 밑으로 기우뚱하더니 곤두박쳐 내린다. 나는 엉겁결에 순애를 껴안았다. 그러나 순애의 밑으로 뻗치는 힘이 워낙 강해서 우리 두 사람은 같이 나뒹굴었다. 다섯 바퀴도 더 구른 것 같다. 정신이 들어서 보니 어느새 나와 순애가 한 덩어리가 되어 있었고 나는 순애 위에 올라가 있는 형국이 되어 있었다. 나는 깜짝 놀라 얼른 순애에게서 내려왔다. 우리는 일어나서 서로에게 눈을 털어주었다. 나는 그때 순애의 엉덩짝이 오동통하다는 것을 처음으로 알았다. 순애도 내 몸의 눈을 탈탈 털어 주었다. 우리는 내려와서 고삐 빠진 망아지처럼 깡충깡충 뛰어다녔다. 그런데 저만치 박재궁 같은 큰 재각이 보였다. 순애는 전에 와봤다면서 거기는 기씨네 재각이라고 했다. 우리는 기씨네 재각 안을 기웃거리며 이곳저곳을 돌아다녔다. 밖으로 나와서 재각의 양지바른 담 밑에 앉아 서산에 지는 해를 오랫동안 바라보았다. 순애의 얼굴이 붉게 타는 태양에 비추어 발그스름히 물들었다.

그러던 어느 날, 밑 집의 박씨 아저씨와 아빠가 이야기를 하였다.

"장씨네 아줌마가 드디어 돌아가셨구먼."

"아이구, 고생만 많이 하고 그렇게 가시다니."

"그러게, 장씨도 이제부터 앞날이 캄캄하구만."

"그 병은 도대체 무슨 병이래?"

"나도 몰라. 무슨 유전병이래. 아주머니의 친정아버지가 그 병을 앓았다나 봐."

"네 명이나 되는 아이들을 이제 누가 돌보지?"

"할 수 있나 아이들이 다 한 몫씩을 담당해야지. 계모라도 하나들이면 좋으련만 가진 것도 없고 아이들이 네 명이나 졸망졸망 딸린 홀아비한테 누가 오겠어."

나는 순간 순애를 떠올렸으나 그렇다고 내가 어떻게 할 수 있는 일은 아무것도 없었다. 그때부터 순애는 놀이터에도 안 나오고 눈에도 띄지 않았다. 순애 아버지는 능곡 시장에 조그만 채소가게를 하나 차렸다고 하였다.

나는 원당 국민학교에 입학하였으나 그때도 순애는 보이지 않았다. 순애는 입학을 하지 않았나 보다. 나는 한동안 순애를 잊고 새로운 친구들과 사귀며 즐겁게 지냈다. 순애는 어떻게 되었을까 가끔 궁금하였으나 아랫배다리까지 갈 일도 별로 없어서 생각에서 차츰 멀어지고 있었다. 그러던 어느 날 나는 친구들과 능곡시장을 지나게 되었다. 그런데 어디선가 낯익은 목소리가 들렸다.

"오늘 채소 싱싱해요. 아주머니 이리 오세요. 싸게 드려요."

알고 보니 씩씩한 목소리로 소리 지르는 아이는 바로 순애였다. 나는 나쁜 일을 하다가 들킨 어린아이처럼 좀 떨어진 곳에서 순애를 물끄러미 바라보았다. 다른 아이들은 저만치 가면서 "얘, 병택아 빨리 와." 손짓을 한다. 나는 하는 수 없이 그들을 따라나섰다. 순애가 오랫동안 눈에 띄지 않은 것은 아예 채소가게 골방에서 살다시피 하기 때문이라는 것을 나중에야 알았다.

어느 날, 학교가 파하고 나는 혼자 능곡시장 쪽으로 발걸음을 옮겼다. 나도 모르는 사이에 순애가 궁금했었나 보다. 그날은 순애의 목소리가 전처럼 명랑하지 못하고 처져있는 듯하였다. 열서너 살쯤 되는 큰 오빠가 같이 일을 돕고 있었다. 나는 그날도 아무런 말도 붙여보지 못하고 돌아섰다. 나는 참 못났다고 생각했다.

어느 날 아침, 아빠와 엄마의 이야기 소리가 들렸다.

“장씨네 딸내미가 죽었데.”

“저런 쯧쯧. 그 어린 것이 제 어미 몫까지 다 하더니 피어보지도 못하고 가다니.”

“제 어미의 병이 지랄 같은 병이었던가 봐. 같은 병이었데.”

“그 불쌍한 것. 그렇게 일을 하고 병이 안 나겠어?”

“그런데 그것이 글쎄 자기를 쑥부쟁이 언덕에 묻어달라고 했데.”

“거기가 어디래요?”

“장씨도 어딘지 몰라서 딸내미한테 물어보았데. 왕릉 바로 옆 언덕에 쑥부쟁이꽃만 많이 피는 언덕이 있데.”

나는 전기에 감전되는 듯 전신이 얼어붙었다. 순애가 죽다니, 그리고 쑥부쟁이 언덕에 묻어달라니…. 나는 너무나 못나고 아무것도 할 수 없는 바보라고 생각이 들어서 자신이 한없이 미웠다.

나는 생전 처음으로 학교를 무단결석하고 순애 집 쪽으로 발걸음을 옮겼다. 벌써 마무리가 끝났는지 장씨 아저씨가 널짝을 지게에 지고 나서고 그의 형제들과 일가

친척인상 싶은 예닐곱 명의 모르는 사람이 뒤를 따른다. 나는 나무 뒤에 숨어서 보고 있다가 멀찌감치 순애를 지고 가는 지게 행렬의 뒤를 따랐다. 그들은 순애와 내가 걷던 그 길을 따라서 가고 있었다. 그 길은 어쩌면 그때와 똑같이 코스모스가 만발하고 누런 벼가 바람에 어지럽게 파도치고 있었다. 빨간 과꽃이며 주홍빛 꽈리도 그대로 피어 있고 달리아도 바람에 하늘거리고 있었다. 순애를 지고 가는 행렬은 시종 말이 없었다. 순애 아버지는 언제 와보기라도 한 것처럼, 마치 어느 길 인도자의 뒤를 따라가고 있는 것처럼 나와 순애가 앉았던 그 자리로 가더니 널짝을 부려놓는다. 삽과 괭이로 파고 널을 파묻더니 작은 봉분을 만들었다. 나는 논두렁 코스모스 그늘에 앉아서 시종일관 몰래 보고만 있었다. 순애의 이모인 듯한 아주머니 둘이 울음을 터트렸으나 이내 조용해졌다. 사람들은 가지고 간 음식을 놓고 마지막 고수레를 지내고 또 말없이 산에서 내려왔다.

배다리로 향한 그들의 발걸음은 여느 농부들의 행렬과 비슷했다. 나는 거리를 두고 그들의 뒤를 따라가고 있었다. 이글이글 타는 해가 더디게 서산으로 넘어가고 있었다.

윤리학 강의

대학 캠퍼스를 허겁지겁 가로질러 자기 연구실로 들어가는 마 교수.

조교가 가져다 놓은 책상 위 우편물들을 뒤적여 보더니, 그대로 두고 강의를 들어가려다가 좀 미심쩍은 데가 있는지 봉투 하나를 집어 든다.

"교수님 우편함에 우표도 안 붙인 채로 들어 있어서 가져왔습니다."

저편에 서 있던 조교가 마 교수의 거동을 보고 묻지도 않은 말을 보낸다. 마 교수는 읽는 둥 마는 둥 하고는 그 편지를 놓고 가려다가 다시 집어 들고 강의실로 들어간다. 마 교수는 못마땅하다는 식으로 안경 너머로 학생들을 보면서 내뱉는다.

“누가 이따위 편지를 내 우편함에다 넣어 놓은 거야. 내가 자살 상담사인 줄 알아. 나는 윤리학 교수야. 죽으려면 말없이 죽으라고. 죽으려는 사람이 무슨 하소연이 필요해. 이름도 밝히지 않고 이따위 소리를 할 사람 같으면 구제불능이야. 다시는 이따위 짓 하지 말라고. 단 한 가지만 말한다면, 자기가 죽어버리고 나면 지구도 우주도 아무것도 없어. 그러니 아무것도 없는 무無이기 때문에 그런 사람은 말할 가치도 없고 상대할 가치도 없어, 무지 않아 무! 또 한 가지, 자살도 타살과 똑같이 분명히 하나의 살인행위야. 자기가 이 세상에 없기 때문에 처벌을 받지 않는 것뿐인데 저세상에 가서 처벌을 받는지 안 받는지는 내가 안 가봤기 때문에 모르겠어. 내가 하나 제안을 할까? 이왕 죽으려면 좋은 일을 하나 하고 죽으면 어때? 이 사회에는 많은 악이 존재하거든. 그 악의 종기를 하나 제거하고 죽으면 어떨까? 훨씬 건설적이지 않아? 예를 들면 저놈이 범인인 줄 뻔히 알면서도 증거가 없어서 판사도 처벌을 못 하는 놈이 있거든. 아니면 저놈이 천하에 못된 놈인 줄 뻔히 알면서도 권력이 무서워서 고

발도 할 수 없는 놈이 있거든. 그런 놈을 하나 처단하고 죽는 거지 뭐. 그러면 얼마나 사회에 큰 공헌을 하는 거냐고? 신선한 충격이지 않겠어? 이왕 죽을 것인데 뭐가 어때? 훨씬 건설적이지? 그렇지?”

“네!”

“와!…”

“하하하하!…”

수업이 끝나자 학생들은 모두 주섬주섬 가방을 챙겨 강의실을 빠져나간다. 여학생들도 상당수 섞여 있다. 어느 즐거운 곳을 가려는 듯 들뜬 마음이 읽혀진다.

“야, 승호야. 너 저녁 페스티발 가는 거지?”

“글쎄, 갈까 말까?”

“오빠, 저녁 페스티발에 가는 거지요?”

“다연 씨도 가세요?”

“네, 가려고요. 같이 가요.”

“알았어요. 갈게요.”

찬주와 승호, 다연이 셋이서 한패가 되어 캠퍼스를 빠져나간다.

저녁 페스티발 연회장은 요란한 음악과 불빛이 지나다

니고 젊은이들이 삼삼오오 짝을 지어 테이블에 앉아 맥주를 마시기도 하고 잡담을 나누기도 한다. 찬주와 승호, 다연이도 왁자지껄한 무리를 뚫고 들어와 테이블에 합석한다. 서로 아는 사이인지 인사도 하고 처음인 듯한 사람하고는 악수를 나누며 통성명을 하기도 한다.

"자! 젊음을 위하여 레츠 고, 으흐~으!"

사회자의 마이크 소리 뒤에 열광적인 음악이 나오자 모두 나와서 광적으로 몸을 흔들어댄다.

"승호 씨! 우리도 나가요."

"좋아요. 나가요."

승호와 다연은 남들과 마찬가지로 열광적으로 춤을 춘다. 한참을 흔들어대다가 돌아와서 찬주와 합석하고 술잔을 권커니 잣거니 하면서 기분 좋아한다. 조금 있다가 찬주까지 셋이 홀로 나가서 춤을 춘다. 그런데 웬일인가 승호가 몸짓을 멈추고 제자리에 서는가 하더니 그만 '퍽!' 쓰러져버리고 만다.

다음 날, 그들은 학교 벤치에 앉아서 대화를 나눈다.

"오빠, 어제저녁에 많이 취했던데요?"

"야 승호야, 너 어제저녁에 많이 마셨냐? 그렇게 많이 마신 것 같지도 않던데….”

“응, 나도 잘 모르겠어.”

승호는 그날도 평범하게 수업을 마치고 집으로 돌아간다. 하숙집은 가장 서민적인 시멘트로 된 미니 이층집이다. 승호가 자지 방으로 가기 위하여 밖으로 난 층계를 올라가다가 갑자기 ‘윽!’ 하고 몸을 숙인다. 일층에서 지켜보고 있던 하숙집 아줌마가 달려온다.

“학생! 웬일이야.”

“아무것도 아녜요.”

“아무것도 아니긴. 코피가 나지 않아.”

이층 방에서 룸메이트도 소리를 듣고 문을 열고 나와서 부축한다.

“야, 너 아무래도 병원 한번 가봐야겠어. 내가 본 것만 해도 코피를 흘린 게 여러 차례지 않아.”

“학생 고집부리지 말고 병원 한 번 가 봐요.”

승호는 어느 날 시간을 내서 동네 병원을 가보았다. 그런데 진료를 마친 뒤 의사의 태도가 심상치 않다. 그냥 서서 가볍게 말해도 될 것 같은데 굳이 소파로 앉기를 권한다.

"저, 아직 정확히는 잘 모르겠는데 내가 보기에는 별로 안 좋은 상태인 것 같아요."

"별로 안 좋은 상태라니요. 무슨 큰 병이라도 있단 말입니까? 말씀해 주세요."

"아니예요. 아직은 잘 모르겠어요. 아무래도 대학병원으로 한 번 가봐야 할 것 같은데요."

승호는 다시 시간을 내서 대학병원을 가보았다. 내시경 검사를 하더니 초음파 검사를 하자, MRI를 찍자, 아주 귀찮게 이것저것 하자고 주문한다. 검사가 다 끝난 다음 주치의의 표정은 상당히 어두웠으나 애써 표정관리를 하고 있는 듯한 인상을 준다. 어서 결과를 말해 주지 않고 역시 먼저 소파에 앉자고 한다.

"애 또, 밖에 보호자 와 계십니까?"

"아니요. 저 혼자 왔는데요. 뭐 안 좋은 것이라도 발견되었습니까?"

"애 또, 보호자한테 말씀을 드려야겠는데…."

"저한테 말씀하세요. 안 좋은 결과가 나온 것 같은데 저는 성인입니다. 제 일이니까 누구보다도 제가 알아야 하지요."

"그럼 말씀드리겠습니다. 애 또, 어쩌다가 이 지경이 되도록 방치하셨습니까?"

"네? 암입니까?"

"그렇습니다. 코피가 그렇게 자주 나오면 진즉 병원을 와 봤어야지요. 신장의 기능장애로 몸 안의 노폐물이 오줌으로 빠져나오지 못하고, 핏속에 들어가 중독을 일으킨 것입니다. 암환자는 혈소판이 모자라는 경우가 많아요. 혈소판이 떨어지면 혈액응고가 안돼서 코피가 자주 납니다. 아마 시력감퇴도 오고 혼절도 했을 텐데요."

"그렇습니다. 그럼 아주 심합니까?"

"애 또, 그렇습니다. 애~."

"말씀해 주세요."

"애 또, 서서히 생을 정리하셔야 할 것 같습니다."

"네? 그럼 얼마나 살 수 있습니까? 말씀해주세요."

"애~, 그럼 말씀드리겠습니다. 6개월을 넘기기 힘들 것 같습니다."

"네?"

승호는 그날 저녁 다연이 자췻집을 찾아갔다. 밖에서 오랫동안 서성이고 있는데 다연이가 우연히 안에서 보고 자기 눈을 의심하듯이 확인하고 문을 열고 밖으로 나온다.

"승호 씨, 웬일이세요. 지금 나를 찾아온 거예요?"

"응, 왜 찾아오면 안 돼요?"

"그런 건 아니지만 잘 안하던 짓이잖아요. 하여튼 들어가요. 마침 저녁밥을 해서 먹으려던 참이었는데 들어가서 같이 먹어요. 맥주도 있다고요."

승호는 다연이 방에 들어가서 저녁도 얻어먹고 맥주도 마시고 텔레비전도 보고 재미있는 게임도 하였다. 밤이 깊어가자 피곤이 왔는지 승호는 스르르 바닥에 쓰러져 잠들어버리고 만다. 다연이는 담요를 꺼내 승호에게 덮어주었다. 다연이는 무척 승호를 사랑하였으나 승호가 좀처럼 마음의 문을 열지 않았고 남자다운 적극성을 보이지 않아 불만이었다. 그러던 중 오늘 우연치 않게 승호가 비 맞은 장닭처럼 제 발로 찾아와 준 것이다. 무슨 특별한 일이라도 있느냐고 물었으나 그렇지 않고 그냥 왔다고 했다. 다연이는 무척 고맙게 생각했다.

승호가 자다가 깨어나 옆에 다연이가 누워있음을 알고 소스라쳐 놀라자 다연이는 말없이 승호를 끌어안는다. 승호도 자신도 모르게 다연이를 끌어안는다. 둘이는 깊은 사랑에 빠진다.

다음 날 그들 둘은 산을 올랐다. 중머리 재에서 인간들이 사는 시내를 조망하였다. 파란 하늘과 어우러진 기암괴석들이 두 사람을 진심으로 환영하고 있었다. 중머리 재에서 중봉을 오르는 길은 된비알 구간이 이어지다가 질편한 억새평전이 나왔다. 흐드러지게 핀 억새는 바람에 쏠리며 끝없는 파도를 이루었고 단풍과 어우러져 한 폭의 그림을 연출한다. 둘이는 손을 잡고 신혼여행 나온 부부처럼 정답게 걸었다. 하룻밤의 유희가 모든 가림막이 벽을 다 허물어뜨리고 심신이 하나 되게 해주니 세상에 이런 조화가 있었던가. 중봉의 돌무더기 사이를 이리저리 옮겨 다니며 걷다가 두 사람은 바위에 걸터앉았다.

“승호 씨, 웬일이세요. 이렇게 마음의 문을 활짝 열다니?”

“저도 청춘의 열정이 있는 사람이에요.”

“그러게요. 기분 좋네요. 그런데 우리 학교에 안 가고 이렇게 놀러 다녀도 되는 거예요?”

“그럼요. 가끔은 이런 날도 있어야지요. 공부가 전부인가요?”

"어머! 범생인 승호 씨가 그런 말을 다 하다니 의외네요. 하여튼 이런 날이 계속되었으면 좋겠어요. 저도 이런 해방감을 맛보기는 처음인 거 같네요."

그들은 서석대에 올라 저녁노을이 비추어 수정처럼 반짝이는 주상절리 바위들을 감상하고 있었다. 누가 바위를 저렇게도 반듯하게 깎아서 세워놓았을까. 이렇게 조화로운 세상에 내가 그 일부분으로 살고 있었다는 것이 새삼 신비스럽게 여겨졌다.

며칠 후, 승호와 다연이는 수업이 끝나고 가까운 들판을 거닐었다. 그 들판도 같은 대학 캠퍼스 안에 있었으나 아직 활용되지 않고 있는 나대지였다. 아무런 정리가 되어있지 않은 거친 들판에 집들이 듬성듬성 들어서 있고 집에 딸린 작은 삼밭에는 못생긴 푸성귀들이 외롭게 자라고 있었다. 쓰러질 듯한 가옥의 지붕은 일부가 기왓장이고 일부는 비닐로 덮여져 있다. 저쪽 초가집도 그 저쪽 기와집도 마찬가지로 비닐로 덮여 있는데 혹은 많이 혹은 적게 덮여 있을 뿐이다. 승호와 다연이는 마당에서 푸성귀를 다듬고 있는 나무껍질처럼 깡마른 손을 가진 아저씨 곁으로 다가가 보았다. 다연이가 말을 걸어보았다.

"아저씨 안녕하세요."

"응…."

"왜 집들이 비닐로 덮여 있어요?"

"학생, 이 대학 학생이에요?"

"네."

"이 대학 학생인데 그 이유를 몰라요? 하기사 학생들이 뭘 알라구."

그 아저씨는 깡마르고 거친 얼굴에 거친 손을 지니고 있지만 어딘가에 지식이 풍기는 얼굴이었다. 이제 말하기도 지친 듯한 거동이었으나 이런 이야기를 할 상대가 있다는 것이 다행이라고 생각한 듯하였다. 승호는 궁금증이 들어 물어보았다.

"왜 그런데요?"

"여기는 교육지구로 묶여 있지 않아요. 교육지구로 묶이면 집의 증개축을 일체 할 수 없어요. 집이 무너질 때까지 그대로 살던가 이사 가던가 택일을 해야 해요."

"그럼 이사 가면 되지 않아요?"

"그래요, 바로 이사 가라는 거예요. 그런데 집값을 물어줘야 이사를 가지요."

승호와 아저씨의 대화를 듣고 있던 다연이가 끼어든다.

“설마 그저 쫓아내기야 할라고요?”

“집값이야 쥐꼬리만 하게 나오지요. 그러나 그 돈 가지고는 셋집도 못 얻어요. 그냥 쫓아내는 것이나 다름없어요. 우리도 억울하지만 정당한 집값만 물어주면 이사가겠다는 거예요. 이 집은 저희 조상에게서 물려 받은 재산이거든요.”

“이 집에서는 아저씨 혼자 사세요?”

“혼자 살아요. 마누라는 아이들 데리고 친정으로 갔고요. 애가 다섯이거든. 두 애는 벌써 학교에 들어갔고 셋째는 아직 어린데 이대로 쫓겨난다면 참 막막하네요.”

“김만수 총장님이 그런 사람이세요?”

“김만수가 누군지 몰라서 묻는 거예요? 그놈은 천하에 못된 놈이예요.”

“뭐요?”

승호와 다연이는 자기 대학 총장을 그처럼 비하하는 말에 소스라쳐 놀랐다. 아저씨는 하소연할 데도 없었는데 들어주는 사람이 있어서 다행이다 싶어서인지 묻지도 않는 말을 술술 다 풀어놓았다.

김만수는 일본에서 대학을 졸업하고 귀국하여 도청 운수과장으로 취직했다. 그때 강력한 민족주의자 S 도지사는 민간인의 성금으로 순수 사립대학을 하나 건립하기로 결심하고 전남북 제주도 3도에서 성금을 모으기 시작하였다. 매 가정에서 쌀을 몇 되 또는 한 말 두 말씩을 얻어 모았고, 혹 가정이 넉넉한 사람은 한 가마니를 내기도 하였다. 참으로 국민의 피땀으로 모은 성금으로 민족대학 건립이 추진되고 있었다. S 도지사는 자기가 이사장이 되고 다른 이사 8명을 임명하여 법인을 구성하였다. 그 안에 운수과장 김만수도 이사로 넣어주었다. 왜냐하면 대학을 건립하는 데는 산판을 벌려야 하고 목재의 운반은 아주 중요한 부서였기 때문이며 김만수는 모처럼 일본에서 대학을 졸업한 젊은이였기 때문이다. 트럭이 몇십 대씩 민첩하게 움직여 주어야 일을 진행할 수 있었는데 그 역할을 김만수가 담당한 것이다. 그러나 S 도지사가 돌아가시자 남은 이사들은 나이도 많고 별로 적극성이 없는데 반하여 젊고 욕망이 끓어오르는 김만수는 적극적으로 뛰어들었다. 급기야는 자기가 재단 이사장직을 꿰차고 말았고, 자기가 대학설립자라고 사칭하면서 완전히 대학을 사유화해 버리고 말았다. 혼자서 총장과 이사장을 번갈아 가며 하였다. 어떤 때는 자기 마누라를 이사장으로 앉히고 자기가 총장을 하기도 하였으며, 자기가 이사장을 할 때는 중간에 다른 허수아비 총장을 하나 세우기도 하였다.

김만수는 일제강점기 때 일본에서 대학을 다니면서 일본이 한국을 어떻게 요리하는지 잘 보아왔던 터였다. 일본이 보는 조선인은 무조건 짓누르고 겁을 주면 끝나는 것이었다. 일제의 일본도日本刀 밑에서 겁을 잔뜩 집어먹고 살았던 조선인은 짓누르고 겁을 주는 자 앞에서는 무조건 복종하는 타성을 지니고 말았다. 그는 S 도지사가 터를 잡았던 대학부지의 몇 배를 불려서 교육지구로 묶고, 학교를 짓지도 않고 울타리를 쌓지도 않고 방치하면서 주민만 쫓아내려 하고 있었다.

대학이라고 해보았자 이름만 대학이지 학생들은 도시락 하나 까먹을 장소가 없었고 강의실은 시멘트 먼지가 부석부석 피어오르는 그런 곳이었다. 잡지나 영화에서 보던 것처럼 대학생들이 원서를 끼고 그림 같은 잔디밭에 앉아 담소를 나누는 모습일랑은 상상도 할 수 없는 환경이었다. 조그마한 강의 동棟 하나를 짓는데 5년 10년이 더 걸려서 대학은 언제나 공사 중이었다. 캠퍼스는 온통 아파트 공사장을 방불케 하였다. 건물을 짓고 있지 않으냐고 거대한 포클레인을 전 시민과 학생이 다 보게 높이 걸어놓고, 정원의 몇 배씩 뽑은 학생들의 등록금을 온통 자기 사유재산으로 만들었다. 그래서 재무처장, 학생처장 등 예민한 부서는 직속 심복을 임명하였다. 교수는 자격도 없는 자를 선심 써서 채용해 줌으로써 평생 감사하며 살게 만들었고, 말을 듣지 않으면 대낮에 학생들이 보는 앞에서 뺨도 때리고 발로 차기도 하였다. 교수회의 때는 체육관에서 전체 교수를 '차렷' 자세로 세워놓고 자기의 훈시를 듣게 했다. 교수들은 일반 회사원과 똑같이 9시 출근 5시 퇴근 원칙의 카드를 찍고 등하교하게 했고, 교수들의 기를 꺾기 위하여 주기적으로 영어시험을 치러서 봉급에 반영하였다. 봉급 전액을 받아보았자 옆 국립대학의 3분의 2 수준밖에 안 되었는데 그나마도 봉급 전액을 받는 교수는 단 한 명도 없었다. 그래도 감히 김만수 앞에서 부否타고 말할 사람은 아무도 없었다.

그래서 처음에는 개인적으로나 시민단체가 김만수 총장을 고소 고발한 적도 많았으나 재판부에서는 매번 김만수의 손을 들어주었다. 그럴 이유가 있다. 김만수는 그럴 일을 미리 예견하고 처음부터 법대 육성에 총력을 기울였다. 전남북 제주도에서 가장 머리 좋은 학생을 선발하여 전액 장학생으로 뽑아서 4년 내내 한 푼도 내지 않고 학교를 다니게 하고 고시연수원에 합숙시켜 생활비며 교복 심지어 팬티까지 전부 무료로 제공하였다. 심지어는 절간에서 10년 20년 목숨을 걸고 사시준비를 하고 있는 자를 찾아가 학생증을 주고 자기 학교 학생의 신분으로 응시하도록 하였다. 그런 까닭에 하나의 지방 사립대학이 어찌 된 영문인지 한 때는 서울대보다 사시 합격자가 많아 전국 1위를 차지하였다. 고시도 진짜 사회에 유익한 행시나 외시에는 일체 관심이 없고 오직 자기의 사리사욕을 채우는 데 도움이 되는 사시만을 위해 전력투구하였다. 그들이 사시에 합격한 뒤에는 거의 그 지방의 판검사로 발령을 받아 근무하고 있었는데, 그들은 자기들이 진 빚이 있기 때문에 김만수를 배신할 수 없었고 심지어는 김만수라 하면 조폭의 두목을 대하듯이 무조건 복종하였다. 그러니 재판을 건 사람은 틀림없이 지게 되어 있었고 무자비한 보복을 당해도 이 지역에서는 아무도 그를 변명해 줄 사람이 없었다. 혹시 담당 검사가 그 대학 출신이 아니더라도 부장검사나 수석검사가 그 대학 출신이기 때문에 압력을 넣어 공정한 재판을 할 수 없게 만들었다. 이 말이 퍼지자 이제 김만수를 고발하는 것은 헛일이란 것을 알고 아무도 그를 고소 고발하는 자가 없었다.

김만수는 교육기관의 수익사업은 면세 혜택을 받는다는 조항을 악용하여 각종 사업에 손을 대기 시작하였다. 부영 시멘트공장을 세워 전국적으로 판매를 넓혔으며, 남해에 간척사업을 벌여 바다를 가로막아 넓은 평원의 농지를 만들어 되팔아먹었다. 김만수는 거대한 재벌이 되어갔다. 그는 또 한편 이 도시의 인근 군부대에 접근하여 영관급 장교들에게 재학을 할 수 있는 제도를 만들어 일주일에 한두 번만 출석을 해도 졸업을 할 수 있게 하여 졸업장 장사를 하였다. 심지어는 장성급에게는 학교에 적을 두고 일 년에 몇 번만 출석을 해도 졸업장을 주는 행위도 거리낌 없이 하였다. 김만수의 욕심은 끝이 없었다. 그는 종국에는 그들 자기 학생 장성들을 이용하여 쿠데타를 일으켜 우리나라 전체를 먹어 버리려는 계획까지 획책하고 있었다.

아저씨는 여기까지 이야기하고는 낡은 점퍼 안주머니에서 구겨진 궐련갑을 꺼내 한 개비에 불을 붙여 맛있게 연기를 내뿜으며 승호를 보고 말한다.

"학생 담배 피워요? 괜찮아요. 피우면 한 대 피워요."

"네, 그럼 한 대 피우겠습니다."

"김만수 같은 놈을 처벌할 법은 우리나라에는 없어요."

"놀랍네요. 그런 역사를 가지고 있었군요."

"내 생각으로는 김만수 같은 놈을 처벌하는 방법은 개인적인 테러밖에는 없어요."

이 말을 듣자 승호는 무엇인가 생각에 잠긴다. 다연이는 심각하게 생각에 잠기는 승호가 낯선지 물끄러미 바라본다. 아저씨는 담배를 빨아 푸른 하늘에 대고 분풀이라도 하듯이 '후!' 하고 내뿜는다. 담배연기는 허공에 흩어져 이리저리 춤을 추다가 금방 형체도 없이 사라졌다.

승호는 그날도 이층으로 올라가는 층계에서 코피를 쏟았다. 하숙집 아주머니와 룸메이트가 알고 뛰어나왔고 언제왔는지 다연이가 달려와 어깨동무를 하고 계단을 올라간다. 룸메이트는 급히 방으로 들어가서 두루마리 휴지를 들고나와 코를 막는데 그날따라 펑펑 코피를 쏟아 휴지 한 통이 다 들어가도록 닦아냈다.

"승호 씨, 안 되겠어요. 저희 집으로 가요. 제가 한약을 한 첩 지어다가 몸보신을 좀 시켜야겠어요."

"그러세요. 학생. 병원에는 아직도 안 가봤지요?"

"야, 안 되겠다. 다연 씨 따라가서 몸보신 좀 하고 와라."

아주머니나 룸메이트도 이구동성으로 다연이의 제의에 동의한다.

승호는 가방을 챙겨 다연이를 따라나섰다. 가을바람이 제법 차갑게 느껴오는데 묵힌 논두렁길을 따라 다연이 자췻집을 가다가 돌부리에 채여 하마터면 넘어질 뻔하였다. 그때 문득 생각이 떠올랐다. 윤리학 교수의 말, '악의 종기를 하나 제거하고 죽으면 어떨까?' '이왕 죽을 것인데 ….'

그렇다. 사회의 악성 종기를 하나 제거함으로써 국가에 공헌을 하고 죽는 것도 의의가 있다. 그 대상은 김만수다. 여기까지 생각이 미치자 내가 왜 진즉 그 생각을 못 했을까 하는 후회가 들 정도로 목표가 확실해진다. 내 몸 안의 악성 종기는 이미 때가 늦었지만 사회의 악성 종기는 내 손으로 하나 떼어낼 수 있지 않은가. 죽음이 결정된 사람이 무엇을 못 한단 말인가.

다연이 집에서 다시 하숙집으로 돌아온 이후, 다연이와 수업이 다른 시간은 김만수의 집 주위를 맴돌았다. 담을 뛰어넘을 장소와 먼저 묶어놓고 기르는 개를 처치하는 방법 등을 궁리하고, 불리하면 집 앞에서 차에서 내리는 순간을 노릴 수도 있었다. 그러나 그때는 덩치 큰 수행비서가 동행하고 있고 운전사까지 합세할 것이기 때문에 더 많은 준비가 필요했다. 그리고 낮보다는 밤에 거사하기에 유리하다고 판단하였다.

그날도 밤이 이슥할 무렵에 김만수의 집을 가는데 그 장면을 또 목격하였다. 어느 깡패인데 꼭 자기보다 나약한 고등학생이나 자기 또래의 청소년을 하나 데리고 와서 골목에 세워놓고 "차렷! 손 안 내려!" 하며 몇 번 겁을 주고는 허스키한 목소리로 "이 망할 놈의 자식!" 하는 소리와 함께 소나기 펀치를 퍼붓는다. 겁에 잔뜩 질려 있던 상대는 '억!' 소리와 함께 통나무 쓰러지듯이 쓰러진다.

그 깡패는 몸을 으스대면서 어둠 속으로 사라진다. 골목은 다르지만 그와 똑같은 장면을 승호는 서너 번이나 목격하였다. 승호는 무서워서 가까이 가지 않았는데 혹 그 장면을 보는 다른 사람도 못 볼 것을 보았다는 듯 빨리 그 자리를 피했다. 그 깡패는 상고머리를 한 것으로 보아 고3이나 대학 저학년의 휴학생쯤 돼 보이는, 생긴 것은 의외로 얼굴이 곱살하였다.

그날도 땅거미가 질 무렵 김만수 집을 배회하다가 그를 목격했다. 그는 스포츠맨들이 메는 가방을 하나 어깻죽지에 걸치고 어깨를 으스대며 거리를 활보하듯이 걷고 있었다. 승호는 그 깡패의 뒤를 따라가 보았다. 시장통으로 들어가더니 이층에 코끼리 체육관이라고 써진 곳으로 들어간다. 자기가 아는 불량기가 역력한 친구들과 악수를 하고 잡담도 한참하더니 운동복으로 갈아입고 홀로 나와서 샌드백도 치고 스파링도 하면서 복싱 연습에 열중한다. 승호가 운동을 배울까 하는 사람의 태도를 하며 그 깡패 옆으로 접근하여 보았다. 마침 잠깐 쉬며 자기 친구 하나와 잡담을 나누고 있었다.

"인마 운동 아무리 열심히 해 봤자 뭐해? 쌈(싸움)을 잘해야지."

"너는 운동을 쌈 잘하려고 하냐?"

"물론이지 인마. 나는 여기서 배운 것은 반드시 실습을 해보지 않아. 신통하게 잘 맞더라고. 거리에서 말캉한 놈 하나에게 시비를 걸어서 골목으로 데리고 가서 연습하면 돼."

"야, 너는 천당 가기는 틀렸다. 너 그러다 정말 임자 한 번 만난다."

"야, 나도 그런 놈 한 번 만났으면 좋겠다."

아하, 이 자가 그런 짓을 하고 있었구나. 승호는 김만수에 대한 증오는 어느덧 멀어지고 이 깡패가 죽도록 미워졌다. 이런 자를 마음껏 활개치고 다니게 할 수는 없었다.

다음 날은 아예 코끼리 체육관 앞에서 그가 운동이 끝나고 나오기를 기다렸다. 시간이 되자 그는 가방은 메지 않고 혼자 가볍게 스파링을 하는 자세로 나오고 있었다. 아마 실습을 하는 날은 가방을 체육관에 두고 오는 모양이다. 승호는 그의 뒤를 밟고 있었다. 거리를 활보하던 깡패는 자기보다 약간 어려 보이고 키가 꺼벙하게 큰 청소년 하나가 앞에서 오자 대상으로 지목한 모양이다. 유심히 그를 째려보자 그 청소년도 자연히 깡패를 본다.

"짜식이, 누굴 보고 있어. 너 이리 와봐."

"왜요?"

"이 새끼 봐라. 눈 안 깔아. 건방진 놈의 새끼. 이리 와."

하면서 그 순박한 청년을 끌고 골목으로 들어간다. 승호는 골목 입구에서 그들의 장면을 하나도 놓치지 않고 주시하고 있었다. 그 깡패는 이전에 하던 레퍼토리대로 겁을 주어 기를 제압하더니 잔뜩 졸아 있는 청년에게 "이 망할 놈의 자식!" 하는 소리와 함께 '파바박!' 원 투 쓰리 어퍼컷을 날린다. 그 어린 청년은 둔탁한 박자에 맞추어 통나무 쓰러지듯이 쓰러진다. 깡패가 나오려다가 승호가 입구에 서 있는 것을 발견하자,

"비켜 인마."

"못 비킨다."

"햐, 이 새끼 봐라. 너 죽고 싶냐. 너 누구야?"

"나? 저승사자다."

"뭐? 저승사자? 하하하하."

"그 말이 웃기냐?"

"이 새끼. 보자 보자 하니까."

"이 못된 놈의 자식! 너 같은 놈이 지금까지 임자를 만나지 않고 살아있었다니 신기하구나."

"햐, 이놈 봐라. 너 내가 누군지 아냐. 너 이리 와봐."

하더니 승호를 끌고 다시 골목으로 들어온다. 승호는 순순히 따라 들어갔다. 깡패에게 맞아 쓰러져 있던 청년은 이제 정신이 드는지 일어나서 슬금슬금 뒤꽁무니를 빼고 도망간다.

"차렷, 손 안 내려? 이 망할 놈의 자식!"

하면서 주먹이 날아오는 순간, 그보다 약간 빠른 속력으로 승호의 비수가 깡패의 배를 찌른다. '악!' 깡패는 칼을 맞고 주춤하더니 언제 그랬느냐는 식으로 씩씩하게 덤벼든다. 둘이는 육박전이 벌어져 치고받고 뒹굴고 싸웠다. 승호에게서 칼을 빼앗은 깡패는 승호를 여러 차례 찌른다. 칼이 땅에 떨어지자 서로 먼저 잡기 시합을 하다가 승호가 가까스로 먼저 잡는다. 승호는 막 일어서는 깡패의 배를 깊이 찔러 힘을 주고 또 힘을 주었다. 칼날이 등 뒤로 불거져 나온다. 그때야 깡패는 스르르 쓰러진다.

승호는 그제야 정신이 들었다. 자기가 뜻을 세운 것은

사회의 큰 종기 하나를 제거하기 위하여 김만수를 죽이려 했던 것이었는데 뜻하지 않게 조무래기 깡패 하나를 만나 대세를 망쳤다는 것을 알고 후회막급이었다. 이제라도 김만수를 처단하여야 한다. 승호는 칼을 뽑아들고 비틀거리며 김만수의 집을 향해 발걸음을 옮겼다.

김만수 집에서는 미친 듯이 들려오는 개 짖는 소리에 심상치 않은 낌새를 채고 온 식구들이 밖을 주시하고 있었다. 김만수며 그의 처 아들들이 창 너머로 밖을 보고 있었고 집을 지키는 숙직비서는 밖으로 나와 주위를 살피고 있었다. 그때 어떤 검은 물체 하나가 담장 위로 모습을 드러냈다. 숙직비서는 가지고 나온 엽총을 겨누고 방아쇠에 손가락을 얹었다. 그런데 그 검은 물체는 담장을 기어오르는데 무척 속력이 느렸다. 너무 느린 동작이 수상쩍어 방아쇠를 당기지 않고 있는데, 그 물체는 드디어 담 위에 완전히 몸이 얹히는 성싶더니 이내 밑으로 '텁석!' 떨어져 버리고 만다. 숙직비서가 요란한 개 짖는 소리를 뚫고 다가선다.

"누구야, 쏜다. 누구야!"
하며 접근하여도 아무런 움직임이 없다. 그때에야 모두

나와 불을 밝히고 그 물체를 비추어보았다. 온몸에 피투성이가 된 청년 하나가 움직이지 않는 물체로 땅에 떨어져 있었다.

다연이는 승호의 하숙집을 왔다가 부재중이란 말에 이상한 예감이 들어서 밖으로 나와 서성이다가 김만수 총장의 집 쪽으로 걸어오고 있었다. 그런데 김만수의 집이 가까워 오자 119구급차의 사이렌 소리가 울리고 불빛이 요란하게 번쩍거리는 것을 보고 급히 달려가 보았다. 김만수의 집에서 단가에 실려 나온 청년은 온몸에 피투성이가 된 승호였다.

"이거 웬일이에요. 승호 씨, 승호 씨."

"저리 비켜요, 비켜!"

구급대원이 물리치는 손길을 제치고 다연이는 닫히려는 구급차에 몸을 던져 같이 탑승한다. 승호는 달리는 구급차 안에서 다연이에게 손을 잡히고 겨우 눈을 뜨더니 "다연이…." 하다가 조용히 눈을 감는다. 구급차는 어둠을 뚫고 쏜살처럼 달리고 있었다.

이국의 북극성

1

고리게 마을 뒷산은 나지막했다. 햇볕은 따스한 봄날을 축복하듯이 포근히 내리쪼이는데 어디선가 소쩍새 한 마리가 구성지게 울어대며 산천을 울리고 있었다.

이십 대 초반의 무명 양복을 입은 홍안의 젊은 청년이 산길 바위에 앉아 무엇인가 골똘히 생각에 잠겨있다. 무릎 밑까지 내려오는 짧은 검정치마에 옥양목 흰 저고리를 입은 또래의 처녀 하나가 가까운 거리에서 장난스럽게 바위 뒤로 돌아가고 있다. 노랑 생강꽃 한 가지를 꺾어 몰래 놀려줄 양으로 살금살금 접근한다. 그러나 바스락거리는 소리에 청년이 뒤를 돌아보고 말았다.

"아이, 들키고 말았네요."

"금전 씨군요?"

"알아버리면 어떻게 해요?"

처녀는 마치 왜 알았느냐는 듯이 애교 띤 투정을 하며 꺾어온 생강꽃 가지를 청년에게 건네준다. 생강꽃을 받으려는 청년은 꽃가지와 처녀의 손을 함께 지긋이 움켜쥔다. 처녀의 얼굴은 홍당무가 된다.

"아이, 왜 이러세요. 누가 보면 어쩌려고요."

"여기 누가 있다고 그러세요. 아무도 없는데요."

"하지만…."

"부모님들은 예까지 오시는 줄 아세요?"

"네, 아버님께 말씀드렸어요. 몰래 나올 수 없었어요. 아버님께서는 웃으시면서 다녀오라고 하셨어요. 명하 씨는 여기까지 온다는 것을 누구한테 말씀하셨어요?"

"저는 아무한테도 말하지 않았습니다. 이렇게 나오시라고 해서 죄송합니다."

"아닙니다. 무척 감사합니다. 결혼할 사이인데 뭐가 어때요."

"결혼 날짜까지 잡아놓고도 단둘이 한 번도 안 만나서

는 안 될 것 같아서 명옥이를 시켜서 쪽지를 전하게 했습니다."

"명옥 아가씨가 심부름을 잘했어요. 명옥 아가씨는 이제 시누이가 되겠네요?"

"그러겠습니다. 명옥이가 금전 씨를 참 좋아하던데요. 착한 아이이니 잘 지내시면 좋겠어요."

"잘 지낼 테니 염려마세요. 시집살이나 시키지 말라고 하세요. 명하 씨는 효자라고 원근에 소문이 자자하던데요."

"뭐 특별히 효도한 것은 없고 그저 아버님 말씀 잘 듣고 시키는 대로 공부한 것 뿐이지요."

"남들은 명하 씨가 결혼할 마음도 없는데 아버님 말씀을 거절하지 못해서 결혼한 것이라고 하던데요."

"꼭 그렇지 만은 않습니다. 제가 처음부터 금전 씨에게 전혀 마음이 없었으면 아버님 말씀이라도 제 의사를 말씀드릴 수 있지요."

"그래도 다행이네요. 저는 전혀 마음에도 없는 결혼을 하시는 것이 아닌가 걱정했어요."

두 청춘 남녀는 한 달 후면 부부가 될 장래를 그리며 아지랑이 낀 산비탈을 나란히 걸어가고 있었다.

조명하가 오금전을 알게 된 것은 당숙의 한약방에서였다. 황해도 송화군 송화읍의 당숙네 한약방에서 견습생 생활을 하고 있을 때, 같은 송화군 진풍면 고리게 마을에서 구와나사를 앓고 있는 아버지를 모시고 한약방을 들어서는 처녀가 있었다. 아버지를 부축해 방으로 들어서는 것을 같이 거들어 앉히는 조명하를 가까이서 본 처녀는 얼굴을 붉혔다. 원래 송화군 하리면 장천리의 조명하 집은 하리면 북쪽 끝이고, 오금전의 진풍면 고리게 마을(태양리)은 남쪽 끝이어서 면은 다르지만 가깝게 왕래가 잦은 동네였다.

조명하의 아버지 조용우는 신붓감을 골랐다면서 고리게 마을 처녀 이야기를 하였다. 조명하는 할 일이 있다면서 거절하고 싶었으나 상대가 바로 당숙네 한약방에서 가까이 보았던 그 처녀라는 것을 알고 아버지 명령에도 따를 겸 슬그머니 순종하였다. 조명하가 생각하는 할 일이란 것은 바로 잃어버린 조국을 되찾기 위하여 한목숨 바쳐 일제에 항거하고 싶은 일이었다.

그가 16세 때에 체험한 3·1독립운동은 어린 소년에

게 너무나 큰 충격이었다. 고종 황제께서 일본 앞잡이들에 의해 독살되었다는 사실을 국민대회가 벽보를 붙이고 폭로하자 서울을 위시하여 전국적으로 시위가 벌어졌다. 그 내용에 의하면 이완용, 송병준 등 친일파들이 윤덕영, 한상학 두 역적을 시켜 식사 당번을 하는 두 궁녀로 하여금 밤참인 식혜에 독약을 타서 고종을 시해했다는 것이었다. 그것을 증명이라도 하듯이 그 두 궁녀는 후환을 두려워하는 세력에 의해 살해되었다.

시위는 요원의 불길처럼 전국으로 번졌고 황해도 송화까지 번져왔다. 조명하는 송화보통학교로 전학한 지 1년밖에 안 되기 때문에 시위를 주동할 입장은 되지 못하였다. 그래서 급장을 맡고 있는 여중구를 찾아갔다. 여중구는 같은 학년이지만 나이가 세 살이나 위인 선배로서 의기가 있는 학생이었다. 조명하는 여중구에게 말하였다.

"지금 전국적으로 만세운동이 벌어지고 있는데 왜 우리 송하만 조용한가? 우리도 일어서야 되지 않겠는가?"

"잘 왔네. 그렇지 않아도 우리도 시위를 벌여야겠는데 감히 나서는 자가 없던 차에 자네가 와줬군. 우리 둘이 주축이 되어서 일을 도모하세. 벌써 민족대표들이 작성

한 독립선언서를 전해준 사람이 있었네."

이렇게 해서 여중구는 4, 5학년 급장을 저녁에 운동장 옆 느티나무 아래로 나오라고 연락하였다. 4학년 급장 박후남, 5학년 급장 김성훈 그리고 6학년의 여중구와 조명하, 그리고 조명하처럼 풍천보통학교에서 송화보통학교로 편입한 이제형, 이렇게 다섯 명이 어둠이 깔리는 초저녁에 쥐도 새도 모르게 느티나무 아래에 모였다. 여중구는 결연한 어조로 말하였다.

"모레 아침 조회시간에 거사하기로 하세. 맨 먼저 누가 학교의 종을 난타해야 하네. 그다음 내가 앞으로 나가서 독립선언서를 낭독하겠네. 나머지는 대열 속에 숨어 있다가 독립선언서를 뿌리며 앞으로 나오고 대열을 흩트려 시위를 시작하는 것이네."

"종은 내가 치겠네. 내가 핑계를 대고 조회에 참석하지 않고 교실에 남아 있다가, 모두 운동장에서 조회를 할 때 교무실 앞으로 가서 종을 난타하겠네."

조명하가 결심한 듯 말하자 나머지는, 그럼 전단 뿌리기는 우리가 맡겠네 하며 자청하였다. 여중구가 또 말한다.

"그럼 우리는 모두 같이 하루 동안에 독립선언서 등사

와 태극기를 마련해야 하네."

하며 다섯 명은 서로 손을 포개 굳게 맹서하였다.

당일 전교생의 시위는 한 치의 오차도 없이 예정했던 대로 진행되었다. 학생들이 손에 태극기를 들고 송화 군내를 한 바퀴 돌고 송화군청 앞에 이르렀을 때 갑자기 기마대를 앞세운 백여 명의 경찰이 곤봉을 내두르고 공포를 쏘며 해산시켰고, 선두에 선 주모자들은 모두 체포되었다.

주모자들은 유치장에 한 달이 넘게 갇혀 있으며 갖은 고초를 당하다가 아직 미성년자들이기 때문에 겨우 풀려나기는 하였으나, 여중구는 주모자라고 고문을 당하여 왼쪽 다리 하나가 부러졌으며 나머지도 고문의 장독으로 서너 달씩은 바깥출입을 못 하였다.

조명하의의 강직한 성품은 아버지에게서 물려 받은 것이었다. 아버지는 가훈을 '효제충의孝悌忠義'라 써서 걸고 항상 함안 조씨의 효성스럽고 충성된 기질을 자랑삼아 말씀하셨다. 함안 조씨 가문을 말씀하실 때는 조명하의 8대조가 되는 조형趙衡에 대한 치적을 빼놓지 않았다. 조형은 임진왜란과 병자호란을 두루 거친 분으로, 비록 무과에 급제는 하였으나 광해군의 패륜을 보고 벼슬을 받지 않고 거절했던 사람이다. 어미를 폐하고 동생을 죽인 불륜의 왕을 끝까지 용서하지 않다가 인조반정 후에야 벼슬길에 나섰다. 병자호란 때는 청군에 쫓겨 인조가 남한산성으로 이어하자 선조의 선전관으로 동행하였으며 남한산성 내의 서성지역西成之役에서 사력을 다하여 싸우고 적장을 사살하고 구사일생으로 살아난 용장이기도 하였다. 조형이 회녕판관으로 있을 때는 호사胡使들이 사사로이 금품을 요구하기를 예사로 하였다. 조형은,

"조선은 두 번이나 전란을 겪어 물산은 부족하고 땅도 메말라 가고 있소. 무슨 여유가 있어 그대들에게 금품을 줄 수가 있겠소?"

"네 감히 대국 사신의 요구를 거절하느냐?"

"나라가 크면 사람도 커야지 그따위 졸렬한 짓을 하다니 실망이 크오. 당신들에게 줄 돈은 고령 한 푼도 없소."

조형은 이 일 때문에 청국으로 끌려가 큰 고충을 당하였는데, 청국에서도 논리정연하게 호사들의 부당을 토로하여 청국정부로부터 오히려 호사들에게 중형을 내리게

되었고, 그 뒤로 호사들의 행패는 완전히 근절되었다. 명이 완전히 망하고 청이 대륙의 주인이 되자 오랑캐가 대륙을 점령했다면서 염포현감을 사직하고 황해도 송화에 돌아와 밤나무를 많이 심고 율리栗里라 칭하며 죽을 때까지 절의를 지켰다.

그런 조상의 대물림으로 조명하의 아버지는 강직하기 이를 데 없었으며 조명하에게 불의를 보고 참을 수 없는 강직한 성격의 소유자가 되게 만들었다. 4남 1녀 중 차남으로 태어난 조명하는 아버지 슬하에서 한학을 공부하였으나, 아버지는 더 큰 인물을 만들기 위하여 서쪽 인근의 풍해면 성산리의 대 한학자 전삼풍에게 아들을 맡겼다. 3년간의 수학이 끝나자 풍해면의 풍천보통학교에 입학하였고, 4년제 풍천보통학교를 졸업하자 송화읍의 6년제 송화보통학교의 5학년에 편입하여 우수한 성적으로 졸업하였다. 졸업하던 그해에 당숙의 한약방에 들어가 6년간이나 견습생으로 일을 하였다.

한약방에 있는 중에는 강의록으로 외국어 공부에 전력하였다. 일제의 만행을 만방에 폭로하려면 외국어가 무기라는 것을 알고 있었기 때문에 영어, 불어, 독어, 일어를 열심히 공부하였다. 외국어를 공부하는 데는 풍천보통학교 4학년 때 담임선생님이셨던 고익균 선생님의 도움이 컸다. 고익균 선생님은 자신이 직접 가르치고 또 외국어를 할 줄 아는 사람을 모두 소개했다. 조명하는 불원천리하고 찾아가서 가르침을 받았다. 특히 일어는 그때 벌써 일본인과 똑같은 수준의 언어를 구사할 수 있었다. 고익균 선생님은 외국어뿐만 아니라 조명하에게 애국사상을 불어넣어 주신 풍운아적 선견지인이었다. 동향인의 애국행적을 입수하여 조명하에게 설명하여 주었고, 조명하는 주먹을 부르쥐고 경청하며 자신도 꼭 그들처럼 되리라 다짐하였다. 지금 조직된 상해임시정부가 김구, 노백린, 조소앙 등 동향인이 거의 주축을 이루고 있다는 설명을 들은 뒤부터는 더욱 항일 의지가 굳어 갔다.

조명하는 21세 때 송화군의 인근 신천군청의 서기시험을 보았다. 당시로써는 군청서기 시험이 쉬운 것이 아니었으나 조명하는 우수한 성적으로 합격하였다. 그런데 군수 고두환이란 자는 전체 훈시가 있을 때마다 애국지사들을 폄하하였다. 일인이 쓰는 불령선인(不逞鮮人·불순 조선인)이란 용어를 그대로 쓰는가 하면 역적 이완용을 자격刺擊한 이재명 의사를 한심스럽다고 하는가 하면, 이토 히로부미를 사살한 안중근 의사를 정신이상자라고까지 비난하였다.

신천 군청에는 전에 같이 만세운동을 벌였던 선배 격인 여중구와 친구 이제형이 역시 서기로 들어와 있었다. 또 풍천보통학교 때 안면이 있는 사람이 네 명이나 있어서 7명이 한 클럽이 되어 항상 같이 식사도 하고 시사를 토론하곤 하였다. 어느 날 식사가 끝나고 주막에서 농주를 몇 잔씩 걸치자 이제형이 군수를 향해 울분을 토로하였다.

“고두환이 같은 놈은 죽여버려야 하네. 조선인으로서 긍지는 추호도 없고 불령선인 어쩌구저쩌구 하니 그런 자를 어찌 가만 놔둘 수 있단 말인가?”

그러자 여명구가 말을 받았다.

“자네 말이 틀린 건 아니네만 그런 졸개 하나를 죽인다고 무슨 변화가 있겠는가. 이왕 하려면 이재명 의사처럼 괴수 이완용을 처단한다든지 안중근 의사처럼 원흉 이토 히로부미를 사살하는 것은 충분히 의의가 있네. 그러나 가장 좋은 것은 조직적인 대항을 하여야 하네.”

"여 형 말이 맞네. 가장 급한 일은 원흉을 제거하여 기를 꺾어놓는 일이고 어서 힘을 길러 조직적으로 대처하여야 하네."

조명하가 받아서 말을 잇는다. 항상 좌장 격인 여중구는 토론의 방향을 잡아주곤 하였다. 여중구는 3·1운동 시위 때 고문으로 다리를 심히 절면서도 이들 7인의 모임에는 한 번도 빠지지 않고 참석하였다. 조명하는 오늘 이 자리서 평소에 품었던 포부를 털어놓아야겠다고 생각하고 있었다.

"진즉 자네들에게 말하려 했으나 말을 못 했네만 오늘은 이야기하겠네. 나는 일본으로 가기로 결심했네. 지피지기하면 백전불태百戰不殆라는 말도 있지 않은가. 적을 알고 나를 알아야 적을 이길 수 있다는 이 말을 나는 항상 가슴에 안고 살아왔네. 지금 조직적인 대항을 하기에는 시간이 너무나 부족하네. 그리고 그것은 큰 세력과 많은 군자금이 필요한 일이기 때문에 먼저 우리는 각지에서 요인암살을 하여 그들의 기를 한껏 꺾어 놓고 진전속도를 늦춰야 하네. 먼저 적진으로 들어가야 원흉을 제거할 기회가 많을 거 아닌가. 만약 일본에서도 기회를 잡지 못하면 상해임시정부로 가서 정부조직에 들어가 무력투쟁을 돕겠네."

그러자 친구들이 이구동성으로 입을 모았다.

"자네가 그런 뜻을 가지고 있다니 놀랍구먼. 자네가 만약 그렇게 결심했다면 여비 마련은 우리가 맡겠네. 자네는 도일할 채비만 차질 없게 하게."

그리고는 어느덧 해가 바뀌었다. 다음 해 22세 때는 또 충격적인 사건이 벌어졌다. 순종 황제가 의문사를 한 것이다. 순종은 일본 낭인의 손에 의하여 살해된 명성황후와 고종 사이에서 탄생한 심약한 황제였다. 일한병합에 의하여 창덕궁에 거하며 이왕李王이라 불렸다. 어린 시절 누군가에 의해 아편을 탄 커피를 다량으로 마신 후 치아를 대부분 잃고 남성능력까지 상실하여 슬하에 자식도 없었다. 이런 순종이 고종과 마찬가지로 독살되었다는 소문이 퍼진 것이다. 드디어 순종 황제의 인산일을 기하여 6·10만세운동이 또 한차례 전국을 요동쳤다. 물론 풍천보통학교, 송화보통학교의 시위도 있었고 경찰이 어린 학생들을 곤봉으로 치고 착검한 칼로 찌르고 검거하는 모습도 목격하였다.

국내에서는 애국지사들에 의해 일본 원흉에 대한 응징이 시작되었다. 송학선은 조선총독 사이토 마코토(齊藤實)가 창덕궁 빈청에 들러 조문하고 나올 것을 예상하고 창덕궁 금호문에서 단도를 품고 기회를 엿보았다. 사이토가 탄 차가 나오자 그는 번개처럼 뛰어올라 단도로 사이토로 보이는 자를 찔러 죽였다. 그러나 그자는 사이토가 아니라 경성부 의원 사또 토라지로(佐藤虎次郎)라는 하급 직원에 불과했다.

나석주는 3·1운동 후에 상해임시정부에 군자금을 거두어 보내고 동지들을 규합하여 일본 경찰과 면장을 살해하고 중국으로 망명했던 사람이다. 전에 김구 선생이 세운 양산학교를 졸업한 나석주에게 김구 선생은 민족의 독립을 위해 제단에 한 몸 바칠 기회를 주었다. 나석주는 6·10만세운동 후에 귀국하여 파렴치하게 조국을 착취하는 일본의 식산은행에 폭탄을 던지고, 이어서 동양척식회사로 가서 수위와 사원을 사살한 후 폭탄을 던졌으나 불발되었다. 나석주는 황금정 2정목 가두에서 군중을 향하여, "나는 조국을 위하여 투쟁했다. 2천만 민중이여! 우리 모두 힘을 합쳐 일본 강도들을 몰아내자." 하는 열

변을 토하고 권총으로 자결하였다. 이런 일련의 사건들은 조명하로 하여금 그대로 안주할 수 없다는 결심을 더 굳히고 있었다.

2

조명하는 평소에 신천 군청에서 근무하다가 토요일 오후에 백여 리나 되는 송화군 하리면 장천리 집에까지 와서 하룻밤을 쉬고 일요일 오후에 다시 신천으로 가곤하였다. 그러기를 한 달이면 두세 차례 했다. 그런데 그날은 일요일 오후가 되었는데도 신천으로 떠나지 않고 깊은 상념에 잠겨 있었다. 어머니는 아마 친정에 간 아내가 오늘내일 새에 출산한다는 소식이 오자 그 일 때문에 그런 줄 알았다. 이튿날(월요일) 며느리의 해산 소식을 듣고 미리 준비했던 미역, 멥쌀, 애기 옷가지, 포대기 등을 챙기고 조명하더러 같이 사돈댁에 가서 처와 애기를 보자고 했다. 조명하는 순순히 어머니 명령을 따르는 것 같았다. 그러나 조명하는 조명하대로 따로 생각이 있었다. 길을 같이 걸으면서 어머님께만은 마지막 인사를 드려야겠다고 생각하고 있었던 것이다. 30리가 되는 조명하의 처가댁까지는 조명하의 장조카인 7살 된 조성래와 같이 출발하였다. 조성래는 형님 명제의 큰아들로 무척 영민하였고 삼촌 조명하를 잘 따랐다.

조명하는 전날 저녁에 한숨도 자지 못했는지 눈이 충혈이 되었고 길을 걸으면서도 침묵 중에 깊은 생각에 빠져들곤 하였다. 나는 조국을 위해 갈 길을 떠나야 한다. 이제 길을 떠나면 불귀의 객이 될 것이다. 만약 처를 보고 갓 태어난 자식을 보면 마음이 약해질 것이 뻔하다. 큰일을 하기 위해서는 자잘한 인연을 끊어야 한다. 그러는 사이에 어느덧 처가 동네가 보이는 곳까지 오고 말았다. 조명하는 무거운 입을 열었다.

"어머니!"

"왜 그러느냐. 이제 다 왔구나. 아들을 낳았다니 얼마나 기쁜 일이냐. 어서 가서 보자꾸나."

"어머니!"

"왜 그러느냐. 무슨 할 말이라도 있느냐?"

"네, 어머니. 처가에는 어머니만 들어가십시오. 저는 큰 볼 일이 있어서 멀리 떠나야 합니다."

“무슨 큰 볼 일이 있다는 게냐. 아무리 중요한 일이 있기로 서니 설마 여기까지 와서 처가에도 안 가 보려느냐?”

“죄송합니다. 어머니. 저는 지금 신천으로 돌아갔다가 즉시 길을 떠나야 합니다. 처가에 들릴 시간이 없습니다.”

“원 아무리 시간이 없기로서니….”

조명하는 어려서부터 의지가 강한 아이여서 한 번 하겠다는 일은 반드시 하는 사람인지라 어머니는 조명하의 뜻을 돌릴 수 없다는 것을 잘 알고 있었다. 어머니는 조명하가 혹 다른 사람들처럼 일본이나 대만으로 가려는 것이 아닌가 하고 어렴풋이 짐작해 보았다. 그때는 돈 벌러 일본 대판(오사카)이나 새로 일본 땅이 된 대만으로 많이 떠나고 있었기 때문이다.

“어디 멀리 가느냐?”

“네, 어머니.”

“멀리 가려면 여비도 많이 들 텐데 무슨 재주로 그 많은 여비를 마련하느냐?”

“여비는 염려 마십시오. 친구들이 마련해 주기로 했습니다.”

조카 조성래는 삼촌과 할머니가 많은 말을 나누는 것

을 보았으나 어린 그로서는 무슨 뜻인 줄 알 길이 없었다. 단 삼촌은 비장한 결심을 한 듯하였다.

"성래야. 가자. 고리게는 할머니만 가신다."

"우리는 장천리로 다시 가는 겁니까. 왜 고리게는 안 들어가십니까?"

"그럴 일이 있다."

비장하게 돌아서는 조명하는 이때 벌써 자기의 몸을 나라에 내놓고 있었다. 지금부터는 자기의 목숨은 자기 개인의 것이 아니고 나라의 것이었다. 조명하는 조카의 손을 잡고 산길을 걸어오며 자애로운 눈초리로 조성래를 내려다보았다.

"성래야. 너는 공부를 잘해야 한다. 그래야 일본인에게 속지 않는다."

"일본인은 사람을 속입니까?"

"그렇단다. 일본인은 사람을 속여서 우리나라까지 빼앗아 갔단다. 우리가 그들에게 속지 않으려면 공부를 열심히 해야만 한다."

조명하는 조카에게, 너는 공부를 잘해야 한다. 그래야 일본인에게 속지 않는다는 말을 세 번이나 반복하였다.

조명하가 장천리 집에 왔을 때는 마침 집에 아무도 없었다. 조카를 형님댁으로 돌려보내고 간단한 짐을 챙겼다. 그리고는 급히 신천을 향하여 발걸음을 옮겼다. 신천은 부엉바위산과 향교산이 병풍처럼 주위를 두르고 있고 그 중심으로 척서천이 관통하고 있었다. 척서천은 용문천, 남산천, 냉정천을 비롯하여 여러 개의 지류들을 모아서 흐르는 꽤 큰 물줄기였다. 척서천가 커다란 미루나무 밑에 여중구, 이제형 등 6인의 동지가 모두 나와서 기다리고 있었다. 이들은 조명하의 평소 의지로 보아 결심한 바를 꼭 실천에 옮기고야 말 것을 잘 알고 있었다.

"명하."

"명하."

"고맙네. 이렇게 다 나와 주었구먼."

"명하, 부디 몸 건강하고 조심해서 가게."

"이제부터 자네들과 나는 친구가 아니네. 그 말인즉, 어느 누구에게도 우리가 친한 사이였다는 것을 말해서는 안 된다는 뜻이네. 내가 일본에 토착하여 편지를 몇 차례 할 걸세. 그 편지는 돌려 읽고 즉시 소각하여 버리게. 알겠는가?"

"알았네, 무슨 뜻인 줄 잘 알겠네."

"잘 가게."

"꼭 성공하게."

조명하는 여섯 명의 동지들과 일일이 악수하고 포옹하며 최후의 이별을 고하고 있었다. 이별 인사가 끝나자 조명하는 급히 몸을 돌려 척서천 둑을 따라 발걸음을 놓았다. 가을바람 소슬한데 미루나무 위의 초료새 한 마리가 목청을 돋우고 날아간다.

부산에 도착한 조명하는 부둣가 인쇄소에 들러 일본에서 쓸 명함을 새겼다. 아키가와 도미오(明河豊雄)! 일본인으로 완전히 가장하기 위하여 명하라는 이름을 성으로 쓰고, 자기가 나온 황해도 송화군 풍해면 풍천보통학교를 딴 풍豊자에 영웅이라는 웅雄자를 넣었다. '풍천의 영웅 조명하'라고 스스로를 속박하고 다짐하는 말이었다. 부산에서 시모노세키까지 가는 도중에는 할 수 있는 한 말수를 줄였다. '하이', '도오모', '아리가토', '이이에' 등 토막말로 대신하였다. 아무리 일본말이 능숙하여도 자칫 일본어의 탁음 발음 같은 데서 의심을 받을 수 있었기 때문이었다.

시모노세키에 내린 조명하는 먼저 동경으로 향하였다. 텐노(天皇)가 있다는 황거皇居라는 곳으로 가서 이중교二重橋에서 한 나절을 서성거렸다. 드높은 가을 하늘 아래 이중교는 차라리 적막하기까지 하였다. 담을 뛰어넘으면 어떨까 하고 생각해 보았으나 사방이 해자로 둘러싸여 있어서 깊은 물이 앞을 가로막고 있었고 담이 워낙 가파르고 높아서 함부로 시도할 일이 아니었다. 설사 텐노가 외출을 할 일이 있어도 정문인 이중교를 통과할 것 같지 않았다. 이중교 앞 광장에는 까마귀며 비둘기들이 유람객의 모이를 받아먹으며 한가로운 한나절을 보내고 있었으나 사이사이에 비밀 요원 같은 사람들이 끼어 있어서 더 이상 머무르는 것은 위험하였다.

전에 김지섭 의사가 이미 이중교 돌파를 시도한 적이 있다. 경상도 안동 출신의 김지섭은 중국에서 의열단으로 김원봉, 곽재기 등과 활동하다가 관동대지진 때 우리 교포 6,600여 명을 무고하게 살해하였다는 소식을 듣고 보복의 기회를 노리고 있었다. 그러던 중 다음 해 초, 그는 일본 동경에서 소위 '제국의회'가 열려 일본의 총리대신을 비롯해 모든 대신들이 한자리에 모이고 조선총독도 참석한다는 신문 기사를 보았다. 김지섭은 이들을 일거에 몰살해버리려 결심하고 일본에 잠입한다. 그러나 회의가 무기한 연기되는 바람에 김지섭은 그 대신 황거를 폭파해서 텐노를 죽여 버리려 마음을 굳힌다. 그런데 이중교 앞에서 신원을 수상하게 본 호위 경관이 접근해 왔고 김지섭은 뒷걸음을 쳤다. 더 수상하게 여긴 호위경관은 속력을 내며 쫓아왔고 김지섭은 속력을 내서 도망쳤다. 호위경관은 드디어 호루라기를 불며 쫓아왔다. 김지섭은 일이 글렀음을 알고 이왕 잡힐 것이라면 기회는 지금이다 하고, 전력 질주하여 황거를 향해 달렸고 황거의 성벽이 가까워져 오자 힘껏 폭탄을 던졌으나 아깝게도 뇌관만 발화하였을 뿐 불발되고 말았다. 황거폭파는 불가능하다는 것을 알고 황거의 상징인 이중교라도 부숴버리려 두 개나 폭탄을 던졌으나 역시 피식거리는 소리와 함께 약한 폭음만 내고 모두 불발되고 말았다. 김지섭 의사 이외에도 만주 벌판의 우리 50여 개 독립군 단체들이 거의 다 일본에 자객을 파견하고 있었으나 저격의 기회를 잡지도 못하고 검거되기 일쑤였다.

조명하는 동경에서 사흘 동안을 배회하였다. 그동안에 어떤 고위 인사인성싶은 행렬이 거리를 지나가는 것을 목격했으나 누구인지 알 수가 없었다. 세키가하라 외교 거리를 들어섰을 때는 요란한 행렬이 하나 지나갔다. 조명하는 구경하는 어떤 중년 남자에게 물었다.

"저자가 누굽니까?"

"이놈, 말버릇이 그게 뭐야. 총리대신 와카츠키 레이지로(若槻禮次郞) 각하이시다."

아, 저자가 바로 총리 와카츠키란 말인가. 그러나 명하에게는 품속에 권총은커녕 단검 한 자루도 소지하고 있지 않았다. 그뿐인가 경계가 너무 삼엄하고 총리의 행렬과 구경꾼과의 거리가 너무 떨어져 있어서 거기까지 뚫고 돌진하려면 치밀한 사전 계획과 준비가 없이는 도저히 불가능하다는 것을 알았다. 그래서 동경처럼 치안이 삼엄한 곳보다는 지방에 출장 나와서 경계가 느슨할 수밖에 없는 곳을 거사지점으로 잡아야겠다고 결심했다. 혹 어느 조직으로부터 성능 좋은 무기나 폭탄만 지원받는다면 도심 공격도 가능하다고 생각했다. 그러나 조명하는 지금 어떤 조직으로부터도 지원받을 수 있는 처지가 아니었다.

조명하는 일단 오사카로 가야겠다고 결론을 내린다. 그 이유는 무엇보다도 그곳에는 한국인이 가장 많이 살고 있기 때문에 일단 유사시에 잠입이나 지원이 편리할 것이라고 판단하였다.

3

한편, 한국에서는 식구들이 조명하의 모친으로부터 이야기는 들었지만 구체적으로 어디로 갔는지 알 길이 없었다. 수 주일이 지나서 형 명제 씨가 신천 군청에 찾아가서 여중구를 면회하였다.

"명하는 일본으로 떠났습니다. 여비는 저희들 6인이 마련하여 주었습니다. 그러나 저희들과 명하가 친하다는 얘기며 일본으로 떠났다는 사실은 일체 비밀로 하여 주십시오. 형님께서는 어느 날 동생이 행방불명되었다고만 하시고 구체적인 것은 일체 모른다고 하십시오."

"이 사람 중구, 자네는 무엇을 알고 있는 것 아닌가. 좀 자세히 말을 해주게."

"저희들도 자세한 것은 잘 모릅니다. 하여튼 명하는 조국을 위해서 큰일을 할 사람이란 것만 아십시오."

그 뒤로 두 달이 다 되어서 조명하로부터 집으로 편지가 왔다. 현재 오사카에 머무르고 있으며 전지제작소에서 일을 하며 야간에는 오사카 상공전문학교에서 공부하고 있다고 했다. 편지 마지막에는 "이 편지를 보신 후 즉시 불태워 없애시기 바랍니다"라는 말을 적었다. 그 뒤로도 한 달에 한 번 정도 편지가 왔으나 편지 끝에는 역시 소각하라는 당부를 잊지 않았으며, 여중구 동지나 고익균 은사님께 편지할 때도 이 말은 반드시 적었다. 조명하는 결심했던 행동을 실행에 옮길 것이기 때문에 다른 사람들의 누를 끼치고 싶지 않았던 것이다.

조명하는 하늘을 찌르는 오사카성의 천수각을 올려다보았다. 임진왜란 때 우리를 쳐들어왔던 도요토미 히데요시가 쌓은 성으로서, 도요토미는 여기에 앉아서 작전명령을 내리고 있었다. 성능 좋은 폭탄만 있으면 폭파시켜버리고 싶었지만 개인의 힘으로는 너무나 벅차다는 것을 느꼈다.

고익균 선생님의 말씀에 의하면 우리 배달나라의 강

역은 거대한 대제국이었다. 한반도, 요동반도, 만주벌판, 캄차카반도, 시베리아뿐만 아니라 내몽골, 청해에 이르기까지 영역이 뻗치는 동양 최대의 제국이었다. 거기에 비하여 중국은 황하유역의 탁록涿鹿이란 척박한 황토지역에서 생성된 소국에 지나지 않았으며, 일본은 남부가 백제의 직할 속령이었고 중북부는 신라와 고구려의 영향권 아래 있었다. 그런데 중국은 사마천의 『사기』에 의하여 세계의 중심이 중국이라는 중화사상을 고취하였고, 일본은 『일본서기』에 의하여 일본이 세계의 중심이라는 황국사관을 불어넣었다. 그런데 막상 진짜 세계의 중심이 되는 조선은 김부식에 의하여 『삼국사기』가 편찬되면서 소중화를 부르짖는 노예사상을 불어 넣었다. 사관은 이렇게 엄청난 결과를 초래한다고 했다. 조선조 때는 국시가 숫제 '사대事大'였으니, 한 국가가 국시를 사대로 정한 나라는 지구상에서 조선밖에 없다고 했다. 고익균 선생님은 기어코 국권을 되찾아 원래 우리의 드높은 기상을 되살려야 한다고 했다.

조명하는 일터를 다시 아다치(安達) 메리야스 공장으로 옮겨서 일을 해보기도 하고 번화가에 앉아 시간을 보내기도 하였으나 오사카에서는 기회가 올 것 같지 않았다. 도톤보리강 강가에 이르자 젊은 청춘 남녀들이 팔짱을 끼고 혹은 가족끼리 나와서 가을의 푸른 하늘 아래서 시원한 강바람을 쏘이며 마냥 여유작작 산보를 즐기고 있었다. 조선은 착취와 억압으로 죽어가고 있는데 이곳은 우리의 물자를 가져다가 이렇게 평화롭고 풍요로운 생활을 영위할 수 있단 말인가.

어느덧 계절이 바뀌어 겨울로 접어드는지 바람은 싸늘한데 조명하는 오사카 해변의 부둣가에서 많은 상념에 젖어 있었다. 1년 2개월 간이나 오사카에 있었지만 아무런 기회도 잡지 못했지 않은가? 이대로 세월만 보내고 있을 수만은 없었다. 오사카 만灣 바로 건너편이 고베(神戶)항이었다. 저기서 배만 타면 상해도 갈 수 있고 대만도 갈 수 있고 세계 어디나 갈 수 있다. 조명하는 아무래도 상해임시정부로 가야겠다고 결심하였다.

그러나 조명하는 상해로 가기 전에라도 불현듯 기회가 오면 즉시 실행에 옮겨야 하기 때문에 미리 사진을 남길 필요가 있었다. 오사카 상공전문학교의 한국 청년 오상돈 더러 기념촬영을 하자고 했다.

"나는 조선인이다. 너도 조선인인거로 알고 있다. 맞지?"

"그렇다. 여기서는 조선인에 대한 차별대우가 심해서 서로 일본인 행세를 하지만 우리 영원한 친구가 되자. 나는 네가 보통 사람이 아니란 것을 벌써부터 알고 있었다. 너의 가슴에 웅대한 포부가 있다는 것을 알고 있으나 네가 말해주지 않으니 알 길이 없구나. 꼭 그 뜻을 이루기 바란다."

오상돈은 무척 기뻐하며 사진관에 가서 사진을 찍어주었다. 다음은 아다치 메리야스 공장의 아들 아다치 신타로(安達愼太郞)와 같이 사진을 찍자고 했다. 아다치는 조명하를 무척 좋아하였다. 아다치가 본 조명하는 눈빛이 유난히 빛나며 직감이 정확하고 사물을 꿰뚫어 보는 통찰력이 있었다. 아다치는 자기 옆방의 원탁이 놓여 있는 넓고 깨끗한 방을 조명하더러 숙소로 쓰라고 하였다. 사진사를 집에까지 불러와서 자기 어린 동생과 함께 세 사람이 찍었다. 아다치는 자기만 양복을 입고 찍기가 미안했던지 자기 외투를 빌려주고 거기에 긴 일본도를 빌려주며 멋지게 폼을 잡으라고 지시까지 해주었다.

"아키가와! 기념촬영을 다 하자니 웬일이야. 나야 좋지만."

"아다치! 너에게는 진즉 얘기하려 했으나 기회가 없어서 못 했는데, 나는 곧 오사카를 떠나야 해. 고향에 계신 노모가 병환이시거든."

"그것참 안 됐구나. 너는 너무나 좋은 친구였는데…."

조명하는 이렇게 운을 떼어놓고 먼저 짬을 내어 고베항으로 가서 선박 편을 알아보았다. 대만으로 가는 배는 내일도 있고 일주일 후에도 있으나 상해로 가는 배는 한 달 후에나 있을 뿐만 아니라 출국심사가 여간 까다로운 게 아니었다. 조명하는 일단 대만으로 갔다가 상해로 가기로 결심하였다. 대만은 일본과 마찬가지이기 때문에 심사가 느슨했다. 대만에서 상해로 가는 것은 또 쉬울 수밖에 없는 것이, 대만은 동시에 중국 땅이기도 하기 때문이었다. 일본은 우리나라를 놓고 벌인 청일전쟁에서 승리한 대가로 한국을 좌지우지하고 중국으로부터 대만까지 할양받았던 것이다.

조명하는 숙소로 돌아와서 두 장의 편지를 썼고 두 장의 편지에 각각 두 장의 사진을 동봉하였다. 한 장은 아버님께 올리는 유서 같은 편지였고, 또 한 장은 상해임시 정부의 김구 선생에게 보내는 편지였다. 이 사진이 자기가 이생에 존재한 가장 최근 사진이 될 수 있다고 생각했다.

그때 김구 선생은 임시정부 국무령에 취임하여 이동녕, 안창호, 조소앙 등과 함께 한국독립당을 조직하고 민족진영의 단합을 꾀하고 있던 때였다. 임시정부가 별다른 성과도 없이 세월만 가고 있음을 안타까워하며, 힘의 결집이 너무나 어려우므로 이제는 먼저 일본요인암살을 목적으로 한인애국단을 조직하려 하던 참이었다.

존경하는 김구 선생님.

저는 평소에 선생님을 오랫동안 흠모해 왔습니다. 이렇게 선생님께 글월을 올리게 된 것을 한없는 영광으로 생각합니다. 불철주야 조국의 독립을 위하여 노심초사하시는 선생님에게 최고의 경의를 표하는 바입니다. 꼭 우리나라가 독립될 수 있도록 분투에 분투를 거듭하여 주시기 열 번 백 번 간곡히 부탁드립니다.

저는 황해도 송화군 하리면 장천리 310번지에 사는 23세의 조명하라고 합니다. 고향에서는 풍천보통학교와 송화보통학교를 졸업하고, 신천군청의 서기로 근무하다가 한목숨 나라에 바칠 각오로 적진 일본에 들어와 있습니다. 지금은 오사카의 아다치 메리야스 공장에서 일하면서 오사카 상공전문학교 야간부에서 수학하고 있습니다. 저는 이곳에서 조선을 침략한 원흉과 마주치기를 학수고대하고 있습니다. 기회가 오면 언제든지 단독거사를 하겠습니다. 한편으로는 기회를 기다리며 한편으로는 상해 대한민국 임시정부를 향해서 가겠습니다.

고베항에서 사정을 알아보았더니, 대만으로 가는 선박편은 횟수가 잦으며 심사도 느슨하나 상해로 가는 선박 편은 많지 않고 심사가 무척 까다롭습니다. 일단 대만으로 갔다가, 그때까지 별일 없으면 상해로 가서 선생님의 수하에서 일하는 것이 제 소원입니다. 그러나 지금이나 대만에서나 언제라도 원수의 거괴를 만나면 즉시 처단하고 저의 생을 마감하겠습니다. 그렇게 되면 선생님의 얼굴을 뵈올 수 없을 뿐만 아니라, 거사자의 이름이 신문지상에 나도 누구인 줄 모르실까 봐 미리 저의 신원을 알리고 사진을 동봉합니다. 두 장의 사진 모두 서 있는 쪽이 저 조명하입니다.

선생님, 뵈올 날까지 안녕히 계십시오.

소화 2년 정묘 11월

조 명 하 올림

추신 : 참고로, 제가 임시로 사용하고 있는 일본 명은 아키가와 도미오(明河豊雄)입니다.

김구 선생은 조명하의 편지를 읽고 만면에 미소를 띠

었다. 우리 고향에 이런 쾌남아가 있었다니. 내가 계획하고 있는 일을 나보다 한 발짝 먼저 실천에 옮기고 있지 않은가. 어서 와서 나하고 같이 일을 하자 하며 김구 선생은 편지를 고이 접어 다시 편지봉투에 넣었다. 그 편지는 임정요원들이 나누어가며 열독하였고 마지막으로 조소앙에게로 넘어갔다. 조소앙은 후세에 남기기 위하여 우리의 독립운동사와 애국열사전을 꼼꼼히 정리하고 있는 중이었다.

조명하는 간단한 짐을 챙겨 고베항에 도착하였다. 아키가와 도미오(明河豊雄)란 이름으로 선표를 구입하여 대만행 기선에 몸을 실었다.

배는 대만의 북부 지룽(基隆)항에 도착하였다. 조명하는 먼저 지룽항에서 가까운 수도 타이뻬이(台北)로 들어왔다. 타이뻬이 중심부로 들어서니 거대한 붉은 벽돌집의 대만총독부가 위압적으로 내려다보고 있었다. 총독부 앞 광장을 가로질러 타이뻬이 역까지 걸어보았다.

대만총독부는 한국에서 3·1독립운동이 벌어지던 1919년에 완공되었다. 조선 총독부보다 8년이나 먼저 완성된 것이다. 건축양식은 르네상스식의 일종인 안네 왕

비(Queen Anne)식으로 건조되었다. 조명하는 꼭 타이뻬이 시를 보고 대만총독부를 보아야 할 이유가 있었다. 당시 대만총독이 가미야마 미쓰노신(上山滿之進)이란 정보를 미리 알고 왔기 때문이다. 기회가 온다면 자기 손으로 그자를 처단하려고 마음먹고 있었다.

일본은 대만을 점령한 첫 5년 동안에 3천여 명을 사형에 처하여 저항할 씨를 완전히 말려버리고 말았던 것이다. 일반 무지한 대다수의 대만인은 오히려 무능한 청국 세력을 몰아내고 문화통치를 해준데 대하여 무척 감사해하고 있었다. 일본의 입장에서도 복종 잘하는 대만인을 조선처럼 폭력적으로 대할 필요가 없었다. 때문에 역대 조선총독이 거의 전부가 포악한 일본육사 출신인데 반하여 대만은 거의 전부가 해군 또는 유순한 일반문인 출신이었다. 대만은 우리의 항일정신과는 판이하게 다르다. 그들은 스스로 정권을 수립해 본 적이 없기 때문에 통치만 잘해주면 그 통치자가 누구이든 크게 상관하지 않는 경향이 있었다. 의식 있는 애국지사를 제외한 거개의 대만인들은 전의 통치자 스페인, 네덜란드나 청국보다 오히려 일본이 훨씬 낫다고 생각하고 있었다. 일제의 입장에서는 대만이 최초의 해외 식민지였기 때문에 가장 모범적으로 통치하겠다는 각오가 있었다. 당시 총리대신이었던 이토 히로부미는 "대만의 통치에 실패하면 히노마루 깃발의 빛은 실추된다"고 까지 말할 정도로 중시하였다.

조선총독부는 조명하가 조국을 떠나던 그해(1927)에 완공되었다. 경복궁의 정문인 광화문을 헐어버리고 일본제국주의를 상징하는 조선총독부 건물을 공룡처럼 지어놓았다. 영국의 인도 총독부를 본떠서 지은 것이다. 초기 설계자는 일본에서 활동한 독일인 건축가 게오르그 데라란데(Georg de Lalande)였다. 그러나 라란데가 중간에 사망하자, 그 뒤는 일본인 건축가인 노무라 이치로(野村一郎)가 청사 설계를 완성하였다. 대만이 붉은 벽돌집인데 반하여 조선은 흰 대리석 건물이었다. 대리석은 주로 평안남도와 황해도, 함경도, 경기도 등에서 생산된 것이었다. 위압적으로 겁을 주기 위하여 중앙부에 일본 본국에도 없는 거대한 돔(Dome)을 올려놓은 르네상스 건축양식을 취하였고, 위에서 보면 일본을 상징하는 '날 일日'자가 선명하게 드러난다.

조명하는 거주지를 타이중(台中)으로 옮기기로 하였다. 타이중은 대만의 중간지역이고 기후가 가장 좋은 지역이며 일본군 주요 부대가 주둔해 있다는 정보를 미리 입수하고 있었다. 그렇다면 반드시 타이중에 거물급 원흉이 올 것은 정한 이치였다. 동경에서 경험했듯이 수도 한복판에서는 오히려 거사가 용이하지 않음을 알고 있었다.

타이뻬이 역에서 기차를 타고 타이중에 도착하였으나 갈 곳이 없어서 5일 동안이나 무료숙박소에서 기식하였다. 마침 그곳 직업소개소의 알선으로 룽띵(榮町)에 있는 푸꾸이웬(富貴園)이라는 차포茶鋪의 기사로 고용되었다. 주인은 일본인 이케다 마사히데(池田正秀)란 자인데, 그는 빼딱하게 조명하의 위아래를 훑어보더니 턱으로 말하였다.

"너는 어떻게 대만까지 오게 되었느냐?"

"네, 가정이 가난하여 돈 벌러 왔습니다."

"고향은 어디이고 아버지는 뭐 하는 사람이냐?"

"네, 미야기 현(宮城縣) 센다이 시(仙台市) 이케노마치(池町)의 평민입니다. 아버지는 아키가와 테쓰지로(明河

鐵次郞)라고 하며 저는 장남입니다."

"음, 똑똑하게 생겼구나. 열심히만 일하면 잘해줄 테니 착실히 일하여라."

조명하의 유창한 일어와 자신만만한 태도를 보고 이케다는 추호도 의심하지 않고 신뢰하여 주었다. 월 10원의 보수를 받기로 하고 차 배달도 하고 차포가 경영하는 차엽茶葉 농장에서 일을 하기도 하였다.

대만에 머무르는 6개월 동안도 조명하는 한 달에 한 번 정도 집에 편지를 띄우고 가끔 고익균 선생님과 여중구에게도 편지를 띄웠지만 끝에는 언제나 읽고 즉시 소각하라는 당부를 잊지 않았다.

조명하는 언제나 아침 일찍 차 배달을 하고 나머지는 농장에서 일을 하였다. 그런데 푸꾸이웬 골목 안에 사는 대만인 장텐띠(張天弟)란 자와 항상 마주치기 때문에 서로 눈인사를 하고 지내는 사이였다. 소문에는 그가 젊었을 때는 암흑가에서 한가락 하던 사내였으며 검술에 능하고 또 보검의 단도를 가지고 있다고 하였다. 어느 날 장텐띠와 마주치자 조병하가 말을 걸었다.

"안녕하세요."

"응, 너는 여기 차포에서 일하는 사람 아니냐?"

"네, 그런데 한 가지 물어볼 말씀이 있는데요."

"뭔데?"

"듣건대 아저씨가 보검을 가지고 있다고 하던데 사실입니까?"

"너는 그것을 어디서 들었느냐. 왜? 보검을 살 의사라도 있느냐?"

"살 의사가 있습니다. 단 하나의 조건이 있습니다."

"조건이란 것이 무엇이냐?"

"아저씨의 검법을 저에게 전수해 주십시오."

"이놈 봐라. 보통 놈은 아니구나. 좋다. 검법을 하는 사람은 그 목적을 묻지 않는 법, 내 너에게 가르쳐 주마."

장텐띠는 암흑가의 사내답게 흔쾌한 면이 있었다. 조명하는 일부러 장텐띠에게 흡족할 만한 가격을 지불하였다. 그리고는 일이 끝나고 어둠이 깔리면 차엽 농장의 뒷산 숲속에서 장텐띠로부터 열심히 검법을 익혔다. 기본 찌르기, 베기, 던지기며 칼부림이 났을 때 전신 사용하기, 아랫도리 걷어차기 등 직접 필요한 것만 한없이 반복해서 연습하였다. 장텐띠는,

"싸움의 요결은 선제공격이다. 선제공격하는 사람은 일단 열 배는 더 유리한 위치에 놓이게 된다. 반드시 목이나 가슴을 찌르되 배를 찌를 때는 등까지 맞구멍이 나야만 확실한 결과가 나온다."

장텐띠는 조명하의 의도를 알기라도 하는 양 일부러 묻지 않았는데도 아주 실용적인 것을 가르쳐 주었다. 조명하는 거기에 다른 한 가지를 더 첨가하기로 하였다. 만약 단도로 공격하다 실패했을 때를 대비해서 단도에 독극물을 발라둬야겠다는 생각이 든 것이다. 독극물 제조는 조명하가 전에 당숙한테 한의학을 전수 받을 때 익혀둔 실력이었다. 조명하는 보검을 숫돌에 날카롭게 갈고 독극물을 발라 감춰두었다. 저녁에 연습은 다른 칼을 사용하였다.

4

이때 대만에 주둔하고 있는 일본군을 검열하기 위하여 현 일본의 쇼와 텐노 히로히토(裕仁)의 장인이며 황족이고, 당시 육군대장인 구니노미야 구니요시(久邇宮邦彦)

왕이 특별검열사로 온다는 내용이 신문에 보도되었다. 조명하는 가슴이 뛰었다. 이런 거물은 동경에서 잠복하여도 또는 중국에 가서도 만나기 어려운 일이었다. 대만이기 때문에 만날 수 있는 천재일우의 기회였다. 반드시 이 기회를 놓치지 않으리라고 굳게 다짐하였다.

왜인들은 오만불손하게도 자기들의 맨 위에 텐노가 있고 그 밑에 여러 명의 왕王이 있었다. 텐노의 적장자를 황태자라고 하고 기타 황족의 남자에게 왕 또는 친왕이라는 작위를 주었다. 우리의 순종 황제를 이왕李王이라 하고 고종황제를 이태왕李太王이라 낮춰 부른 것도 텐노 밑의 다른 왕들과 급을 같이 하기 위한 것이었다.

당시 다나카 기이치(田中義一) 내각은 소위 '동방회의'란 걸 열어 대륙침략에 단말마적 발악을 하고 있었다. 특히 1928년 산동침략의 전진기지가 바로 대만이었기 때문에 대만에서 산동반도로 출발하는 일본군을 격려하기 위해서는 최고위층의 사열이 필요했다. 중국혁명을 억제하고 만주와 화북 일대를 장악하기 위해서 산동성 제남濟南에 1차, 2차, 3차에 걸쳐 군대를 파견하고 있었다. 그들은 제남에 있는 일본인을 보호한다는 명목으로 북벌 중이던 중국혁명군을 억압하고 다량의 중국인을 학살하는 '5·3 제남사건'을 일으켰던 것이다. 일본이 산동에 군대를 파견한 최종적인 목적은 만주와 화북지방을 중국에서 떼어 내서 저들의 식민지로 만들려는데 있었고, 그렇게 되면 만주벌판을 활동무대로 삼고 있던 우리 독립군들에게 결정적인 타격이 올 수밖에 없었다. 또한 중국을 유혹하여 체결한 간도조약에 근거하여 건설 중이던 길회선(만주 연길에서 우리 함경도 회령을 잇는 철도)이 가속도가 붙을 수밖에 없었다.

이런 엄중한 시기에 즈음하여 선발된 인물이 구니노미야 왕이었던 것이다. 그는 스코 텐노(崇光天皇)의 5대손으로, 황족이자 당시 텐노의 삼촌이 되고 장인이 되는 사람이었다. 그는 교토에서 구니노미야 아사히코 친왕의 셋째 아들로 태어났다. 일본 육군사관학교를 졸업하고, 육군대학교를 졸업하고, 러·일전쟁에 참가하며 승승장구하여 사단장을 거쳐 육군대장에까지 오르며, 육군대장의 신분으로 독일 유학까지 다녀와 군사참의관까지 역임한 정계의 거물이기도 하였다. 그런 구니노미야의 첫째 딸 나가코가 히로히토 텐노의 아내인 것이다.

대만에 도착한 구니노미야는 먼저 타이뻬이에서 군검열을 마치고, 이어서 타이난(台南)으로 내려가서 군검열을 하고, 타이난에서 가까운 남부의 까오슝(高雄)과 핑뚱(屛東) 그리고 쟈이(嘉義)의 군부대까지 검열을 마치고 5월 12일에는 타이중에 도착하였다. 13일에는 대만 일군의 중추인 제3대대의 검열을 마치고 타이중시 지사관사에서 하룻밤을 묵고 이튿날(14일) 오전에 지사관사를 출발하여 자동차 편으로 타이중역으로 가서 기차 편으로 타이뻬이로 떠난다는 결정적인 정보를 입수하였다. 조명하는 그가 지나갈 지사관사에서 타이중 역까지의 길을 몇 번이고 답사하였다. 벌써 하루 전인데도 경계가 삼엄하였다. 조명하는 사전답사를 하다가 어느 지점에서 발길을 멈추었다. 바로 이곳이다. 자동차가 커브를 트는 이 지점에서는 서행할 수밖에 없을 것이다. 여기서 결판을 내야 한다.

13일 저녁, 조병하는 마지막으로 차엽농장의 뒷산으로 올라가 단도로 찌르기, 던지기, 발로 걷어차기를 몇 번이고 반복 연습하였다. 고이 숨겨둔 단도를 꺼내 방으로 가져왔다. 밤에는 한숨도 잘 수가 없었다. 잠깐 동안이지만 딴생각이 머리를 점령하였다. 차라리 이번 거사는 포기하고 상해임시정부에 가서 우수한 무기를 지원받아 새로운 인물을 물색할까도 생각해 보았다. 그러나 금방 머리를 세차게 저었다. 아니다. 상해임시정부도 겨우 피난살이로 쫓겨 다니는 신세에 무슨 무기가 있을리 없으며, 설사 지원을 받는다 하더라도 이 같은 거물을 다시 만나리라는 아무런 보장이 없지 않은가? 조명하는 마음을 정리하여 내일 죽기로 굳게 다짐하고 청수 한 그릇을 떠 놓고 꿇어앉아 오랫동안 기도하였다.

"하늘이시어! 조국의 원수를 내 손으로 처단하게 하여 주소서. 억압받는 조선인과 대만인이 좋아 환호하게 하여 주소서. 왜인이 감히 다시는 우리를 능욕하지 못하게 하여주소서."

뜬눈으로 밤을 새운 조명하는 14일에는 아침 일찍이 보통 때와 마찬가지로 차 배달을 마치고 보검을 가슴 깊이 간직하고 점포를 출발하였다. 구니노미야가 지나갈 타이중의 따정띵(大正町) 도서관 앞 길모퉁이의 군중 속에 몸을 숨겼다. 연도에는 경비병과 손에 일장기를 든 일인과 강제동원한 대만인 환영객들로 입추의 여지 없이 붐비고 있었다.

구니노미야는 아침 9시 50분에 무개차를 타고 타이중 지사관사를 출발하였다. 삼엄한 왜경의 호위와 헌병기마대의 선도행렬에 뒤이어 구니노미야는 오누마(大沼) 무관장(武官長)과 히에시마(比江島) 무관과 함께 선두 차에 몸을 실었다. 그 뒤에는 다나카(田中) 군사령관, 마쓰키(松木) 중장 등 수행원들이 탄 8대의 차량이 뒤따랐고, 열외로 타이중 사토(佐藤) 주지사, 총독부 모토야마(本山) 경무국장 등이 분승한 5대의 승용차가 길게 뒤따르고 있었다. 9시 55분 구니노미야가 탄 무개차가 도서관 앞에 이르렀다. 조병하는 눈을 뜬 채로 잠깐 기도를 드렸다. "하늘이시어, 꼭 제 손으로 조국의 원수를 갚게 해 주소서!" 그리고는 눈을 치켜뜬 순간 무개차는 벌써 도서관 앞 커브 길에서 왼쪽으로 핸들을 꺾으면서 잠시 속력이 늦추어지고 있었다.

순간, 조명하는 연도의 인파를 헤치고 차도로 번개처럼 뛰어나갔다. 동시에 구니노미야의 무개차로 단숨에 튀어 올라 단도로 목을 향해 힘껏 질렀다. 그런데 이를 어찌하랴! 혼비백산한 구니노미야는 순간적으로 여우처럼 몸을 피하였고, 칼은 구니노미야의 왼쪽 목줄기와 어깨에 찰과상만 내고 지나갔다. 동승한 오누마 무관장과 히에시마 무관이 조명하에게 덤벼들어 육박전이 벌어졌고 구니노니야까지 합세하였다.

운전사는 비상사태를 감지하고 전속력으로 차를 몰았고 조명하는 세 명이 밀어내는 힘에 의하여 차 밑으로 굴러떨어졌다. 조명하는 다시 번개처럼 일어나서 전속력으로 무개차를 따라잡으며 단도를 던졌다. 단도는 정통으로 구니노미야를 향해 날아갔으나 다시 교활하게 몸을 피하는 바람에 운전사의 왼쪽 등을 스치고 날아가고 말았다. 이제 다시 추적할 수 없음을 깨달은 조명하는 장승처럼 그 자리에 우뚝 섰다. 긴 차의 행렬은 질주하듯이 모두 달아나고 조명하 곁에는 구름처럼 군중이 에워쌌다.

“여러분! 놀라지 마십시오. 나는 대한제국인 조명하라고 하는 사람입니다. 나는 조국 대한을 위하여 복수하려는 것입니다. 일본제국주의는 우리가 힘을 합하여 반드시 무너뜨려야 합니다. 우리는 할 수 있습니다. 그들은 반드시 망하게 되어 있습니다. 여러분 힘을 내십시오. 대한독립 만세! 대한독…”

이때 번개처럼 몰려든 왜병과 왜경에 의하여 입이 틀어 막혔다. 이국의 하늘 아래서 대한의 젊은이가 목이 터져라 소리를 지르고 있어도 대부분의 대만인은 무슨 뜻인 줄을 몰라 어리둥절하고 있었다. 조명하를 직접 체포하여 연행한 자는 대만인 왜경 정여우띠(鄭有弟), 차이푸싼(蔡福三) 그리고 타이중 여자중학교 일인 훈도 우치다 켕키치(內田賢吉)였다. 조명하는 수십 명의 왜경과 왜병에게 둘러싸여 현장의 도로에서 포승줄에 두 손이 묶여 타이중 경찰서로 압송되었다. 압송되어 가는 도중에도 조명하는 사자가 포효하듯 "하하하 하하…" 너털웃음을 웃어댔고 그러면 또 왜경이 우르르 달려들어 입을 틀어막았다.

조명하는 경찰서 바닥에 꿇어 앉혀졌는데 입이 마르니 물을 좀 달라고 하였다. 그때 조명하는 무척 괴로워하며 구토를 하고 있었다. 보고를 받은 형사과장 다키쟈와(瀧澤)는 자살할지 모르니 절대 물을 주지 말라 하고 즉시 일인 의사 미야시마(宮島)를 불러 진찰하라 하였다. 미야시마는 조명하가 벌써 다량의 자살약을 복용하였다는 것을 판명해 냈다. 조명하는 그때 0.5그램 정도의 모두히네(모르핀)를 복용하여 벌써 약이 상당히 몸에 퍼져 있었다. 그런 분량이라면 50인분의 주사 분량에 해당하였다. 조명하는 아침에 차 배달을 마치고 집을 출발할 때 미리 약 1시간 후에 절명할 양의 모두히네를 복용했던 것이다. 그러나 1시간이 경과했는데도 아직 절명하지 않자 약이 전신에 빨리 퍼지게 하기 위해서 물을 달라고 했던 것이다.

모두히네는 대만에서도 아주 구하기 쉬웠다. 조선총독부는 조선에서 모두히네 사용을 권장하고 있는 격이었다. 그들은 우리의 국토를 강점한 이후 조선을 양귀비 생산지로 개발했다. 조선총독부는 조선산 아편을 전매하여 직할 공장에서 모두히네로 가공했다. 양귀비 보호를 위해서 아편연 흡연을 막았고, 모두히네 판매를 위해서 모두히네 사용을 묵인 권장하였다. 모두히네는 아편을 정제한 물질이었다. 아편연에 비해 값도 싸고 사용하기도 간편했다. 효능과 해악에는 차이가 없었지만, 조선총독부는 아편과는 달리 모두히네에 관한 한 한없이 너그러웠다. 아편 밀매업자가 징역 6개월 이상 7년 이하의 중형에 처해졌음에 반해, 모두히네 밀매업자는 구류 며칠이

나 백 원 남짓한 벌금형에 처해졌다. 모두히네 밀매업자들은 일주일에 한 번씩 잡혀가 백 원씩 벌금을 물고 나와도 수지타산을 맞출 수 있었다. 조선총독부의 해괴한 아편 정책 덕분에 아편 흡입 풍속이 없던 조선에 모두히네 중독자가 급속히 증가하여 수많은 '자신귀'(刺身鬼 · 모두히네 중독자)들이 거리를 헤맸다. 서민들은 감기에 걸리거나 배탈이 나면 병원 대신 모두히네 밀매업자가 운영하는 '주사옥'(注射屋 · 아편굴)을 찾기 일쑤였다. 서울 시내에만 수백 곳의 '주사옥'이 암암리에 성업하였다. 대만에서의 모두히네 정책은 조선보다 먼저 시작했기 때문에 오히려 조선보다도 더 보편화되어 있었다.

타이중 경찰서는 조명하가 절명해 버릴까 봐 비상이 걸렸다. 가미야마 대만총독은 다나카 군사령관, 사토 주지사에게 불호령을 내려 절대 자살하지 못하게 하라고 엄명을 내렸다. 조명하는 4일간이나 의식이 없는 상태에서 강제로 구토를 당하고 세장洗腸을 당하여 겨우 깨어났다.

의식이 깨어나자 조명하는 허리를 펴고 꼿꼿이 앉았다. 조명하는 자신이 모두히네를 복용한 것을 후회하였다. 내가 왜 그런 약한 마음을 먹었던가 할 말을 다 하고 죽어야지. 그 뒤로 타이중 경찰서에서 심문을 받을 때도, 검찰에서 심문을 받을 때도 조명하는 조금도 자세를 흩트리지 않고 당당하게 반박하였다. 죄수번호 152번을 부착한 조명하의 태산 같은 위엄을 보고 왜인들은 모두 모골이 송연하였다.

그동안에 대만의 가미야마 총독은 조선총독 야마나시 한조(山梨返照)의 협조를 받아 대만총독부의 고바야시 미쓰마사(小林光政) 보안과장과 경부警部 2인을 조선에 급파하였다. 그들은 송화경찰서와 하리면 주재소 형사대와 협동으로 조명하의 집안을 뒤지고 연고자를 심문하기 시작하였다. 그러나 아무리 심문하고 수색하여도 결국 아무런 단서도 찾아내지 못하였다. 조선에서는 조명하의 부탁대로 편지를 보고 즉시즉시 소각하여 버렸고 단서가 될 만한 것은 굳게 입을 닫았기 때문이다.

대만 내에서도 애먼 교포들을 체포, 구금, 심문하여 조명하와의 관계를 추궁하였다. 당시 대만에는 약 3천여 명의 교포가 거주하고 있었고 '상애회相愛會'라는 상조회 조직을 가지고 있었다. 하도 시달리다 울분을 참지 못한 상애회 청년회원들은 화렌(花蓮)에 있는 일본신사를 급습하여 파괴해 버리기도 하였다.

조명하에 대하여 두 달에 걸친 예심이 끝나고 7월 7일 오전 8시 30분에 대만고등법원 상고부 특별공판정에서 소위 말하는 '황족위해죄와 불경사건'으로 특별 공판에 회부되었다. 이와마쓰(岩松) 검찰관, 가네코(金子) 재판장을 위시하여 야마다(山田), 반노(伴野), 아네하(姉齒), 사누이(贊井) 등 네 명의 판사가 배석하고, 대만변호사협회의 아보(安保), 가네코(金子) 등 두 관선변호사가 변호를 맡는 형식을 취하였다. 물론 일반인의 방청은 금지되었고 자기들의 소위 고위층 인사라는 고토(後藤) 고등법원장, 이타오(板尾) 분대장, 구보(久保) 박사, 시토키(志豆機) 형무소장 그리고 법원판관과 몇 명의 신문기자들만이 방청과 참석이 허용되었다. 이 법정은 처음부터 짜인 대로 진행되었다. 자기네 형법 제75조의 '황족에 대하여 위해를 가한 자는 사형에 처하고 위해를 가하고자 한 자는 무기징역에 처한다'는 공식대로 진행된 공판이었다. 이와마쓰 검찰관의 구형과 아보, 가네코 변호사의 변론이란 것을 거쳐 결심을 하였다.

다시 대만고등법원 상고부 특별공판정에서 재심이란 작희를 거쳐 전격적으로 사형 언도를 내렸다. 조명하는 두 손목이 묶인 채 10월 10일 오전 10시 정각에 감방을 나와 사형장으로 향했다. 형장에 도착하자 시토키 형무소장으로부터 사형집행 선언이 내려지고 이와마쓰 검찰관이 마지막으로 할 말이 있으면 하라고 명하였다.

"네 이놈! 누가 누구에게 명령을 하느냐? 네놈들은 나의 원수일 따름이다. 나는 대한의 원수를 갚았다. 다른 할 말은 없다. 나는 이 죽음의 순간을 오래전부터 각오하고 있었다. 다만 조국의 광복을 못 본채 죽는 것이 한스러울 뿐이고, 원수 구니노미야의 숨통을 완전히 끊어버리지 못한 것이 철천지한이로다. 나는 저세상에 가서도 조국의 독립운동을 계속할 것이다. 대한독립 만세! 대한독립 만세! 대한독립 만세!"

이어서 조명하는 조용히 합장하고 형을 받았다. 그 시간은 1928년 10월 10일 오전 10시 12분이었다. 24세의 꽃다운 청춘으로 나라를 위해 장렬히 생을 마감한 것이다.

그런데, 그런데…. 하늘은 결코 무심하지 않았다. 하늘은 우리 민족의 손을 들어 주신 것이다.

구니노미야가 입은 찰과상은 단순한 찰과상이 아니었다. 조명하 의사가 비수에 바르고 간 독극물이 묻은 칼에 맞은 상처였기 때문에 그 독은 전신에 스며들고 있었던 것이다. 조명하로부터 자격刺擊을 받은(5·14) 구니노미야는 현장에서 살해되지는 않았지만 부상의 여독으로 신음하다가 조명하가 순국한지 3개월 후, 습격을 받은 지 8개월 후인 다음 해 1월 27일에 드디어 숨이 끊어졌다. 독이 온몸에 퍼지고 있는데도 이를 모르는 의사들은 엉뚱한 치료만 하다가 소생의 기회를 놓치고 만 것이다. 구니노미야의 사인은 복막염腹膜炎이라는 판명이 나왔다. 그가 죽은 후에야 전문의들에 의해 독극물 사망은 십중팔구가 복막염이라는 것을 알아냈고 그 원인은 조명하가 찌른 목줄기의 칼자국이란 것을 알아냈다. 상해임시정부에서도 동경 조일신문과 동아일보의 기사를 보고 그 조명하가 바로 그 조명하라는 것을 알아보고 모두 환호를 하였다. 한국에서 조명하의 유골과 유물을 받아 본 부친 조용우는 가족들 앞에서 의연히 말하였다.

"대장부가 할 일을 하고 돌아왔구나. 장한 내 아들아. 너의 이름은 영원히 조선인의 가슴에 남아 있을 것이다.

너는 영원한 조선인의 귀감이 되었다. 내 기어코 생전에 일본 놈이 망하는 꼴을 보고 죽을 것이다." 조명하의 부친은 과연 해방 후 3개월 만에 작고하셨다.

조명하의 의거 소식이 전해지자 죄 없이 대륙으로 끌려가던 대만의 어린 일본 병사들은 사기가 저하되어 갑자기 탈영자가 속출하였다. 일본 국내에서도 육군의 끝없는 침략정책에 회오의 기운이 만연하게 되었다.

대만총독 가미야마가 파면당함은 물론 총독부의 국장급 이상은 모조리 파면이나 경질되었다. 오누마 무관장, 다나카 군사령관, 마쓰키 중장, 사토 주지사 등도 모조리 제복을 벗어야 했다.

반일사상이 약한 대만인은 대오각성하였다. 자기들은 감히 엄두도 못 내는 일을 조선인이 해주었다며 조선인이라면 경외심을 가지고 우러러보기 시작하였다.

금강초롱

여대의 강의실은 한가했다. 한두 명 늦게 온 학생이 급히 복도를 걸어오더니 이내 문을 열고 들어와 자리를 찾아 착석한다. 최 교수는 가붓한 마음으로 학생들을 얼추 둘러보고 시험지를 돌린다. 열아홉 신내기들은 가벼운 긴장감을 띠면서도 그 예쁜 얼굴을 들어 교수에게 눈인사를 보낸다. 말하지 않아도 시험 때면 으레 한 줄 띄어 줄지어 앉은 학생들은 담담히 받은 시험지를 뒷사람에게 넘기고 자기의 성명, 학번을 기입하기 시작한다. 최 교수는 학생들이 첫 문제를 쓰기 시작할 즈음에 서서히 걸어 맨 뒤쪽으로 갔다. 학생들은 감독관이 뒤쪽에 서 있으면 잘 보이지 않기 때문에 남의 시험지를 넘볼 엄두를 내지 못한다. 그런데 최 교수는 오히려 학생들이 남의 시험지도 좀 보고 더 와일드하고 대담했으면 하는 아쉬움이 항상 있었다. 원, 이렇게 착하고 예쁘기만 해서 어디에 쓸까 안타까울 지경이었다.

최 교수는 처음부터 한 학생을 옆 눈으로 줄곧 주시하고 있다. 학생들은 설마 교수가 따로 관심을 가진 학생이 있을지 꿈에도 생각지 못한 눈치이다. 신소영! 왼쪽 줄 맨 끝에서 두 번째 책상에 앉은 소영이는 최 교수가 바로 자기 뒤로 오는 것을 알면서도, 부드러운 얼굴로 지금 알고 있다는 표시를 옆얼굴로 알렸을 뿐 태연히 답안지를 메꾸어 나간다. 소영이의 흰 운동화에는 장난스러운 파란 털실방울이 달렸고 육체의 굴곡을 충분히 감지할 수 있는 경쾌한 캐주얼 원피스 차림을 하고 있다. 최 교수는 소영을 훔쳐보는 것만으로도 불끈 성욕이 발동하였다. 어제저녁 소영이와의 성희를 생각하며 조용히 몸을 보이지 않게 비꼬았다.

소영이와 친해지게 된 동기는 작년 신학기가 시작되고 두어 달 지난 어느 날부터이다. 그날 최 교수의 연구실을 가볍게 두들기는 노크 소리가 났고, 최 교수가 "네!"

하자, 이내 문이 열리며 한 학생이 수줍은 미소를 지으며 들어온다.

"교수님, 들어가도 돼요?"

"그럼! 어서 와요."

이때 들어온 학생이 소영이었다. 약간 큰 키에 아담한 몸매의 미인 타입의 여학생이었다. 물에서 갓 건져낸 생선처럼 팔팔한 신성기가 풍겼다. 교실에서 본 적이 있지만 단둘이 이야기를 나눠 본 것은 이번이 처음이다. 소영이는 눈썹이 약간 위로 뻗고 얼굴이 백옥같이 아름답고 작은 입술이 붉으시래했으며 처음으로 파마를 했는지 긴 머리카락이 보기 좋게 물결치고 있었다. 최 교수는 자기의 신분과 나이도 잊어버리고 이성으로서 가슴이 찡하고 울려왔다. 그러나 그런 내색을 추호라도 해서는 안 되기 때문에 교수 본연의 가식을 드러내며 무슨 상담할 건이라도 있느냐고 하였다. 소영이는 상담할 건이 전혀 없는 건 아니지만 그보다도 난생처음으로 대학교수님과 단둘이 대화를 나누고 싶었다고 했다.

S여대는 일류대학은 아니고 그렇다고 삼류대학도 아닌 반중간 가는 대학이기 때문에 지방 학생들이 드물다.

지방에서 서울로 유학 오려면 일류대학으로 가든지 아니면 지방에도 그런 정도의 대학은 있기 때문에 서울까지 오지 않는다. 그런데도 소영이는 안동에서 기어코 서울을 고집하고 상경한 학생이다. 그래도 꼭 서울물을 먹고 싶었단다. 긴 두 다리를 가지런히 약간 눕히고 단정히 앉아 얘기하고 미소를 띨 때는 볼에 천연의 보조개가 스치는 것이 말 그대로 한 떨기 꽃이었다. 최 교수가 너무나 친절히 잘 대해준 덕분에 소영이는 그 뒤로도 심심찮게 연구실을 들렀다. 지방 학생이기 때문에 서울에 친구가 별로 없다는 것도 큰 작용을 하고 있었다.

어느 날, 소영이는 아르바이트하던 회사에서 남자직원들이 상당히 야한 농담을 하더라고 했다. 남자친구가 있느냐 경험이 있느냐는 둥 하며 눈에 띄게 수작을 거는 사원도 있다고 했다. 학과로 아르바이트 의뢰가 온 것을 최 교수는 가장 좋은 자리로 소영이를 소개했던 것이다. 소영이는 한 수 더 떠서 남자직원들에게,

"염려하지 마세요. 오늘 아마 무슨 사건이 벌어질 거예요."

했더니 여러 명의 남자가 "와!" 하며 환성을 올렸다는 것

이다. 이 말을 듣자 최 교수는 뭉클 남성이 발동하여 자기도 유혹을 해보고 싶은 충동을 느꼈다.

“소영이! 내가 유혹을 하면 한번 넘어와 보겠어?”

“그럼요. 저야 더 좋지요.”

여기까지는 소영이도 최 교수도 농담 반 진담 반이었다.

그러나 최 교수가,

“사흘 후면 중간고사지 않아. 내가 시험문제를 가르쳐 줘 버릴까?”

“그래요 교수님. 저한테만 가르쳐 주면 아무도 모르지 않아요.”

이렇게 해서 우이동 G호텔에서 만났고 밤늦게까지 몇 차례나 유희를 나누고 최 교수는 가정으로 돌아와서 잠을 자고 소영이는 그대로 호텔에서 잠을 잤다.

다음 날 아침, 학교에 볼일이 있다면서 새벽같이 집을 나온 최 교수는 G호텔로 급히 발걸음을 옮겼다. 다시 뜨거운 해후를 한 후 룸에서 조식을 하고 호텔 뒷산을 산책하였다. 초여름의 싱싱한 녹음이 눈부신 가운데 암석 틈에서 빠끔히 머리를 내민 초롱불 같은 청보라의 금강초롱이 손짓을 한다. 소영이는 꽃만 보고도 얼굴을 붉힌다.

금강초롱은 마치 "염려 마세요. 비밀은 지킬게요." 하는 듯 미소를 보내준다. 그때 마침 신혼부부인성싶은 한 쌍의 남녀가 올라오고 있었다. "여기도 안전한 곳은 아니구나." 하고 각자 헤어져 학교로 들어갔다.

그 뒤로 시험 때만 되면 이삼일 전에 소영이와 최 교수는 G호텔에서 만나 밀회를 하였고, 시험 때가 아닌 때도 가끔 만나 밀회를 나누었다.

그러든 어느 날, 학과 사무실로 급한 전화가 왔다. 그 과에 신소영이라는 학생이 있는 것 맞느냐고 했다.

"네, 맞습니다. 무슨 일이십니까?"

"지금 신소영 학생이 데모하다가 최루탄에 맞아 병원에 실려 갔습니다. 상당히 위급합니다."

최 교수는 정신없이 연구실을 뛰쳐나갔고, 어떻게 알았는지 벌써 조교와 과 대표가 최 교수의 뒤를 따라 함께 교문 밖으로 달려 나온다. 6월 항쟁은 절정에 달해, 시내로 들어서는데 벌써 메케한 최루가스로 눈물이 나왔다. 수십만 명의 대학생과 전투경찰은 마치 전쟁을 하듯 밀고 밀리며 뽀얀 연기 속에서 한판 승부가 벌어지고 있었다. 경찰 중 맨 앞장선 백골부대는 자기의 용감성을 과시

하려는 듯 왼손에 방패를 들고 오른손에 몽둥이를 들고 돌진하다가 물러서는 동작을 반복하고 있었다. 최루탄은 학생들을 향해 함포사격을 하듯 뽀얗게 날아갔고, 군집한 학생들의 발아래 떨어진 최루탄이 독 오른 독사처럼 빙빙 꼬리를 물고 돌다가 터지면 학생들은 혼비백산하고 흩어졌다.

병원 응급실로 들어서자 몇 명의 S여대생들이 소영이를 둘러싸고 웅성대고 서있다. 몇몇 학생은 방독용 흰 마스크를 쓰고 있고 몇몇은 마스크를 귀에 걸치기도 하고 벗기도 하고 있다. 저 여린 여대생들이 어디에 저처럼 예리한 비수를 숨기고 있었단 말인가? 곰 상을 지녀 곰이라는 별명을 가진 S여대 총학생회장이 안타까운 표정으로 최 교수를 맞이한다. 최루탄의 직격탄을 맞은 청바지의 소영이는 머리와 흰 블라우스가 피범벅이 되어 누워있었다. 최 교수는 소영이를 보자 자기도 모르는 사이에,

"아~, 신소영!"

외마디 소리를 지르며 손을 덥석 잡고 오열하였다. 소영이는 잠깐 눈을 뜨고 최 교수를 보았다. 소영이는 가장 행복한 작은 목소리로 "교수님~!" 하고 가벼운 미소가

스치다가 이내 머리를 떨군다. 여학생들의 비명소리와 함께 수많은 내외신 기자들의 플래시가 요란스럽게 터지고 있었다.

작가의 말

이 책은 나의 첫 번째 단편소설집이다. 늦게 시작한 나의 소설 창작은 먼저 장편소설 3종을 출간하고 난 후에 단편소설집이 나오게 된 셈이다.

나는 고등학교 때 특활로 독서반에 들어갔다가 어린 나이에 소설에 반한 적이 있다. 어떻게 가상공간에서 사람을 그토록 감동시킬 수 있을까 하고. 그러나 그 한때가 지나자 정해진 인생의 궤도를 따라가며 까마득하니 잊어버리고 말았다.

그런데 나는 유학을 하는 동안에 일본 외무성 외교사료관 자료를 우리나라에서 가장 많이 본 사람 중의 하나가 되었다. 그래서 아무도 모르는 역사적인 사실을 논문으로 발표해 주었으나 사회적인 반응이 너무나 적은 데

놀라지 않을 수 없었다. 이것을 스토리텔링 해주면 좋겠다는 생각을 항상 하고 있었다.

그 뒤 대학에서 중국소설을 담당하면서 소설창작에 대한 미련이 되살아났다. 그러나 역시 강의 준비다, 의무논문이다 하면서 도저히 실천에 옮길 수는 없었다. 중국 현대소설에서는 루쉰(魯迅)을 많이 연구하는데, 루쉰전집 전체를 보아도 의론문, 수필, 잡문이 대부분이고 소설은 불과 몇 편에 지나지 않는다. 소설도 장편소설은 한 편도 없고 모두 단편소설인데, 그 중 「아Q정전」이라는 중편이 한 편 있을 뿐이다. 그런데도 연구자들은 모두 루쉰의 소설만 가지고 한없이 석·박사 학위논문을 쓰고 있었다. 소설의 중요성, 인기도를 실감하지 않을 수 없었다.

나는 공직생활을 끝내고 이제부터 내가 해야 할 일을 생각해 보았다. 그러다 서슴없이 결정을 내렸다. 내가 그처럼 갈망하던 소설을 써야 한다고. 나는 이제껏 작가의 뒤만 따라다니며 그들의 창작기법이나 사상을 연구하는 데 생을 바쳤으나, 이제부터는 내가 작가가 되어 남이 나의 뒤를 따라오게 해야겠다는 생각을 한 것이다.

이번 소설집에는 일단 10편의 단편소설만 골라 실었다. 어떤 것은 나를 연상케 하는 내용도 있고, 어떤 것은 SF소설도 있으나 모두 순수창작임을 밝혀둔다. 역사물이 하나 있는데 이것은 역사소설이 대개 칠실삼허七實三虛임을 감안하여 허구 3할을 섞어 쓴 팩션이다.

작가가 되겠다는 모처럼의 나의 인생계획이 차질 없이

끝까지 가기를 소망해본다. 본 단편소설집을 흔쾌히 맡아서 출판해 주신 김성달 사장님께 감사하고, 여러 가지 측면에서 도움을 많이 주신 한국소설가협회 제위께 감사드린다.

2019년 7월

구 양 근

모리화

초판 1쇄인쇄 2019년 7월 20일
초판 1쇄발행 2019년 7월 23일

저 자 구양근

발행인 박지연
발행처 도서출판 도화
등 록 2013년 11월 19일 제2013－000124호
주 소 서울시 송파구 중대로34길 9－3
전 화 02) 3012－1030
팩 스 02) 3012－1031
전자우편 dohwa1030@daum.net
인 쇄 (주)현문
ISBN | 979－11－86644－89－8*03810
정가 13,000원

도화道化, fool는

고정적인 질서에 대한 익살맞은 비판자,
고정화된 사고의 틀을 해체한다는 뜻입니다.